将洒下的光藏进故事的土壤里

光粒

在爱情里.

不懂珍惜的人

才是失败者.

挖坑埋糖

温柔难造

挖坑埋糖　著

台海出版社

目录

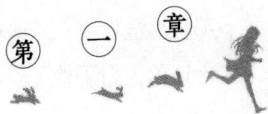

清城的夏日，雷雨总是来得猝不及防。

上车时还是晴朗的夏夜，顶多有点儿微凉的晚风，只是等谢舒赶到会所时，天气早已变得恶劣。

谢舒出门时没带伞，车子又开不进会所，交涉无果后，她只好下车自己走进去。

所幸，保安亭那儿有伞。

只是这场雨来势汹汹，即使打了伞也阻隔不了雨。

侍者递上干净毛巾，谢舒道了一声谢。

"谢小姐。"对方已经认出她来，举止恭敬地将她引导至电梯口，"陆先生还是在二楼东侧的包间。"

这家私人会所是陆嘉言身边那群人中的某一位投资的，不对外开放，只有他们聚会时才偶尔带朋友来这里。

谢舒来过三四次，都是在那个包间。

她礼貌地颔首，道："好的，谢谢。"

二楼东侧。

音乐播放器正切到一首经典暗恋情歌，但没人去拿话筒。有人问："谁点的歌呀？怎么没人唱？"

"你宋女神的。"

那男生恍然道："对哦，那她怎么不唱了？"

旁边的人白了他一眼，看向隔了几人远的宋嘉真，暗示对方的心思早不在歌上了。

还能因为什么？当然是因为陆嘉言刚刚打的那个电话了。

作为现场的两个女生之一，冯莹在接收到副部学姐的眼神示意后，笑着看向陆嘉言，说："部长，你还是让谢舒姐来接呀？"

陆嘉言没说话，其他人就先你一句我一句地议论起来——

"肯定，陆学长喝酒了，学姐也不放心他一个人回去。"

"大家都回学校，部长也不是一个人回去啊，这有什么不放心的？"

此时笑声更甚，有人接话："谁说一定是回学校了……"

陆嘉言没理他们的起哄，揉了揉太阳穴，无奈地浅笑一下。

正好有侍者进来送水果拼盘，陆嘉言随手一指桌上的小食，道："全部小食再送一份过来。"

侍者颔首："好的。"

两首歌放完，不知怎的话题又转回到陆嘉言身上。大概是他平时给这群学弟学妹的印象过于和善，此时气氛一烘托，大家都不怕他。

"部长，你和谢舒姐什么时候认识的？"

"很早就认识了。"陆嘉言没隐瞒，这不是什么秘密，和他同一所初中、高中的同学都知道。

周围"哇"声一片。

陆嘉言觉得这群人惊讶得有点莫名其妙。

大家都喝了不少酒，酒壮胆，于是有人开始问平时好奇又不敢问的八卦："那你们当时就在一起了吧？"

陆嘉言摇晃着酒杯，听到这个问题，动作一顿，脸上还是笑着，但眼里情绪难辨。

"没有。"

没有？

学弟们立刻明白了，学长的意思应该是没有很早就在一起。

话题似乎终结了，有人正要说点儿什么活跃气氛的时候，忽然，陆嘉言笑了笑。

在这静默的环境里，他的笑容很轻，却似乎多了很多情绪。

"我们有没有在一起，你们就这么想知道？"

众人一下子沉默了。

有些人是八卦，但有些人则是探究。

宋嘉真十分意外会听到他的反问，愣了一下神，端起果汁喝了一口。她的眼睫低垂着，眸光微闪。

这一次，没人敢搭话了。

很快，这群人换了话题，又将气氛带得热闹起来。

又过了很久，玩够了也唱够了，大家都歇下来，分散着坐在沙发上休息。

坐在陆嘉言旁边的副部是他的室友，仗着关系好，副部八卦地多问了一句："那你和谢舒现在是什么情况？"

他们经常看到谢舒过来找陆嘉言，于是都自然而然地以为他们在一起了。可现在回想起来，这两个人好像都没以男女朋友互称过对方。

旁边的冯莹正竖起耳朵听，等了半晌也没听到陆嘉言的回答。

她握紧了手里的杯子，也不管会不会陷入难堪境地，佯装好奇地问："是呀，那谢舒姐是学长的什么人呢？"

是他的什么人？

陆嘉言垂眸盯着杯子里的酒，脸上的笑意散去。

其他人你看看我，我看看你，都没出声打破这份平静。

没有人知道，这时谢舒就站在门外，里面的对话声也清晰地传到她的耳朵里。

包间的隔音效果其实还好，只是刚才侍者出去的时候没有把门关严实，像是注定要让她听到一样。

里面的人在等陆嘉言的回答，谢舒也在等。她也想知道他会怎么回答。

就着那一丝缝隙，熟悉的声音轻飘飘地从里面传来："就是一个从小一起长大的妹妹。"

陆嘉言的声音淡淡的，有些轻慢，有些不在意。

谢舒低下头，沉默着。

这句话，一个字一个字地敲在她心上。

不知何处来的冷风，吹过身上被雨淋湿的地方，她冷得发抖，又无比清醒，一股说不出的无力感席卷而来。

谢舒的手已经握上门把，却忽然没有勇气在这个时候把门推开。

包间里，陆嘉言神情懒散，眉眼间终于染上一点儿不耐烦。

其他人不再八卦，纷纷转移话题。

包间里有人放了嗨歌，边唱边跳，像是到了蹦迪现场，陆嘉言被震得更加心烦。

他早就不想再待下去了，此刻耐心告罄，便打开手机，点开和谢舒的对话框，发："到了吗？"

过了十几秒，对方也没有任何回应。

侍者推门进来，弯腰放下酒。

陆嘉言瞥了他一眼，叫住他说："谢舒来了，让她直接上来这里。"

侍者恭敬地低头，以为陆嘉言是有什么吩咐，没想到是关于谢小姐的事。他心中惊讶，忙道："谢小姐十分钟前就到了会所了。"

陆嘉言皱眉让他离开，视线却一直没从手机屏幕上挪开。

又过了一分钟。

谢舒还没回复。

她总不能是迷路了吧？

这会所她都来过那么多次了，还能记不住位置？前台服务生怎么也不带路，让她自己上来……

陆嘉言心道麻烦，但还是坐不住了，打算亲自去找人。

"嘉言，你去哪儿？"旁边时刻观察着他的宋嘉真看到他站起来，立即发问，脸上还带着温温柔柔的笑。

陆嘉言没心情笑，斜睨她一眼，目光又落回到手机上，说："找人。"

宋嘉真神色自然地微笑，却攥紧了手，问："是去找……"

此时，包间门再度被推开。

所有人都止住声音。

是谢舒来了。

她站在门口没有进来，逆着光影，里面的人看不清她脸上的神色。

但他们能明显感觉到陆嘉言情绪的变化。

在谢舒出现的那一刻，陆嘉言就已经迫不及待地走了过去，连道别也来不及和他们说，牵着她便走了。

代驾把车开到门口。

两个人上车，陆嘉言喝多了酒头疼，靠着谢舒，闻着她身上淡淡的香味，放松下来。

他忽然听到她问："不是有代驾送你吗？"

其实她也知道会所有代驾，陆嘉言偏要她过来接，不过就是想她陪他回公寓住。

谢舒心里都清楚，但在接到他电话的那一刻，还是毫不犹豫地拿包出门。

陆嘉言没听出她话里的冷淡，伸手搂住她，反问："服务生说你早就到了，怎么刚刚没回消息，过了那么久才过来？"

谢舒没有任何挣扎，将头埋在他怀里，闭上了眼，闷声道："过来的路上被雨淋湿了，就先去房间里擦了一下。"

陆嘉言毫不怀疑，或许是觉得这段小插曲不值得他多想，只是轻轻"嗯"了一声，就抱着她不再说话。

谢舒半拖半扶着陆嘉言回到公寓，又随手拿了他的睡衣，把他推进了浴室。

然后，她坐在床尾的沙发上，看着前方某一个点出了神。

浴室的水声很快就停了，陆嘉言出来，看到谢舒还坐在沙发上发呆，一边擦头发一边坐到她旁边，问："怎么没去洗澡？"

谢舒回过神来，闻到了他身上熟悉的沐浴露香味，心念微动，却也只是一瞬，又道："你打电话来的时候，我刚在宿舍洗漱完。"

当时她接到电话，就立即换上衣服，妆也来不及化便匆匆赶了过去。

却没想到会在门口听到那段对话。

陆嘉言没察觉到不对劲，随手扔了毛巾搂上她的腰，凑到她脖颈间，笑了笑道："好，那早点儿睡觉。"

谢舒低头看了一眼腕表，已经十一点多了。

她伸手抵在他的胸口处，脸上没有任何情绪，很平静地说："你早点儿休息，我去隔壁睡，明天早上还有课。"

房间陷入寂静。

陆嘉言今晚很想抱抱她，没有理由。大概是因为他喝多了，再加上刚洗完冷水澡，不舒服，就想抱着她。

他不想放手。

"就睡觉，不做别的。"陆嘉言难得解释，声音压得极低。

谢舒感觉自己的心不争气地动摇了，但还是理智占据了上风。她伸手推开他，说："你快点儿睡，不然明天起来要头疼。"

她都这么说了，陆嘉言只好松开手。他低头，伸手揉了揉眉心，语气也赌气似的冷淡："行，那你走吧。"

谢舒只是盯着他看，并没有像以前一样说好话哄他。

她静默了几秒，起身道："晚安。"声音没什么起伏。

她只留下这一句话。

直到听到关门声，陆嘉言才抬起头看向门口。

空气仿佛都凝固了。

他紧紧盯着那扇门，难以置信她真的就这样走了。

可事实就是如此。

谢舒很少会拒绝他，今晚是个例外。

陆嘉言垂头靠在沙发上，紧皱着眉，再想起今晚在包间里自己被问的那些问题，心下又是一阵烦躁。

隔壁。

谢舒同样睡不着。

她很认床，即使是在她曾住过一段时间的公寓客卧，即使她手里搂着熟悉的抱枕。但今晚，或许是因为有心事，她辗转难眠。

她想起那声"妹妹"。

其实陆嘉言很少这样介绍她。

第一次，是在她十六岁那年。

她刚到陆家，又正好碰上陆嘉言生日，印象中一向嫌麻烦的他却办了生日会。

"这是我妹妹，谢舒。"他当时是这样介绍她的。

谢舒那时候也真的只是把他当哥哥看。

就像陆嘉言说的，他们很早就认识了。

早到从小就认识。

可以算得上是青梅竹马，却没有青梅竹马那样的好感情。

谢舒醒来时，天才刚亮。

她看了一眼时间，睡了还不到六个小时，但她此刻一点儿睡意也没有。

或许是那声"妹妹"，如魔咒一般让她半夜辗转反侧，即使后来睡过去了也不安稳。现在，又早早清醒过来。

谢舒知道自己不该去想，可就是忍不住，脑海里一次又一次地回放昨晚他说那句话时的场景。

正想着，门口忽然传来了动静。

谢舒脑海里乱飞的思绪瞬间收起，她下意识地伸手捏紧被子。

这个时间点，除了他，不会有其他人。

她隐隐知道会发生什么，下意识地放轻呼吸，假装没醒，想等时间过去。

门把手被慢慢拧动，声音细微却明显，像是挠在人心上似的，一下又一下，慢吞吞的，就是不给个痛快。

谢舒清楚地确定来的人是谁，却又觉得奇怪。

陆嘉言在家里进出向来随性，开门关门的动静从来不小，怎么今天转了性子……

不过下一秒，等陆嘉言进了房间走过来，她就确定了，他根本就不会转性。

陆嘉言一上床，就直接将谢舒从床边搂过来拥入了怀中，手上的力道一点儿也不小。就算她原本是睡着的，也得被他吵醒。

谢舒本打算不理他的，不过身后的人显然不是来她这儿补觉的。

谢舒伸手摁住腰上的手，开口问，许是早上刚醒，她的声音还有些哑："你怎么过来了？"

陆嘉言似乎对她醒着这件事并不意外。他低头凑到她的后脖颈处，声音里难得带了一丝示弱："头疼，睡不着。"

谢舒听出了他的意思，沉默两秒，无奈地退了一步。她将声音放轻，说："我去煮点儿粥，你吃点儿再睡吧，这样会舒服一点儿。"

"不吃。"

陆嘉言闭眼，闻着她身上熟悉的味道，脑袋里叫嚣了一夜的乱七八糟的声音终于消停下来。他的手臂环着她的身躯，又收紧几分，将她紧紧拥在怀里。

他既然这样说了，谢舒也没再开口提，仍旧保持侧躺背对着他的姿势。

房间里又恢复了安静。

过了一刻，床头柜上的手机忽然振动起来。

陆嘉言还是浅眠状态，一瞬间就被吵醒了。他皱了皱眉，心情显然不怎么好。

而接下来谢舒说的话，让他的心情更不好了。

"我早上有课，要先去学校了。"

谢舒伸手去拿开缠在自己腰上的手。不过她很快就意识到，除非陆嘉言松手，不然自己绝对走不了。

陆嘉言双手禁锢着她的腰，没有要松开的意思，说："早上不是大课吗？不去也没事。"

"老师要抽查点名的。"谢舒伸手拍了拍他的手臂，示意道，"你把手拿开。"

他紧闭着眼，满不在乎道："那么多人又抽不到你，就算抽到了，让她们帮你答'到'就行了。"

陆嘉言说完，谢舒没有接话，气氛一下子安静下来。

她轻呼一口气，声音变得有些冷："我不想逃课。"

她不想逃课，也不能逃课。

课程考核和评奖评优的资格挂钩，而谢舒需要奖学金，所以她不会在这件事上出现一丁点儿纰漏。

陆嘉言就算不想放谢舒走，也拦不住。其他事情她都听他的，唯独在学业上，她有自己的坚持。

陆嘉言看着她起床、洗漱、化妆、换衣服，这期间再没和自己讲一句话，像是因为他刚刚不让她走而生气了。

但是，他又觉得不是。

许是心虚，陆嘉言瞬间就想到了昨晚的事，还有自己随口扯的那句话。

难道她听到了？

可真要听到了，她又怎么会是这么平淡的反应……

陆嘉言有些不确定。

而这一犹豫，再等他反应过来时，谢舒早就已经出门了。

早上八点的大课上，老师破天荒地点了所有人的名，还一边点名一边认人，把一些同学想替人答"到"的心思都绝了。

点完名后，讲台上老师调出 PPT，开始念稿讲课，台下学生也开始开小差。

"我还以为你这节课不来了呢。"

谢舒刚翻开书，就听到身边室友的话。她低头拿出一支笔，笑了笑回应："幸好来了，不然点名就麻烦了。"

蒋菲菲笑眯眯地凑到她耳边，超小声地问："你昨晚几点睡的？看这黑眼圈，夜生活很激烈哦！"

谢舒记笔记的手一顿，笔尖停在纸上，墨水晕染开，她却没有察觉。

"没注意时间，可能昨天下午喝了咖啡，所以晚上睡不着。"

她的神色一如既往的淡定，蒋菲菲在她脸上瞧不出一丝羞赧的表情，顿时觉得无趣，转身去和另一个室友聊剧了。

上午满课，第五节课下课时已经过了饭点，班里的人都拿了手机急匆匆地往外走。

"谢舒，一起去食堂吗？"

谢舒正把桌上的笔袋和课本塞进包里，听到室友发出的邀请，她点头应下："好啊。"

"啊！"旁边的蒋菲菲忽然发出惊讶的叫声，似乎是看到了什么意料之外的人，然后笑着说，"可看起来谢舒你有约了呀！"

谢舒一脸迷茫地抬头，又顺着她们的目光向窗外看去。看到来人，她微微一愣。

谢舒出来的时候，教室里的人早就都走光了，陆嘉言很自然地拿过她的包。

谢舒问："你怎么来了，早上不是说头疼吗？"

"来接你吃饭。"

早上谢舒走后，陆嘉言想起昨晚那件事就如鲠在喉。他心烦意乱，根本睡不着，干脆起床了。

谢舒听到陆嘉言这话，却犹豫了。她问："出去吃吗？可我下午还有学校的事要办。"

陆嘉言微微皱眉看向她，问："下午不是没课吗？"

"学院里的学生会要开会。"谢舒也是在课间收到的消息。

她想让陆嘉言把吃饭的地点挪到学校食堂，但他显然根本没想到这一点，只说："那吃完再送你回来。"

"哦。"谢舒也没过多纠结，只算了算，开会时间是两点半，怎么都来得及。

二人说话间已经走到一楼，往前走几步，谢舒一眼就看到了台阶前的那排自行车。

校园里有共享单车，每幢教学楼前都划了块区域放置共享单车。而此时，那排共享单车旁边多了一辆不起眼的自行车。

那是一辆很普通的有后座的自行车，车身的漆已经斑驳不堪，看起来有些年头了。

陆嘉言走到这辆格格不入的自行车旁，把她的包放到车篮里，然后推了车过来。

"你怎么想到骑这辆车了？"谢舒看着眼前熟悉的自行车，愣了一下，问道。

"低碳出行，顺便回忆一下骑车是什么感觉。"陆嘉言轻描淡写，示意她坐上来。

"骑车不能载人吧？"谢舒虽然很疑惑，但还是坐上了后座。

"不能载人？那我以前还载得少了？"陆嘉言挑唇轻笑，反问她。

谢舒没有回话，只是攥着他的衣角，没有像往常一样自然地去搂他的腰。

从教学楼到校门口有一段距离。

陆嘉言骑车的速度不慢，但很稳。

谢舒感受着迎面徐徐而来的风轻轻拂过脸颊，还能闻到风中淡淡的青草气息。这熟悉的感觉，让她有一瞬间的恍惚。

这辆车是他们一起去买的。

那会儿她才刚到陆家借住不久，和陆嘉言一起上下学。她不会骑车，陆嘉言为了迁就她，也每天陪着她走路。

因为摔过，她害怕学骑车。那时的陆嘉言就说："那就不学了，不会骑车也没什么。"

后来，陆嘉言陪着她去买车。那时候的他明明更喜欢酷帅的山地车，可挑挑选选，最终选了这辆带后座的普通自行车。

普普通通的颜色，普普通通的材质，普普通通的款式，什么都普普通通。可就是这辆车，承载了他们那三年的记忆。

只是，三年又三年，这辆自行车的寿命似乎已经到了尽头。

"咯吱——"刺耳的声音骤然响起。

还有几米就到校门口了，但两个人都不得不下车。

谢舒退了一步，低头看了一眼自行车，说："链子断了。"

陆嘉言紧皱着眉，说："怎么突然断了？"

"可能时间到了吧。"谢舒的声音很轻。

正巧保安看到他们这边有事，赶过来询问是否要帮忙。陆嘉言没听清，问她说了什么。

谢舒摇了摇头。

保安看了一眼车子的情况，热心提醒："对面有修车的，你们推过去找他修一下就行了。"

二人道了谢，推着车往校外走，只是都没有去对面修车铺的意思。

陆嘉言打了车，好一番折腾才把自行车塞进后备厢。他思索片刻，说："我让陈叔拿去店里修……"

"不修了吧。"

话被打断，陆嘉言有些诧异地看向谢舒，问："怎么不修了？"

谢舒看向窗外，微微笑了一下，语气自然："反正之后也不骑它了，修了也没用。"

"怎么没用了……"

陆嘉言想反驳，却又发现她说的是事实。

他看到谢舒望着窗外，好似一点儿也不在意那辆自行车到底会如何。

那辆车载了他们整整三年，风吹雨淋，就算没有功劳也有苦劳。

他莫名与那辆自行车共情起来，心里有些气闷，可思来想去却又找不到什么合适的话回。半晌后，他只回了一句："随你。"

虽然说是带谢舒出来吃饭，但陆嘉言毫无计划，最后就近找了一家店。

"好吃酸菜鱼馆"，谢舒抬头看了一眼店名，还没进去，她就已经想到陆嘉言会点什么菜了。

扫码点单，陆嘉言懒得动，只说："你点吧。"

谢舒打开手机扫码点单，头也没抬，一边说一边点了菜："还是麻辣鱼，不要香菜，不要葱？"

对面的人淡淡地应了一声。

下单前，谢舒又加了一罐雪碧。

这家馆子不小，但此时正值饭点，几乎坐满了人。

谢舒点完菜就放下手机，她从小被教的餐桌礼仪之一就是不玩手机。不过陆嘉言好像挺忙的，一直在低头回消息。

上菜很快，她的那罐雪碧也送上来了。

陆嘉言终于舍得把注意力从手机上移开了。

不过看到那罐刚从冰箱里拿出来，外壁还冒着水珠儿的雪碧时，他下意识又皱起眉头，有些不满道："怎么点了这个？"

听到他略带质问的语气，谢舒轻皱了一下眉。尽管以往他也说过，但今天听了，格外令人不舒服。

"我想喝呀。"她的手指钩住拉环，直接单手开了雪碧。

陆嘉言说："碳酸饮料对身体不好。"

谢舒将雪碧倒进玻璃杯里，然后抬头看他，满脸认真的神色，故意问他："酒对身体好吗？"

陆嘉言哽住。

谢舒也没再说什么，示意他："先吃饭吧。"

她执起筷子，稳稳当当地夹起一片鱼肉。

一锅麻辣鱼，鱼汤的底料看起来很足，红油先沾上了她的筷子。

谢舒将鱼肉过了醋，见少了一点儿红才敢入口。

不过辣味似乎已经渗透到鱼肉中，她的舌尖快要麻到无知觉了。

"还可以吗？"陆嘉言没动筷，先问了她。

谢舒点了点头道："挺好吃的，辣味不奇怪，鱼肉也不腥。"

说完，她才伸手去拿玻璃杯，灌了两口雪碧。

陆嘉言喜欢吃辣，只是家里饮食清淡，所以每次出来吃饭都要点辣的。

尽管这份午餐可以说是很合陆嘉言的胃口，但他的心思并不在桌上。他时不时看一眼手机，中途还接了一个电话。

谢舒没说什么要他别玩手机先吃饭的话，她大部分时候都在低头夹菜，见他碗里空了，就拿公筷给他夹鱼肉。

谢舒要回学校，转头见陆嘉言已经打好车了，只不过目的地不是学校。她问："你下午不是有课吗？"

"项目组有点儿事，我过去看看。"

谢舒知道他和朋友合伙搞了一个游戏公司，只是——

"下午不是你们专业课吗？"

"没事，就一节课。"陆嘉言脸上的表情没什么变化，显然对逃的是什么课毫不在意。

谢舒抿了抿唇，想说点儿什么，后面汽车的喇叭声响起，网约车驶近了。

"走了，先送你。"陆嘉言揽过她的肩，把人带走。

坐上车，他叮嘱司机："师傅，走清大那条路，先在清大停一下。"

他又转头对谢舒说："晚上我过来接你。"

"你们看起来挺忙的，就别过来了。"谢舒看了一眼他握着的手机，屏幕上不断有新消息提示。她移开视线，看向车外，"而且这两天我还要值班。"

陆嘉言"嗯"了一声，将手机放进兜里，然后侧身盯着她看了好久，忽然伸手捏了捏她的脸。

谢舒要躲开，却被他捧住脸。他的手指稍稍用力，按在她的唇边往上拉，让她做出一个笑的表情。

"今天都没怎么笑。"他有些埋怨。

谢舒："……"

谢舒瞥了一眼前座的司机，猜测司机应该没注意到他们。她伸手拉开陆嘉言的手，对着他笑道："你好好坐车，别乱动。"

陆嘉言"啧"了一声，对她敷衍的态度很不适应。

他抬头看了一眼前方，再拐个弯就到学校大门口了。

旁边，谢舒正低头拿包。

不知想到什么，陆嘉言忽地伸手，一把将她搂过去。

谢舒被拽得猝不及防，却在触及那温热气息的瞬间，下意识稍稍偏过头。

一个转瞬即逝的吻落在她额头上。

陆嘉言轻轻地笑了一声，似乎觉得她的反应很有趣。

车在校门口停下。

"我走了！"说完，谢舒还瞪了他一眼。她着实没想到他刚刚会来这么一出。

在别人车上，有其他人在，她都下意识和他保持距离，也不喜欢做任何过于亲昵的小动作。

谢舒眼里满是恼怒，只是此时她脸上还泛着红，这一眼毫无威慑力。

陆嘉言脸上的笑意越发明显。

谢舒的耳根有点儿红，一下车就往学校里走。直到进了学院楼，她才恢复自然。

时间还早，她去拿钥匙开会议室的门，又被辅导员叫去帮忙。

"就是输个表格，什么个人信息、学籍之类的，跟你们上周输的新生信息那些差不多。"

谢舒应下，接过 U 盘，动作利落地打开表格和压缩包。

辅导员发给她的是今年江城大学来清大的交流生的学籍信息。

江大与清大一直有本科交流生项目，不过这些事之前是另一个学生组织在管，所以谢舒没有接触过。

学工办本就只有三位辅导员，一位去宿舍抽查，一位上课去了，所以这个时间点就这一位辅导员在。

这位辅导员也是院学生会的指导老师，她和谢舒聊了起来："今年学院把交流生这件事分给你们学生会了，要求学生一对一对接，等会儿开会也是说这件事。"

"一对一？"

"是啊，两边学校新讨论出来的决定。本校学生跟交流生一对一，为了能更快地融入新环境，同时也更好地解决学习上的问题。"

二人没聊多久，于晴就进来了。

"你来得这么早呀！"看到谢舒已经在了，于晴惊讶地凑过去，"我还以为你会先回宿舍呢。"

"来回走浪费时间，我吃完饭就直接过来了。"谢舒朝她笑了笑，又继续看电脑。

屏幕上正好是她打开的最后一位交流生的个人档案。

"哇哦！"耳边响起了晴压低的惊呼声，"这个帅！"

谢舒笑了："现在照相馆的修图技术也很厉害的。"

"那应该不会吧……"于晴不顾形象地趴在旁边盯着屏幕看，"这姓名和长相，妥妥的小说男主预备役啊！"

旁边的辅导员被她逗得笑声连连，凑热闹问了一句："真这么帅吗？"

真这么帅？

谢舒笑着，手上的动作没停，却也瞥了一眼那张照片。

她忽然觉得这张脸有些眼熟，像是在哪儿见过一样。

她将视线转向姓名那一栏。

"傅明遇"，确实是陌生的名字。

"看帅哥看入迷了？"于晴调侃的声音在谢舒耳边响起。

原来不知道什么时候，她打字的动作已经停了。在旁人看来，可不就是她正盯着人家照片看嘛。

谢舒收回思绪，随口道："就是看着有点儿眼熟。"

于晴听完拍了她一下，笑道："帅哥多多少少都有些相似啦！"

谢舒想了想，也觉得只能是这个理由了。

下午开会的大致内容就是辅导员提过的江大交流生的事。

会议结束后，谢舒跟于晴一起回了宿舍。

"你们晚上没约会吗？"

谢舒正看学院公众号刚发的文章，忽然听到身边的人问。她没回答这个问题，把手机收进口袋，故意说道："怎么，我回宿舍你不欢迎？"

于晴笑着拍了她一下，说："怎么会！"

到宿舍时，另外二人都在看剧，见谢舒回来，挥挥手算是打了招呼。

谢舒也坐到自己的位子上，从口袋里摸出手机。刚解锁手机，她发现屏幕界面是某个群聊天，应该是放进口袋的时候误触了。

她本想直接退出界面的，只不过她看到了屏幕上的一条消息："听说林家那两个人要回国了。"

她的视线在这一条信息上停留了数秒，手指微动。

往下翻，大家都在讨论这件事。

"林家终于同意了？"

"他们可是一个户口本上的，林家那群老古板怎么可能会同意！"

"那回来做什么？"

"据说这次林家手段挺狠的，被断了经济来源，还怎么私奔，只能回来呗。"

尽管从未参与过他们的讨论，但仅仅看了这几条聊天记录，谢舒也清楚他们说的是什么事。

　　谢舒连续两天都到学院大楼值班，没有回过公寓。而陆嘉言似乎也忙到没有时间跟她说些什么。

　　周四下午实验课，谢舒和蒋菲菲一组，结果实验做到一半才发现有问题，两个人只好从头再来。

　　实验结束时已经五点多，两个人直接去了食堂。

　　这个点食堂人满为患，但蒋菲菲还是奔向她心心念念的每周四才有的红烧排骨窗口。

　　谢舒随便选了一个人少的窗口。等蒋菲菲排完队回来，她已经开始吃了。

　　"食堂阿姨的手真是越来越抖了，眼睁睁看着那一大勺肉抖到只剩五六块。"

　　谢舒听着蒋菲菲的吐槽，一边笑一边把提前拿好的餐具给她。

　　两个人都饿了，一开动起来就埋头吃，没交流。

　　不一会儿，蒋菲菲先吃完。她摸了摸口袋，抬头问谢舒："带纸了吗？给我一张。"

　　谢舒点头，从包里拿出纸巾递给她。

　　"你这纸还带香味呢。"蒋菲菲抽出一张纸，还特意闻了闻。

　　谢舒看了一眼，回了一句："是吗？"

　　这包纸巾是她在茶几上随手拿的，不是她买的，那就是陆嘉言买的了。

"还行，挺好闻的。"谢舒也闻到了，香气有几分熟悉。

蒋菲菲擦完嘴，见对面的谢舒还在慢条斯理地喝汤，她似乎总是这么不疾不徐。

"对了！"蒋菲菲像是忽然想到什么，嘴唇张了张，压低声音问，"你和陆嘉言现在什么情况啊？"

谢舒喝汤的动作顿住，耳边是蒋菲菲絮絮叨叨的声音："前几天龚飞他们部门不是出去聚会吃饭了嘛，有人就说到你了，他们应该是想八卦陆嘉言。但是怎么听陆嘉言话里的意思，好像……"

龚飞是蒋菲菲的男朋友，也是那天在场的副部。

他和蒋菲菲会认识并在一起，还是当时谢舒无意间牵的红线。

食堂人多，前后左右都是聊天声，谢舒听着她的话，忽然觉得碗里这汤变得寡淡无味了。

她放下勺子，没抬头，只道："他说是什么就是什么。"

"可是……"蒋菲菲皱眉，觉得谢舒这自暴自弃的状态不行，又怒其不争。

但她"可是"了半天，也只憋出一句："可是你们明明在一起这么久了呀，他怎么能这样！"

是啊，谢舒也知道不该这样的。但有些事，总有她说不出口的理由。

接下来谢舒一路无言。临到楼下超市，她记起要买东西，才开口："我去超市买点儿东西。"

蒋菲菲没什么要买的，也没有要陪她的意思，说："那我先上去了。"

"嗯。"谢舒转身进去。

超市里人不多。

以前学校只有这栋楼楼下有超市，但今年新开了两家便利店，所以这边就冷清多了，只有住宿的人会下来买点儿日用品、方便面和零食。

谢舒在门口提了一个篮子，径直往日用品区走。

她目标明确，很快就拿齐要的东西，刚打算去结账，兜里的手机忽然开始振动。她拿出来一看，是陆嘉言。

谢舒盯着屏幕看了两秒，站在原地，接起电话。

电话那头一阵安静，两人都没说话。

时间一分一秒过去，谢舒无奈地开口："怎么了？"

"家里的牙膏用完了，你顺路带一支回来。"

谢舒以为自己听错了，下意识问了一句："什么？"

"你带支牙膏回来。"对方又重复了一遍。

谢舒一阵无语，又觉得好笑。

"我上次多买了两支，就放在外间洗漱台下面的柜子里，我装在一个收纳箱里了。"谢舒没再停留，准备往外走，"你找找看，应该在的。"

那头又沉默了一阵，隐约有翻箱倒柜的声音传来。

过了一会儿，他说："没有。"

"没有？"谢舒皱了皱眉。不可能啊，东西是她亲手放进去的。

"可能我前两天整理过，扔了。"

谢舒也没去纠结他这话的真假，直言："那你去楼下便利店买支新的就好了。"

陆嘉言很快回道："楼下没有我要的那个牌子。"

"你要什么牌子？"

"就你上次买的。"

她上次买的？

谢舒正巧走过牙膏陈列货架，停下来看了一圈，才记起她上次买的是哪个牌子，不过就是当时随手拿的一款而已。

谢舒又拿了两支丢进购物篮里，一边随口应下："知道了。"

"那你买完就过来吧。"话落，那边又补了一句，"不然晚上我没有牙膏用了。"

这次轮到谢舒沉默了。半晌后，她像是咬着牙挤出了三个字："知道了。"

挂断电话，谢舒提着购物篮就要去结账。不过刚一转身，她就和站在身后的人四目相对。

她没想到会在这里遇到宋嘉真。

对方并不住这栋宿舍楼，谢舒记得她们那栋楼下刚开了新的便利店，她怎么反倒特意跑远路来这里买东西……

谢舒自认为二人不熟，也就没想寒暄，错开视线便要离开。

却不料身后的人反而跟着她走，还发出感叹："谢舒，你和嘉言哥的关系真好。"

这话似乎没有什么问题，只是她那一贯的语调，此时听着有些怪怪的。

谢舒不咸不淡地应了一声，也不知怎么了，心里莫名有些不舒服。

谢舒回宿舍收拾东西，当然也没忘把今天下午的实验报告和图纸带上。

蒋菲菲把下午记在草稿纸上的实验数据拍了发给她，又凑过去，露出一个讨好的笑，说："你要是写完了，记得拍给我看看，借我参考一下，反正我们做一个实验，数据都一样。"

谢舒点头应下："好的。"

反正老师也不会细看实验报告，那几页写满了就行，以往她们都是这样互相帮助的。

到公寓的时候，陆嘉言正吃着外卖。谢舒看了他一眼，径直从他身边走过。

陆嘉言正在看群里讨论项目的事，余光察觉到她进来了。他本不在意，不过过了几秒，像是想起了点儿什么，忽然扭头看她走去的方向。

是浴室。

陆嘉言放下筷子，作势要起来，却又犹豫。

不过就这几秒，已经足够谢舒看见该看见的东西了。

谢舒从浴室出来，直直地看着他发问："牙膏不是还在那儿吗？哪儿丢了？"

她刚一进去就看到洗漱台上放着一个眼熟的收纳箱，箱子里是她之前买的牙膏。明明都在，他打电话的时候怎么说没有？

"是吗？"陆嘉言故作迷惘地说，"那就多备点儿好了。"

谢舒无语了。她也不傻，立马意识到陆嘉言就是故意的，故意骗她牙膏没了，故意要她送过来。

谢舒不看他，转身回浴室把他翻出来的东西整理好放回原位。

陆嘉言其实很忙，要兼顾学业和创业，一晚上都挂着蓝牙耳机，偶尔回复一两句。

谢舒则坐在旁边的书桌前，根据下午的实验内容和数据撰写报告。

公寓没有书房，二人都待在客厅，一左一右，互不干扰，倒是十分和谐。

谢舒其实早就写完了实验报告，只是她不想动，就随便找了本书摊开在面前。

原本还保持着挺直腰背的坐姿，不过时间一长，她的身子不自觉地向前倾，寻找舒服的姿势倚着桌子了。

"别趴着看书，对眼睛不好。"谢舒正低头对着书发呆，忽然听见耳边传来一声低沉带笑的提醒。

谢舒骤然回神，下意识去寻找声音来源，稍一转头，鼻尖差点儿撞上陆嘉言的侧脸。

他不知道什么时候过来了，正弯腰凑到她旁边。

谢舒有几分恍惚。

高中时每晚回书房写作业，偶尔陆嘉言就会像现在这样，提醒她端正坐姿。

或许是在光下的缘故，他漆黑的眸子里盛满了光，笑道："怎么看这本，打算转行了？"

谢舒听到他的话低头去看，才发觉面前这本自己随手从架子上拿的书是讲计算机网络的。

"我随便看看。"她垂下双眸，将书合拢，起身去放回书架上。

陆嘉言的声音再一次从身后传来："不早了，要不要早点儿睡？"

谢舒才刚放完书，还没反应过来就被他从背后抱住。熟悉的气息一下子将她包裹，带着不容拒绝的意味，一个吻落在她敏感的耳后。

谢舒转身，二人唇齿辗转，气息纠缠在一起。

她有一瞬间沉沦在他的温柔里。

只是她微睁开眼，视线如同无形的笔描绘着他的眉目。他一直都是她喜欢的类型。

谢舒的眼神逐渐清明，推开他。

陆嘉言掐着她的细腰，低头，不明白她此刻的拒绝。

两个人眼睛对视着，只余呼吸与心跳声。

谢舒能感觉到他眼里的动情，如月色摇曳的光，可这也更加坚定了她要问出口的决心。

"我们现在这样，算什么？"

室内的氛围本因暧昧升温，却又在一瞬间降至冰点。

陆嘉言一时间没有说话，低下头避开她的视线，转而伸手搂住她。

她的问题让他也很无奈，不是他不想公开，只是牵扯太多。

陆嘉言出神地看着某一点，略感无力地靠着她，说出口的依旧是那些熟悉的话："再等等，再等等好不好？等过段时间，我们就和爸妈说。"

每次都是这样。

陆嘉言温柔地许下没有期限的承诺，轻拍着谢舒的后背安抚，哄着她问："好不好？"

谢舒勾了勾嘴角，勉强得连回应也给不了他。

只有在这种时候，陆嘉言才会低头哄谢舒。

她一直都知道，以目前两个人的身份，如果关系公开后，会面临一个什么样的情况还很难说。

眼前就有一个林家的例子在。

陆嘉言怕父母不同意，更怕公开以后，外界对他们、对陆家的风言风语。

人言可畏。

谢舒全都知道。

那天晚上的对话又是无疾而终，却是常态。

谢舒很清楚她和陆嘉言之间已经出现裂痕，但没想明白未来该如何。

应该修复裂痕，然后继续维持着表面的美好吗？

这是一个未知数。

她可能需要一段时间好好地思考。

而在此期间，生活依然要继续。

下午，天骤然暗下来，还刮起了风。

谢舒走到宿舍阳台上，抬头望了一眼，要下雨了。她又进屋，顺手将挂在柜门上的伞收进包里，然后匆匆出门。

她在楼梯间遇见一个认识的人，对方见她下楼要出门的样子，笑着道了一句："看这天气要下大雨了，你还出门哪？"

谢舒朝她笑了笑，说："嗯，去一趟机械大楼。"

她下午本来是没有事情的，但现在赶去学院大楼，是临时替外出的于晴值班。

学生会值班一般安排的是两节课时间。谢舒在那儿待了约两个小时，把带去的所有作业都做完了，才收拾包准备离开。

不过她刚一出门，就跟隔壁的陈教授遇上了，于是又被对方叫了过去。

陈教授是学院副院长，搞学术研究的，常年带队参加比赛，拿下过多个国赛大奖。

谢舒与陈教授认识也是因为去年她组队参加机械设计大赛时，指导老师是陈教授。

当时他们去工大参加决赛并拿下了一等奖，决赛后，当场就收到智达的技术总监亲自发出的邀请函，智达可是当前国内小型智能家电领域的翘楚。

不过当时只有学长明确接受了入职邀请。

"你有没有想过接下来的打算？"陈教授扶了扶眼镜，忽然问道，"前两天我问了王野，他说要继续读书。那你呢，有什么想法吗？"

"我还在考虑。"对于这个问题，谢舒不能一下子做出决定。

陈教授点了点头，倒是不意外，只是忽然又提起明年智达和清大研究院会有个合作项目，又说："我会带两个助手，你可以先考虑一下。"

谢舒有些惊讶，没想到教授会让她参加这个项目。毕竟陈教授手里也带着几个研究生，无论是按资历还是按关系，好像都是他们更适合。

毋庸置疑，这是一个极好的历练机会。可尽管这样，谢舒也没有当场答应下来。

　　江大交流生将于下周一抵达清城，院学生会再次召开相关会议。

　　同时，关于学生对接的事也临时有了变动。

　　学院按照要求安排了一对一对接，只是其中一个学生因为要参加竞赛，没有时间了，所以学院便让学生会换个对接人。

　　原本的候选人都被安排了工作，这个差事被推来推去，就落到了谢舒头上。

　　散会后，成员陆陆续续离开，但坐在最前面的几个人都没动。

　　谢舒刚在手机里接收了交流生的资料，就听到旁边的人说："等会儿把你拉进群，你先加一下那个男生，他叫傅明遇。"

　　傅明遇，这个名字谢舒并不陌生。正是那天她在学工办录入交流生信息时，与于晴讨论过的那个证件照很帅气的男生。

　　"哎，这名字……"于晴在一旁听到了，立即拿手肘撞了一下谢舒，"是不是前两天我们看过照片的那个男生？"

　　谢舒也觉得事情有几分巧。

　　王野本来只是跟谢舒说一下这件事，但听到于晴冒出来的话，忽然意识到对方是男生，而谢舒是女生，性别不同。于是他又转头对她道："到时候如果你有事忙或者不方便，就让他直接找我好了，我也加了他的。"

　　谢舒也不与他客气，点了点头说："好。"

　　主席团几个人留下来对本学期学院要举行的其他活动开小会，没那么正式，一边聊天一边讨论。时间不知不觉过去，等到下午的第八九节课要开始了，这才匆匆散会。

　　谢舒管理会议室，关了灯，再检查门窗。

　　王野带了笔记本，慢悠悠地收进包里，突然问："陆嘉言最近是不是比较忙？"

　　乍一听到这个问题，谢舒一愣："嗯？"

　　两个人一起走着，王野继续道："我看他这学期好像都没怎么过来。"

上学期学生会经常周五下午开会，陆嘉言就会过来接谢舒，这两人每周都得回家。

王野又说："而且我们约他打球，他总是不在学校。"

"他是比较忙。"谢舒手里捏着会议室的钥匙，笑了一下，"我们不也挺忙的嘛。"

王野点头道："也是，接下来得忙上好一阵子了。"

谢舒还了钥匙，不过从学工办出来后，她手里又多了一个档案袋。知道她下午没有其他事，辅导员就叫她顺路到前面的计算机楼送个材料。

她没来过几趟计算机系的大楼，摸了一圈才找到要交材料的办公室。她一边给辅导员回消息，一边走向电梯。

走过一个转角，谢舒身后多了两道不轻不重的脚步声。

脚步在前的那个人的声音响起："那学长有说下周一带学姐去哪里过生日吗？"

"还没有。"另一道女声轻轻柔柔的，"无论去哪儿，我都很开心。"

"那学长肯定是想给你一个惊喜。"

"我也不知道，还是别乱猜啦。"

尽管话是这样说着，但明显能听出女生话中的喜悦与娇羞。

谢舒站到电梯口的时候收了手机，踏进电梯。她走到电梯门边转身，一抬头，和跟在她后面进来的人对上了视线。

"谢舒，好巧呀。"宋嘉真笑着同她打招呼，似乎没认出刚刚在前面走的人是她。

谢舒点头"嗯"了一声，去看电梯显示的楼层数。

电梯里的三个人都没开口说话，安静得只余呼吸声。

在将要抵达一层时，冯莹忽然开口："学姐，既然周一你和学长要去过生日，那我们就不打扰喽，提前祝你生日快乐。"

宋嘉真对冯莹温婉一笑，说："谢谢。"视线却不自觉地瞥向电梯门边的那个人。

很快到了一层，谢舒未做停留，径直出了电梯。

走廊上的那一串对话，此时竟跟电影回放似的，一字不落地在她脑海里浮现出来。她们口中的学长，无一不在指向那个人。

但谢舒仍旧表现得很平静。

她到了宿舍才打开手机看，家庭群里的消息已经有十余条。这一路上，她竟然都没察觉到手机在振动。

谢舒往上翻了翻，群里的两位家长后天出差结束回家，让他们那天回家吃饭。

许是见谢舒一直没回复，陆母沈娴直接跟陆嘉言说："@陆嘉言，你把小舒接回来。"

最后一条，是陆嘉言一分钟前发的："收到。"

周日，谢舒一大早就被电话叫醒，去了市中心的商城。

"快尝一尝！"穿着厨师服的陆佳佳直接在她对面坐下。

谢舒接过勺子尝了一口，再抬头，就见陆佳佳正手托着腮看她，微微弯起的眼睛里满是期待，还问她："怎么样，好吃吗？"

"还行……"谢舒咬着勺子，慢吞吞地说，"就是……你是不是把盐当成了糖？"

陆佳佳一脸认真地道："我本来是想放老抽调色的，结果好像倒多了，味道有点儿重，所以就想着加点儿糖，能中和一下。"

那怪不得又咸又甜呢。谢舒点头表示了解。

"还有呢，还有呢？其他有哪里可以再改进的地方？"

谢舒又舀了一勺炒饭，细细品味一番才说："海鲜煸炒的时间可以不用太久，咬着好像有点儿硬。"

陆佳佳认真记下每一点，还感慨："小舒，你真好，幸好现在有你在。想想以前每次让陆嘉言帮我试吃他都拒绝，就像我是让他吃毒药似的，哼……"

谢舒拿勺子拨炒饭的动作一顿，什么也没说，只是继续做一个合格的听众。

陆嘉言是最后一个到家的。

他一进门，沈娴便过去吩咐厨房准备开饭。

谢舒也起身，要跟过去。

她走出客厅，与陆嘉言擦肩而过时，他忽然伸手扼住了她的手腕。

"还生气？"他声音沉沉的，顾忌着是在家，压低了声音。

下午接到谢舒的电话，她说不用他去接，那时候他其实已经赶到了学校。

他以为谢舒不要他去接，是还在为前两天的事不开心。

谢舒没想那么多，此时忽然被他一问，皱了一下眉，问："什么？"

陆嘉言问："怎么不等我来接你？"

"是我把小舒送回来的。"旁边走过来的人替谢舒解释了。

白天谢舒被陆佳佳叫去餐厅，下午也是陆佳佳顺路把她送回来的。

陆嘉言扭头看向堂姐，意外对方的出现，有些语塞："你……"

"嘉言，怎么了？"沈娴的话打破了僵持的局面。她看到陆嘉言攥着谢舒的手腕，脸上的表情也不大对，出言道，"你别欺负妹妹。"

注意到母亲的视线停留在自己攥着谢舒的手上，陆嘉言这才反应过来，松了手，却仍看着她。

"没有欺负她。"

他的声音不大，清晰沉稳，谢舒却听出了几分异样。

谢舒总觉得陆嘉言是意有所指。这一顿饭下来，她全程心不在焉。

晚饭后，陆佳佳接了一个电话就先走了。

谢舒陪沈娴散步消食，等再回到屋里，陆家父子已经从书房下来，坐在沙发上，电视里正播着新闻。

"下周末林老爷子八十大寿。"一条新闻播完，陆德启忽然开口，"不过看林家的意思，是不打算大办了。"

谢舒端坐在沙发上，冷不丁听到林家的事，下意识看向旁边的人。她很快意识到自己的反应，原本收紧的手又缓缓舒展开来。

陆嘉言一脸从容地点了点头，对父亲道："我和谢舒下周也有事，那就只能你们去一趟了。"

有事？

谢舒听了他的话，正疑惑，可下一秒，陆嘉言转过头和她对视上，她忽然就明白了。

林家孙辈前不久才闹了那么大一出笑话——继兄妹私奔。

舆论难堪，长辈脸上无光，也知道圈子里的人议论纷纷。他们不愿小辈过去凑热闹，却又不好直说。

陪着陆父看完这半小时的新闻，又陪着沈娴聊了一会儿家长里短，谢舒提出要回学校。

她一起身，陆嘉言也跟着起来。

"要把妹妹送到宿舍楼下，知道吗？"沈娴送二人出来，不忘叮嘱陆嘉言。

陆嘉言打开车门坐进去，淡声应下："知道。"

"阿姨再见。"谢舒坐上副驾驶座，笑着和窗外的人挥手，"外面闷热，您快进去吧！"

沈娴应着"好"，脚步却一点儿没动。

陆嘉言缓缓启动车，转头和副驾驶室窗外的沈娴对上视线。他有点无奈地说："妈，您进去吧，我们走了。"

沈娴这才收回视线，又对着谢舒笑了笑，说："有空就多回家来，你一个人来，让陈妈给你做好吃的。"

她似是又想到什么，脸上的笑容变得神秘："或者带朋友一起来，让阿姨看看。"

"朋友"二字，咬字极重。

此朋友非彼朋友。

"哦……好。"谢舒迟疑半秒，和以往一样乖巧地点头。

车窗忽然被升起来。

谢舒吓了一跳，下意识地转头看向驾驶座上的人。

"走了。"陆嘉言刚收回按关窗键的手，脸上没有多余的表情，注视前方。

谢舒拉了拉安全带，眨着眼慢吞吞地把脑袋转回来，也坐正了。

车沿着山道主路驶向市里，路两旁是高大笔直的树木，车窗外时而有嘈杂的车流声。这个时间点交通并没有那么拥堵，但驶入学院路后，便连续遇到了两个红灯。

车缓缓停了下来。

谢舒将脸转向车窗一侧。

晚风凉夜，树梢轻轻抖动，月色之下，斑驳树影覆在深绿色的灯杆上。

车内又恢复了安静的气氛。

谢舒忽然开口："我们学生会明晚有个聚会，王野让我问你要不要一起来。"

陆嘉言定定地看着前方，听到她的邀约，握住方向盘的手一顿，问："明晚？周一？"

谢舒："嗯。"

"明晚我有点儿事。"想到明晚的事，陆嘉言的眉毛逐渐蹙起，似乎是有些不耐。

"好。"谢舒垂眸。他的回复在她意料之中，她脸上的表情没有任何变化。

绿灯亮起，陆嘉言踩下油门，同时转动方向盘。他问："你们在哪儿吃饭？结束了我来接你。"

"再说吧。"谢舒没有回答，"到时候可能还会转场。"

车子驶入校门，很快就到了宿舍楼下。

谢舒解了安全带打算下车，拉了一下车门，却发现推不开。

"这给你。"陆嘉言转身从后排拿了个礼品袋给她。

谢舒茫然地看了看礼品袋，没有伸手去接。

她刚上车时就看到后座放着两袋东西，那会儿天暗，看不清是什么，原以为是从家里带走的，现在她才反应过来，是两个礼品袋。

陆嘉言直接把袋子放进她怀里，解释说："上次不是把你的项链丢了吗？这算赔礼。"

谢舒捏着袋子看了一眼，认出印在袋子上的标志，是法国的高奢品牌。她还要再说什么："可……"

陆嘉言单手搭着方向盘，伸手去掐她的脸，然后俯身过去，用吻堵住了她剩下的话。

车内的灯已经自动熄灭。

谢舒的后背紧贴着座椅，微仰着头，扑面而来的男性气息仿佛要将她牢牢包裹。

但理智尚存，谢舒还记得二人此刻身处何地。她抬手推了推身前的人，却没推动。

无奈之下，谢舒恼得直接咬了他。

这一下极有效，陆嘉言闷哼一声，终于舍得离开了。他抬手碰了一下伤口，然后才抬头，深深地盯着她，好气又好笑道："谋杀亲夫？"

车门不知何时也已经解锁。

谢舒握上车门把手，冷笑一声，道："谋杀情夫。"

说完，她头也不回，推开车门迅速下车。

等跑进宿舍大门，到了陆嘉言看不见的地方，谢舒这才慢下脚步，轻喘着气。

她低头看了一眼手里拎着的袋子，不重，但里头的东西价值不菲。她心里顿时打定主意，等下次回公寓就把这东西带过去。

她想到刚才的画面，抬手揉了揉脸颊的软肉，刚刚被陆嘉言掐住，即使他没用力，也有点发酸了。

浑蛋。谢舒忍不住在心里骂了几声。

待平复下来，理智也恢复了，她忽然想到刚才和他在车上聊到的事。

周一晚上，他也有事。

这个"事"是指工作，还是约会呢？

上午十点，江大的交流生已经抵达机械学院大楼。一行人前往会议室，首先进行一个小型见面会，让交流生与对接学生互相介绍认识。

院长讲了一段官方的欢迎辞就先行离会，负责的老师简单介绍了一下本次交流项目，之后就是交流生的自我介绍环节。

会议室是大长桌，一边坐着江大交流生，另一边一一对应着与之对接的清大学生。

谢舒端正地坐着，目视前方，只是眼角余光时不时扫向对面。

傅明遇。她又在心里默念了一遍这三个字。

陌生的名字，却是熟悉的面孔。

穿着黑 T 恤的男生是最后一个起来做自我介绍的，所有人的目光齐刷刷地看向他。

"清城大学的老师和同学们，下午好，我是傅明遇。"他的声音听起来有些沉，但语调温和，让人忍不住想去认真倾听。

每个人的自我介绍其实都大同小异，就是介绍一下姓名、专业、兴趣爱好以及对于能来清大交流的个人感受。

傅明遇的介绍很简洁，结尾处却明显停顿了一下："其实清城对我来说，不是一个陌生的城市。高三时，我有幸在清城一中念过书。"

男生稍稍低头，目光清亮地对上谢舒的视线，他微微一笑。

其他人都露出惊讶的表情，唯独谢舒神色未变，直直地看着他。

见面会很快结束，不过江大的老师还有些话要和他们的学生说，清大的师生便没有过去打扰。

王野穿过人群，特意凑到谢舒身边小声询问："那个傅明遇说是和我们一个高中的，可是我们这一届有这个人吗？我记得没有啊……"

他自问自答了。

谢舒也摇了摇头，说："没有。"

谢舒、陆嘉言和王野都是清城一中的学生，同届毕业。他们那一届的同学里没有"傅明遇"这个名字，也没有这个人。

谢舒微微启唇："但是……"

"谢舒同学，好久不见。"

温和的声音传来，谢舒蓦然回首看去。

不知何时，傅明遇已经走到她身边，幽深的双眸对上她的视线。

四目相视，谢舒无奈一笑，语气却颇有几分熟稔："学长，好久不见。"

"已经不是学长了。"傅明遇向她伸出手，神情多了一点儿正经，笑着说，"以后请多指教。"

谢舒也没扭捏，落落大方地伸手向前握住他的手。只一秒，二人又同时松开。她微微弯眸，笑道："是互相照顾。"

"他之前是高我们一届的学长。"谢舒跟王野解释，又转头给傅明遇介绍："这位是我们院学生会的主席王野，跟我一样，他也是一中毕业的。"

她停顿了一下，微微挑眉，笑意盈盈道："可以说我们这算是一中校友见面会了。"

旁边双方老师已经交谈完毕，接下来要安排交流生前往住宿楼。

谢舒不方便进男生宿舍楼，陪同至楼下，由王野和学弟等人代她进去。

旧友重逢的喜悦让她差点儿忘了自己作为对接人还有任务在。

两方的人临分别时，谢舒忽然开口叫住傅明遇，说："今天下午我没有课，如果你方便的话，我带你逛一逛我们学校。"

二人站得近，傅明遇还得稍稍低头与她对视。他说："好，那我联系你。"

交流生被安排在六楼，王野叮嘱完前面的人，放慢几步走到傅明遇身边，有些感慨："没想到你们认识。"

傅明遇笑了笑，点头，却没接他的话。

王野本是好奇这二人的相识，却见傅明遇没有谢舒在的时候那么好说话，他顿时也歇了八卦的心思。

有其他人过来搭话，王野顺势往后退了一步，无意间瞥向旁边。

傅明遇的脸上仍含着笑，态度温和，待人有礼。

又好似和刚才没什么不同。

　　上午忙了交流生的事，谢舒一直没顾得上手机里的其他消息，也是到了
宿舍才知道下午多了两节课。

　　老师周五有事，便把课挪到了今天下午。

　　而谢舒又已经和傅明遇约好下午陪他参观，她一下子陷入了尴尬的局面。

　　于晴分析道："咱们学校也没啥好逛的，除了教学楼、图书馆、学院大
楼要看，实训大楼我们暂时也进不去，其他不就是公园、食堂吗？这有什么
好参观的，一个小时够用了。"

　　谢舒点头，觉得也有道理。

　　下午一点半，谢舒和傅明遇约在男女宿舍楼中间的水街见面。

　　傅明遇提前坐在水街边的长椅上等她。

　　谢舒远远地就看到他身边还放了两杯奶茶，心里无奈地叹了一口气，放
慢脚步走过去。

　　走近了，谢舒还没开口，傅明遇就已经把奶茶递了过来。

　　她没有立刻接，他开口："是常温的。"

　　"谢谢。"谢舒接过奶茶。

　　"不用谢。"傅明遇拿着同款奶茶站到她身边，笑着说，"这算是报酬。"

　　谢舒了然。

"陪你参观也是我分内的工作。"话是这么说的，但她脸上笑意明显。

穿过月湖公园，走至路的尽头，就是图书馆。

不过这个时间段大部分人都在上课，没上课的要么在图书馆，要么在宿舍，此时公园寂静无声，仅有他们漫步其中。

谢舒想起上午的见面，再回忆起两人第一次见面的场景，忍不住笑道："学长这次可终于叫对了我的名字。"

她还是和高中一样，习惯性地喊他"学长"。

傅明遇显然也回想起高中初遇时的乌龙，垂下双眸，神情有些不好意思，说："铭记于心，不会再错了。"

"不过，我倒是差点儿没认出学长你。"谢舒笑了笑，"之前只看名字，我还以为认错了。"

傅明遇在高中时并不叫这个名字，难怪她当时没认出来。

"嗯。"傅明遇抬头往前看了一眼，"是毕业后改的。"

他提及这件事的时候神情淡淡的，谢舒意识到他应该是不愿多聊，便转移了话题。

两个人一边聊一边走，话题一个接一个，没有冷场过。

不知不觉，转眼一个小时过去了。

而二人也刚好走到教学楼。

谢舒低头看了一眼腕表，有些不好意思地说："那个……"

傅明遇低头看过去，谢舒说："我们下午临时有课，所以我现在得走了，不然我找王野过来陪你继续逛？"

傅明遇没回答，而是问："是专业课？"

"嗯，是。"

谢舒抬头看向他，只见他神情认真地问道："那我可以旁听吗？"

"当然。"谢舒愣了半秒才反应过来，"之后你们也会和各专业学生一起上这些相同的课程。"

前面正是教学楼大门。

傅明遇微微侧身，绅士地礼让她先行，道："那我和你一起去吧，提前感受一下课堂氛围。"

　　察觉到他的动作，谢舒不由自主地笑着应下："好。"

　　302 教室。

　　于晴到时，前面的座位都已经被占了，她直接在倒数第二排坐下。

　　上课前一分钟，老师在讲台上调整设备，正要点名，谢舒这才从后门进来，身后还跟了一条"小尾巴"。

　　过道另一边的同学见她和一个陌生男生走进来，"嘿嘿"一笑，调侃道："哟，谢秘书长这是换新男友了？

　　"同学，你不是我们学院的吧？没见过呀！"

　　谢舒还在示意室友往里挪个位子，听了他们的话，不得不扭过头去解释："别乱猜了，这位是学院今年的交流生，明天班会再正式介绍，之后也会和我们一起上课。"

　　闻言，大家不再起哄，不过忽然有新的帅哥出现，大部分人的目光都还下意识追随着。

　　将菲菲也侧身探出头来看。她眼睛微亮，拽了拽于晴的衣袖，小声道："还挺帅的呀！"

　　于晴也惊讶于傅明遇的出现。她往谢舒那边凑了凑，借着送书的动作小声问："他怎么跟着你过来了？"

　　谢舒无视周围的目光，伸手接过室友递来的课本，平淡地说："下午有空，就提前过来听课了。"

　　她话音刚落，熟悉的上课铃声随之响起，所有学生都条件反射地收回视线，目视前方。

　　这两节是班主任的课，可没人敢开小差。

　　谢舒上课时注意力十分集中，尽管今天旁边多了一个人，但很明显，帅哥也没有黑板上的计算公式吸引人。

　　连着两节课，上课时间她根本就没有分散过注意力给傅明遇。

下课铃声响起的时候，老师正好布置完作业，班上同学也都不约而同地松散下来。

"老王他们已经在校门口了，我们直接过去吗？"于晴一股脑儿地将东西塞进包里，然后扭头问谢舒，也是在问傅明遇。

"我得回宿舍拿包，你们先过去吧，还得点菜。"谢舒直接将课本拿在手里，又向她伸手，"你的书我也带回去吧。"

课本很厚重，包里没有它能轻好多，于晴乐得轻松，一口答应："行啊！"

谢舒接过，又转头对傅明遇说："你和于晴一起去校门口找王野吧。"

她没给第二种选择，是因为下意识觉得他不会选。却不想这个两节课下来都没说过一句话的人终于开了口："我等你一起吧。"

他声音很轻，却给人一种温柔的、坚定的感觉。

于晴心细，看了看傅明遇，然后才对谢舒说："也好，不然你一个人也孤单。"

"行。"谢舒没想那么多，转身往楼梯走，又问跟过来的傅明遇："你要不要回去拿什么东西？其实不急，现在还早呢。"

"我没什么要拿的。"傅明遇接过她手里的两本厚书，"我来拿这个吧。"

谢舒愣神。她以为他也是要回去拿东西，所以才会跟过来。

"那……那等会儿得麻烦你在楼下等我几分钟了。"要让他等自己，谢舒顿时有些不好意思。

下一秒，傅明遇轻轻地笑了笑，温和地说："不麻烦。"

这次欢迎交流生的聚会不是官方安排的，算是学生会私下组织的。一半是为了欢迎交流生，一半则是学生会自招新后就没有举办过这类活动，趁着这个机会出来聚一聚，联络联络感情。

机械学院以男生居多，一开始大家还因为陌生而拘束。但等菜一上桌，大家互相喝两杯可乐或啤酒就都熟了。

"你喝什么？"谢舒见傅明遇的杯子里什么也没有，于是开口问，"椰汁、可乐还是啤酒？"

傅明遇反问她："你喝什么？"

"我喝椰汁。"一瓶椰汁刚好被转到这边，谢舒直接拿下来问他，"你喝吗？"

傅明遇点头，伸手要接过来，说："我来吧。"

"别客气，倒个饮料而已。"谢舒直接拿过他的杯子，一边倒一边笑着说，"我都还没尽东道主之谊呢。"

旁边的王野也故意把杯子凑过来，说："那给我也来一杯呗！"

谢舒斜睨一眼，看见他杯里深褐色还带气泡的液体，没好气道："喝你的可乐去吧！"

这顿饭吃得很热闹。

结束后，于晴和两个学弟去前台结账，谢舒则打电话预定了隔壁商城二楼 KTV 的豪华大包间。

十分钟后，三四十个人就这么浩浩荡荡地往第二个目的地走。

KTV 包间里，唱歌的唱歌，玩游戏的玩游戏。

谢舒则像隐身人一样窝在角落的沙发里，企图隐匿在阴影里。

"学姐，我敬你。"忽然，她面前站了一个端着杯子的男生。

谢舒不喝酒，抬头看了一眼面前的学弟。她觉得有点儿眼熟，好像刚才吃饭的时候对方就来敬过酒了。

"不用敬。"谢舒开了一罐雪碧，向前一举，道，"干杯。"

浅抿了一口后，她放下雪碧，又叮嘱对方："你也不要喝太多。"

"哦……好，我不喝酒了。"学弟像是傻了一样，两三秒后才猛地点头应下，像是在对她做什么承诺似的，然后拿着一干二净的酒杯，满脸欣喜地走回游戏区。

那边有人盯着他们看，见他回来，故意笑着问："你怎么这么开心，又去找谢舒姐了？"

"是啊！"学弟点头，脸上高兴的表情藏不住，欣喜地说，"不喝了，学姐叫我少喝点儿酒呢！"

"哟，这么听话。"

"那怎么不叫她过来玩？一个人坐那儿多孤单。或者你过去陪她呀！"

在场的人多少能看出点儿这个学弟的心思，纷纷起哄。

当然，没人敢闹到谢舒跟前去。

"哎。"旁边有女生见了，忍不住提醒，"谢舒姐可是有男朋友的。"

那学弟却状似开玩笑地说："那可说不准，学姐也从来没有说过自己不是单身哪……"

其他人都觉得他是在故意开玩笑，唯独于晴听到他的话，抬头看了过去，觉得对方意有所指。

她记得，这个学弟似乎经常跟计算机系的人打球，大概是听到了些什么。

谢舒并不知道那边的人在讨论自己的事，正缩在角落里低头看手机。

她也不明白自己在做什么，毫无目地打开聊天软件，盯着没有一条新消息显示的界面看。

"朋友圈"那里有个小红点，谢舒点进去看，界面更新，刷新后的第一条却是意料之外的人。

谢舒有宋嘉真的微信，也是一个意外。

那会儿刚进校，大家都喜欢参加本市老乡会，谢舒和宋嘉真坐同一桌，有人提议加个微信，于是大家就都打开手机加了。

谢舒也没有例外，将桌上的人都加上了。但后来她和这些人几乎都没有联系过。

记忆收回，谢舒视线微移，重新看向手机屏幕。

宋嘉真发了一张图，配字"生日快乐"，还有一个"礼物"的表情包。

照片拍得很有意境，还加了暖色系滤镜，给人一种温柔又浪漫的感觉。

不过谢舒觉得自己的记忆力还没退化得那么快，照片上的礼品袋和她昨天收到的那个一模一样。

如此巧合的事，由不得她不多想。

"怎么一个人坐在这儿？"傅明遇走过来，在谢舒旁边坐下。

他从外面进来，推开门，一眼就看到了坐在最里头的谢舒。

在热热闹闹的包间里，唯独她安安静静地坐在角落，低着头出神，也不知道在想什么。

谢舒蓦然惊醒，摁灭手机，扭头看向他，疑惑道："啊？"

"没什么事呀。"她眨了眨眼，倾身去拿桌上的雪碧，又问他，"你打完电话了呀，喝点儿什么？"

傅明遇没再提起刚才的那个话题，顺着她的话点头道："嗯，是有点儿渴了。"

茶几上摆满了瓶瓶罐罐，其他人要么拿酒，要么拿饮料，唯独傅明遇挑了一瓶水。

谢舒见了，好奇道："怎么只喝水？"

傅明遇刚拧开瓶盖，正要说些什么，又被打断。

"谢舒姐、学长，要不要一起来玩？"游戏区里的某桌人此时都转过头看向他们这边，其中一个学妹伸手招呼他们过去，"这个游戏人多才好玩。"

"是啊，过来一起玩呗！"

谢舒也不打算一个人待在角落里看手机了，问了一句："什么游戏？"

那边说了三个字："狼人杀。"

谢舒之前玩过，有点儿兴趣。她站起来后忽然想到旁边还有一个人，转头看过去，正好迎上傅明遇的视线。

谢舒没想到他一直在看着自己，愣了愣神才问："要一起吗？"

傅明遇跟着起身，接受了她的邀请："好。"

"什么时候结束？"

"我来接你。"

陆嘉言又打开手机看了一眼，最新的两条消息是半小时前发的，至今没有回复。

耐心告罄，他盯着屏幕微微皱眉，退出聊天界面，准备打电话。

不过通话键还没按下，对面的人先回座了。

宋嘉真见陆嘉言拿起手机又放下，故作随意地问："嘉言哥，你最近很忙吗？上周周老的课你都没来，他差点儿在课上亲自打电话给你。"

宋嘉真出言劝了两句，周老看在她这另一个得意门生的分儿上，才放过了陆嘉言。

陆嘉言早从室友口中得知了这件事。此刻他微微颔首，说："那件事，谢谢你帮忙。"

宋嘉真微笑道："不用那么客气。"

侍者推了蛋糕过来，精致的翻糖蛋糕，最上面还立着一个穿礼服裙的小人儿。

宋嘉真望过去，眼里满是惊喜，忍不住发出一声感叹："好漂亮啊！"

她又偷偷偏头，看向对面的男人，面露羞赧地说："嘉言哥，谢谢你，我很喜欢。"

陆嘉言也看了一眼蛋糕。奶油涂得五颜六色的，还有很多装饰物，他可欣赏不来。

他挥手示意侍者把蛋糕放到中间，语气淡淡地说："都是你哥准备的，要谢就谢他。"

陆嘉言今晚本没有事，但前两天接到宋博远的电话，对方人在国外，聊天的时候忽然说起他表妹过生日没人陪，就让陆嘉言帮忙送个礼物。

结果陆嘉言过来了才发现不是简单地送个礼物，宋博远那厮还定好了餐厅位子。

他还劝道："你就好人做到底，代我陪我妹妹吃顿饭呗。再说了，这次我出差不也是替你出的吗？"

这的确是事实。

陆嘉言因为学业，不能请假太久，于是公司把要出差的工作都派给了宋博远。

宋嘉真是知情人，尽管知晓陆嘉言会留在这儿陪她过生日是因为什么，却依旧笑得温柔，说："还是谢谢你陪我过二十岁生日。"

宋嘉真将切的第一块蛋糕放到陆嘉言面前，又问："你等会儿是回学校吗？"

"不回。"陆嘉言的手在手机屏幕上无规律地轻敲着，垂眸看了看蛋糕，说，"你吃吧，吃不完就带回去。"

宋嘉真切蛋糕的动作顿了半秒，片刻后又恢复自然，状似无意地问："那你等会儿是要去接谢舒吗？"

"嗯？"听到那两个字，陆嘉言脸上终于多了一点儿不一样的表情。

宋嘉真将这一幕看在眼里，继续道："我听朋友说，为了迎接交流生，谢舒他们学生会今天聚餐，续摊去唱 K 了。"

陆嘉言盯着她看了数秒，问："你朋友？"

宋嘉真面不改色，淡定地品尝了一口蛋糕。明明应该是甜到极致的蛋糕，吃到嘴里，她却有些食不知味。

在陆嘉言的目光下，宋嘉真不疾不徐地开口："是呀，我加入的社团有个学妹刚好也在他们院里，我刚刚在朋友圈看到了她发的照片。人还挺多的，大家一起喝酒、玩游戏，挺热闹的。"

她忽地话语一顿，转头看他，微微笑道："你等会儿去接谢舒？不会是怕她喝醉了吧？"

气氛静默了一瞬。

陆嘉言对她的话没有任何多余的反应，目光和语气都格外平静："她不喝酒。"

宋嘉真没想到他会这样笃定地回答，看着他，一时语塞。

又过了两分钟，陆嘉言低头给宋博远发了消息。答应的事已经完成，他也没有再留下来的必要。

他拿了手机刚要起身，忽然，旁边传来一道惊讶的声音："陆嘉言？！"

陆佳佳和小男友恋爱满一个月，二人特意出来庆祝，但她万万没想到会在这儿遇见堂弟。

走过遮挡的绿植，陆佳佳看清了他对面坐着的女人是谁，竟然不是谢舒。她略有些惊讶，却见对方的面孔也有几分眼熟，想了想，说："陪朋友吃饭呢？"

陆嘉言点头，算是回应了。

陆佳佳没再说什么。男朋友还在门口等着她，她也不打算管陆嘉言的破事，转身就走了。

走出餐厅，过来接陆佳佳的男朋友刚刚也看到了她走过去的那一幕，随口一问："怎么，遇到熟人了？"

"嗯。"陆佳佳点头。她的表情没有刚才表现出的那么不动声色，再开口时，颇有些咬牙切齿的意味，"不知道那臭小子在搞什么！"

另一边，谢舒参加的聚会也即将结束。

这次大家玩得很尽兴，也没人喝得醉醺醺的，一个个的都还能勾肩搭背地走出去。

作为前辈的学长和学姐则头疼怎么安排这一大群人坐车。

于晴提议："就按部门来吧，一个部门两辆车，多出来的人再打一辆车。"

"每辆车必须有一个男生在。"谢舒又看向几个部长，叮嘱道，"到校后统一先把女生送回宿舍。"

部长们纷纷点头应下。

时间不等人，他们迅速讨论出方案，最终由王野一锤定音："那行，就这么定了。"

这里在商城附近，这个时间点有很多人在打车，他们还得排队。

将这三四十个人一一安排好上车送走，花了大半个小时。

谢舒自然是留到最后，正要打开手机看时间，却发现怎么摁屏幕都不亮了。她慢半拍地反应过来，应该是没电了。

谢舒无奈地收起手机，喊了一声前面的王野："你来打车吧，我手机没电了。"

她说着又后退一步，想避开前面过来的外卖骑手。结果不知道踩着了什么，没站稳，她下意识去抓旁边的东西。

"小心。"傅明遇自然且迅速地伸出手臂。

他全程默不作声地跟在谢舒后面，这会儿终于有了存在感。

谢舒抓着他的胳膊站稳，下一秒就松开，感激道："谢谢了。"

她抬头对他笑了笑，有些不好意思地说："可能太晚了，犯困，路都不会走了。"

"嗯，是有些晚了。"傅明遇顺着她的话重复。

因为刚才的小插曲，两个人此时站得有点儿近，超出了谢舒心里的社交安全距离。她往旁边挪了一小步。

"车马上就到了，还有一分钟。"王野没看到刚刚发生了什么，走过来说。

学弟学妹们走后，路边都冷清下来了。

远远地，有辆车渐渐驶近。

"这么快吗？"王野有点儿惊讶，看了看手机里的车牌信息，又抬头去看那辆车。

只是车灯过于亮，他一时看不清车牌号。

车开到跟前，谢舒最先发现这绝对不会是他们打的车。她认识这辆车。

黑色轿车降下车窗，里面传来陆嘉言的声音："上车。"

谢舒看到他，不免惊讶，下一刻又回想起在朋友圈看到的那张图。

这个时候，他不应该还在约会吗？

陆嘉言见谢舒的脸上没有丝毫喜悦，反而还听到她说："我们已经打到车了，你先回去吧。"

他皱起眉头，耐着性子道："回公寓，有事和你说。"

谢舒再次拒绝的话还没说出口，旁边的王野见气氛有些僵，先开口缓和气氛："谢舒，你和言哥走吧，我会把傅同学安全送回去的。"

见陆嘉言这架势，自己要是不上车，他是不会走的，谢舒心里无奈，看向傅明遇和王野，还是妥协了："行，那你们到宿舍了发个消息给我。"

"OK，OK。"王野连声道。

傅明遇却没急着开口回答。他和车里的人短暂对视，又看向谢舒，对上她的视线，神情温和地说："那你到了也发个消息报平安。"

街角路灯下。

傅明遇看着那辆车驶远，问："那是？"

王野慢了半拍，开口道："哦，那是谢舒的男朋友，陆嘉言。"他晚上喝了一点儿酒，絮絮叨叨起来，"对了，他也是一中的，说不定你那个时候也见过。"

王野说了一堆，没听到回应，转头去看，却发现傅明遇还望着那个方向。

傅明遇要比王野高一点儿，但这个角度，王野刚好能看清他的表情。

不知是月色清冷的缘故，还是因为夜凉如水，王野总觉得对方的神情平静到有些漠然，那双琥珀色的眸子里忽然多了些许他看不懂的情绪。

"你……"

一辆车正驶近，司机按了一下喇叭，在夜晚格外响亮。

王野收住声音回头张望，向司机招手确认位置。而同一时间，他的耳边似乎还响起了一道声音。

"是吗？"

王野愣了一下，觉得不是幻听。

他再转过头去看，却见傅明遇已经迈开步子走向车门。

从商城到公寓只有二十分钟的路程，谢舒上车后问了陆嘉言一句有没有充电线，给手机充上电，就没有再说其他的话。

两个人各怀心事，一路沉默。

谢舒发现后排空无一物，原本搁着的礼品袋已经不在了。那么现在袋子在哪儿，不言而喻。

车子在楼下停下，谢舒没动，看着前面绿化带灌木丛枝头轻晃的树叶，出声问："有什么事要跟我说？"

陆嘉言愣住了。刚才那句话不过是他随口扯的，只是为了让她上车，这时候自然回答不上她的话。

"嗯……"他犹豫片刻，手指擦过鼻尖，语气放轻了一点儿，"也没什么。"

谢舒嘴角轻撇，看也没看他，转身下车。

她一边走一边低头打字，不过不是单独发给傅明遇，而是直接在群里跟着其他人发了一条"已到"。

陆嘉言两步跟上谢舒，见她一直低头打字，借着身高优势扫了一眼她的手机屏幕。

他忽然想起刚才在路边看到的那一幕。

还有那个男生。

电梯到了，陆嘉言见她还低头看着手机跟人发消息，心里莫名不爽。他伸手直接抓住她的手腕，把人拉进去。

几秒后，他忍不住问："那个男生是谁？怎么你们聚餐他也在？"

谢舒这时已经收起手机，听到他的话还惊讶了一下，没想到他竟然能认出傅明遇不是院学生会里的人。

"昨晚不是和你说了吗？晚上的活动就是为了欢迎交流生。"谢舒抬头看他，平静地说，"他是江大过来的交流生。"

她没提傅明遇过去曾在一中念过书的事，下意识略过了这段往事。

陆嘉言看着电梯门上倒映出来的二人的身影，握着她的手没松，神色却微微放松了，应了一声："嗯。"

江大过来的交流生。

可陆嘉言一想到刚刚那个对视，直觉告诉他有哪里不对劲。

他的第一反应是警惕。

一进屋，谢舒随手把包扔到沙发上，正要放下手机的时候，屏幕忽然亮起，弹出一条消息。

她打开来看，是傅明遇。他按照约定给她发了消息："已到宿舍。"

谢舒回了个"好的"，就把手机放下，转身去房间拿换洗的衣服。

陆嘉言倒了一杯水从厨房出来，只看到她进浴室的背影。

他在原地站了一会儿，盯着浴室的方向若有所思。回过神，他又转过头，看向搁在桌边的手机。

自动锁屏时间快到了，手机屏幕的亮度正在变暗，即将进入休眠状态。

陆嘉言的身体动作比大脑思考要快，等他反应过来自己做了什么的时候，手机屏幕已经重新亮起。

屏幕上是聊天界面，聊天记录只有简单的几句话，而对方的备注是——傅明遇。

只片刻，陆嘉言就想到了那个男生。

他垂眸，静静地盯着毫无动静的手机，直至手机再一次熄屏。

谢舒正戴上发带卸妆洗漱，谁知刚要刷牙，就听到门口传来声响。她扭头看过去，下一秒，浴室门被推开了。

谢舒看着出现在门口的男人，一阵无语。她怎么就忘记锁门了呢？

"你进来干吗？"谢舒没好气道。

陆嘉言见她情绪外放地瞪着自己，一时间倒觉得舒心很多。

他什么也没答，走过去，从背后抱住了她。

谢舒刷牙的动作慢下来，看向镜子里。两个人站在浅黄色的灯光下，她心里莫名生出一种岁月静好的感觉。

只是没一会儿，便有一股淡淡的清香钻入鼻尖。那味道并不难闻，但是她闻着很不舒服。

"你先出去。"

两个人靠得这般近，陆嘉言感受到她挣扎的动作，却没有松手的意思。

谢舒迅速低头将牙膏沫儿都吐掉，一秒也没等，直接转头对他说："别离我这么近，你身上有味道。"

她还用手推他。

陆嘉言皱眉，不解地说："我晚上没喝酒。"

谢舒不喜欢闻酒气，他以为她是在用莫须有的理由故意赶他出去。

谢舒闻言默了默，望着镜子里的他，嘴角不自然地紧绷着。

"那可能……"她想笑一笑缓和气氛，勾了一下嘴角，却发现怎么也笑不出来，故作轻松地呢喃，"是香水味吧。"

明亮的镜子里，她和他的表情一览无余。

看到他脸上的表情出现细微的愣怔时，谢舒垂下双眸，不再看下去。

很快，腰上的力道松了，她往旁边挪了一小步，伸手挤了洗面奶洗脸。

陆嘉言低头看着她，妥协地退后，最后默默吐出一句："那你先洗。"

热水澡果然会令人身心放松，等谢舒再出来的时候，舒服得都快忘了刚才不愉快的事。

直到她打开房门，看见床脚的沙发上坐着那个已经换上睡衣的男人。

他听到声响，视线从手机上挪开，缓缓抬头看过来。

谢舒又确定了一下这房间里的布置。是客卧，她没走错啊……

"你怎么在这儿？"她问。

陆嘉言把手机放下，微一挑眉，轻拍身边的床，说："等你。"

谢舒总觉得看他这表情，似乎是早就料到了她会回客房，所以就直接过来堵她。她慢悠悠地走到床的另一边，道："说吧，什么事？说完可以回去睡觉了。"

谢舒知道他睡不惯客卧，所以是不会留下来的。

然而事实却是，陆嘉言已经掀开被子的一角，先她一步坐到了床上。

谢舒瞪大了眼睛。

在她的注视下，陆嘉言掖了掖被角，然后才不紧不慢地开口："那件西装已经扔了，香水可能是挂在餐厅的时候不小心沾上的。"

既然他开口提了这件事，谢舒也暂时不去管其他的事，直接问："你不是说今晚也有事吗？是去哪儿吃饭？"

陆嘉言报了餐厅名字，是一家清城著名的情侣西餐厅。

谢舒会这么清楚，也是因为大一时她和于晴不知天高地厚地去那家餐厅拉过活动赞助。

她攥了攥被子，故意问："你一个人？"

其实从谢舒的语气里，陆嘉言已经能听出不对劲，也感觉到气氛变得微妙起来。

"宋嘉真生日，宋博远在国外赶不回来，让我帮他送个礼物。"陆嘉言伸手捏了捏眉心，话语微顿，"餐厅也是他订的，我一开始不知道是在那里。"

他到达餐厅后，宋博远又打电话过来劝说，他总不能那么没风度地直接掉头就走吧。

谢舒听完这段话，又梳理了一遍，心里清晰明了不少，却也觉得好笑。她淡淡地说："那你可真是热心哪。"

陆嘉言听出她话里有几分阴阳怪气，眉头紧锁地盯着她，几秒后又舒展开来，像是哄着她说："好了，我知道了，以后不会那么'热心'了。"

他还着重强调了"热心"二字。

谢舒想躺下休息了，于是伸手推了推他，开始赶人："事情说完了，你可以回去睡觉了。"

"嗯。"他应下来。

不过他并没有离开的意思，反而直接抓住她推人的那只手，顺势把她搂进怀里，然后长臂一伸关了灯。

"熄灯，睡觉。"他说。

"你干吗？"谢舒不敢有大动作，伸手随便一拍，应该是拍在了他的胳膊上，清脆的"啪"的一声。

"别乱动。"陆嘉言握住她的手，然后俯首在她嘴边亲了亲。

谢舒受制于他，还没反应过来，就感觉到睡衣下摆被掀开，他温热干燥的手掌已经贴上她的小腹。

"你……"她有些语塞。

陆嘉言又倾身亲了她一口，打断她的话，接着说："来给你当暖水袋。"

他掌心有源源不断的热意传来，小腹顿时没有刚才那么难受了。谢舒不得不承认很舒服，保持着这个侧卧的姿势不动了。

但她嘴上不落下风，小声嘀咕："那我可以充热水袋呀。"

"三十摄氏度的天气用热水袋，你是想被烫伤，还是想中暑？"

反驳不了，谢舒只能撇撇嘴。

怀里的人安安静静，陆嘉言心情甚好，轻声笑了笑，语气还挺自得："再说了，热水袋有我的手舒服？它能给你提供额外的按摩服务？"

说着，他的手也跟着轻轻转了一圈。

"别乱动。"谢舒把这三个字还给了他。

可之后感受到他近乎温柔的动作，她心中泛起一股热意，双眸忍不住弯了弯。

　　谢舒生理期不会疼得死去活来，但第一天身体多少会有些不舒服。她从没想过要请假休息，于是白天依旧忙碌，一到晚上就难受加倍。

　　陆嘉言不可能放着她不管，无可奈何，只能认命地给她揉了一晚上肚子。

　　这算是二人之间无言的默契。

　　只不过这段时间他们之间的气氛不太对，谢舒今天觉得身体有点儿不舒服，但不想跟他说。

　　就像是不想麻烦他。

　　只是，她没想到他会过来。

　　黑暗中，谢舒被带到陆嘉言的怀里，清晰地感受着他胸腔怦怦的心跳声。

　　他的怀抱很温暖，好像也只有这种时候，她才感觉到有安全感。

　　她合上双眸，舒服地微微动了一下，将脸往被子深处埋去。

　　察觉到谢舒的动作，见她还没睡着，陆嘉言开口问："晚上是不是喝凉的了？"

　　谢舒稍顿，辩解道："常温的，不是冰的。"

　　陆嘉言搂着她的腰，像是惩罚似的顺势轻轻掐了一把，又叮嘱道："少喝一点儿。"

　　"哦。"谢舒这次乖乖应下，没反抗。

　　这一晚，谢舒开头难受了一阵，但很快就被陆嘉言安抚着睡过去了。

　　倒是陆嘉言一晚上都没怎么睡好。

　　谢舒在怀里，他一闭上眼就忍不住发散思维，却又什么都做不了，还得任劳任怨地继续给人"暖床"。

第 四 章

第二天一早，谢舒被拼命振动的闹钟叫醒。陆嘉言凌晨三四点才睡着，睡得还很沉。

她摁掉闹钟，想到早上还有课，翻了个身就要起床。

身后的陆嘉言被这动静闹醒，抱着她的手又往怀里收了收，低声问："怎么了？"

谢舒轻声道："我要起来去上课了。"

察觉到腰上的手松了些，她动作很轻地下床，却没走。她回头，看着他的睡颜，想起昨晚的温情，目光不觉间柔和下来，轻声说："你继续睡吧。"

时间还早，谢舒用冰箱里所剩无几的食材做了蔬菜瘦肉粥，盛出一碗自己喝，剩下的装在保温壶里留给陆嘉言。

公寓到清大就两站公交车的路程，谢舒到教室的时候，傅明遇和另外两位交流生已经到了。

从今天开始，交流生会跟班一起上部分课程。

"谢了。"谢舒接过于晴帮忙带来的书，顺便问她，"你和大家说有交流生要一起上课的事了吗？"

于晴尴尬地摸了摸脸，说，"不是班会课介绍吗？"

她抬头看了一眼时间，忙对谢舒道："离上课还有五分钟，要不你去说一下？"

班会课在下午，但总不能这节课什么也不说就大家一起上课吧。

谢舒点点头，起身走到座位前排。

她用简单的几句话说完两所高校的交流生项目，又把三位男生介绍给同班同学和这节课的老师。

高老师对三位交流生表示了欢迎，率先鼓掌道："欢迎新同学！"

谢舒看时间差不多，要开始上课了，这个环节可以结束了。她看向三人，说："你们随便选位子，坐前排后排都行。"

这间教室不大，是小班课堂。教室中间有一条走廊把座位分成了左右两边，通常他们班都是男生坐一边，女生坐另一边。

谢舒照常去找室友，结果转身正要坐下的时候，突然发现身边还跟着人。

那两位男同学已经自觉入座了男生堆，而傅明遇却跟着她往右边走。

见谢舒一脸迷茫地看着自己，傅明遇倒是十分坦然地在她旁边坐下，从容道："我的书被弄错了，新书要下周才能送到，不介意让我一起看吧？"

"啊？"谢舒有些惊讶。

交流生的课本是昨天上午一起发的，没想到会出现这种低级错误。

谢舒把桌上自己的书推了过去，大方道："那你先看吧，我和室友看一本就行。"

她又像是学姐关照新来的学弟一样，还不忘提醒他："对了，你记得准备几个笔记本，有些任课老师会把要点写在黑板上，要记下来的。"

"好。"傅明遇翻开书本，视线在写了名字的第一页停顿了半秒，点了点头，说，"谢谢。"

此时台上的高老师开始讲课，台下的学生也都自觉噤声。

第一节课后有十分钟的休息时间，其他人都出教室透气去了，谢舒正低头握着笔在草稿纸上涂涂写写，跟老师刚布置的两道题目做斗争。

"喝水吗？"旁边有一道声音传来。

谢舒下意识抬头，就看到桌面上多出了一个纸杯，杯壁还印着"清城大学"四个字。

她愣了一下，很快反应过来，转头朝傅明遇笑了笑，说："谢谢。"

"开水间刚好有纸杯，我就顺手多接了一杯。"傅明遇拿的是自己的水杯，坐下后，他说，"不知道会不会烫？"

谢舒放下笔，手指碰到纸杯，还能感觉到融融暖意。

"不会，这样刚刚好。"她轻抿了一口，又握着纸杯暖手，觉得特别舒服。

两节课时间过得很快。

今天老师不但没有拖堂，反而提前结束了讲课。但因为没到点不能提前下课，于是让大家在座位上收拾东西。

谢舒摸出手机看了一眼屏幕，有新消息提示。她点开来看，是陆嘉言半个小时前发的，问她锅里是什么粥。

"蔬菜粥，加了一点儿肉丝。"

她刚把消息发出去，忽然听到旁边的人问："你们中午一般是点外卖，还是去食堂？"

下课铃声也恰好响起。

傅明遇跟在谢舒身边，她一边走一边回答他的问题："平时上完课，我们都喜欢去离教学楼最近的 A 食堂。"

清大有三个食堂，谢舒没有"厚此薄彼"，还给傅明遇分别介绍了一下另外两个食堂的特色。

旁边的于晴笑着和傅明遇说："你算是问对人了，我们谢舒可是人称'清大导航'。"

谢舒无奈地笑着瞪了她一眼，悠悠地说道："论有多了解食堂，那我可不及你。"

于晴"嘿嘿"地对她笑了笑，没再插话。

下到一楼，傅明遇依旧跟她们同行。

谢舒看另外两个交流生往宿舍方向走，随口问了一句："不和你同学一起吗？"

傅明遇反问："我们不是同学吗？"

话音刚落，就听周围传来几声憋不住的轻笑。

谢舒表情淡定，点头道："也是。"

她琢磨着，傅明遇这应该是要跟她们一起去食堂吃饭的意思。

不过也是，对方毕竟刚来清大，人生地不熟，到了陌生环境肯定也会先选择接触熟悉的人。

只是——

谢舒稍稍扭头看了一眼另一侧的室友们。

原本她是担心傅明遇的突然加入会让室友们感觉不自在，结果转头就见蒋菲菲等人纷纷冲她微笑眨眼。显然，大家对他的加入表示非常欢迎。

正值用餐高峰期，食堂里人挤人，大家一进门就直奔自己要去的窗口。

谢舒结完账，拿着餐盘从快餐区走出来，一回头，发现傅明遇就跟在她后面。

她惊讶道："你也吃快餐？"

傅明遇点了点头。

两个人走到座位处，还没坐下，于晴惊讶的声音先一步传来："哎，你们点了一样的菜呀！"

谢舒被她这么一说，也去看傅明遇的餐盘。

茄子肉末、菌菇炒肉、清炒莴笋，的确是一样的菜式。

蒋菲菲在分餐具，接过于晴的话头："这个时间快餐没多少菜了，点一样的很正常。"

谢舒想到刚刚窗口的菜，赞同道："是呀。"

她又转头和傅明遇说："其实以后如果时间不急的话，可以试一下我们清大食堂更多的特色美食。至于特色美食有哪些推荐的，这就到于晴最了解的领域了。"

于晴发现自己被拉出场，立即回应："那我回去就把攻略发群里！"

她之前动笔写过一篇关于食堂的攻略，还给公众号投过稿，可惜终审的时候被老师打了回来。

傅明遇笑了笑，又客气地道谢。

下午先上了专业课，之后于晴临时拉着同学们开了一个简单的班会。

谢舒还特意做了一张 PPT 放投影，以此为背景拍摄了好几张照片。到时候给新闻部的人去挑选，发公众号推文时可以配图。

"行，那今天班会就先到这儿，辛苦大家了！"于晴双手一合，发出解散信号，同学们陆续起身离开教室。

"怎么了？"谢舒在讲台上关电脑，忽然被戳了一下胳膊。她以为于晴还有事要说，头也没抬道，"说。"

"啧。"于晴又推推她，提醒道，"门口。"

谢舒伸手拔了 U 盘，直起身，顺着于晴的话往教室外望去。

夕阳浅金色的光倾洒在那个人身上。

陆嘉言单肩背着书包靠在阳台上，抬头看过来。二人视线相撞，他挑起眉眼，似笑非笑。

"嗯，看到了。"谢舒收回视线，神色淡然地走回座位，拿起手机和包。

"我先走了。"她和室友打完招呼，转身，发现傅明遇还没走，便也跟他道了一声"再见"。

"谢谢你的书。"傅明遇拿起谢舒借给他的书晃了一下，然后勾唇笑了笑，说，"明天见。"

"不用谢，你慢慢看。"谢舒笑着挥了挥手，然后才转身离开。

傅明遇望着她的背影。

这是他第二次这么期待上学。上一次，还是念高中的时候。

两次，都是因为同一个人的存在。

想到这儿，他的眼神也不自觉地温柔起来。

教室外。

陆嘉言早在谢舒拿包的时候就收起了手机。他看着她在教室里和室友还有那个男生道别。

那个男生——

"他叫傅明遇，和我们是一个高中的。"

陆嘉言忽然想起今天从王野那里听来的消息，心里总感觉有点儿不踏实。

他竟然都不知道谢舒是高中什么时候和傅明遇认识的。

回去的路上，陆嘉言有些心不在焉。

谢舒看着前面红灯转绿灯，驾驶座上的人却没有起步的意思，提醒道："绿灯，走了。"

这一路下来，谢舒终于觉出有些不对劲，问："你想什么呢？开车都这么不专心。"

陆嘉言沉默了两秒才开口："工作上的事。"

谢舒不疑有他，转头去看窗外的风景。过了一会儿，却听他提起："听说有个新来的交流生以前也是一中的。"

"嗯。"谢舒猜到王野会跟他说，并不意外，介绍道，"他之前也在一中念书，不过那时候比我们高一届。"

陆嘉言握着方向盘转了个弯，神色未变，目视前方，状似无意地问："那你怎么会认识他？"

谢舒是怎么和傅明遇认识的呢？

那一年，傅明遇回清城一中读高三。

当时他还不叫傅明遇，他的名字是方景遇。

周测后，谢舒作为课代表去老师那儿拿卷子。那段时间她的成绩有些下降，老师留她聊了几句，然后才放她回去。

结果她心不在焉地拿着其他人的卷子走了，唯独落下了自己的试卷。

老师发现的时候，刚好旁边有个没穿校服、看不出来是哪个年级的男生要出去，他叫住那个男生："哎，你帮忙把这张卷子给前面那个高二的女生。"

方景遇抓着卷子赶出去的时候，那个女生都快走到楼梯口了。

他快走几步，喊道："同学。"

这一声没喊得对方回头，反而惹得走廊上的不少学生忽地转头看他。

方景遇无奈，低头匆匆瞥了一眼卷子上的姓名。

然后他一边朝前跑，一边又喊了一声："谢舍予同学！"

谢舒沉浸在成绩下降的自我反省中，所以才会忘了拿试卷，也没注意到身后有人喊她。

当然，那声"同学"的对象范围实在太广，她没想过是在喊自己。

直到——

身后突然传来"谢舍予"三个字。

谢舒微微晃神，心道这个年级还有人叫谢舍予吗？

这个名字可真特别，和她的名字还挺有缘分的。

谢舒一开始还这样想着，但大脑忽然灵光一闪。

等等，谢舍予？

谢舍予？！

合起来，不就是她的名字——谢舒！

方景遇见前面的学妹停下来，忙把试卷递过去，说："谢舍予是吗？这是你的试卷，你刚刚落下了。"

"谢谢。"谢舒先礼貌地道谢，又开口，"但是……"

原本要转身离开的方景遇被她这个突如其来的转折叫住，不解地看着她。

"同学，我不叫谢舍予。"谢舒伸手指了指试卷上的姓名栏，认真道，"这是两个字，谢舒，舒适的舒。"

方景遇一愣，神色有些复杂。他顺着她手指的地方，认真地再看了一眼。

原本像是"谢舍予"的字，此时再看，却真真切切更像是"谢舒"二字了。

"抱歉，是我眼拙。"方景遇有些尴尬与懊恼，也不知道自己刚刚怎么会看错。

见他都道歉了，谢舒也没有揪着不放的意思，说："没关系，也可能是我写字太潦草了。"

方景遇又接下话，满含歉意："是我刚刚没看仔细。"

谢舒忍不住勾起嘴角。

其实被念错名字对她来说也只是一件小事，只是第一次被叫成"谢舍予"，令她觉得新奇。她也没想到自己指明后，这个同学的反应比自己还要强烈，认真地道了两次歉。

她扯开话题："你是新来的转学生吗？"

他没穿校服。

"嗯，是的。"方景遇点头应道。他停顿了一下，又说了自己的名字。

谢舒微笑道："那欢迎你来到清城一中。"

随后，二人在楼梯口分别。

许是初次见面的印象太过深刻，所以后来在学校里，谢舒偶尔也会注意到这个学长。

当时两个人不过点头之交，但没想到三年后竟然还会在清大遇见。

"那你怎么会认识他？"陆嘉言问。

谢舒将思绪抽离，眼神恢复清明。她答道："之前在李老师的办公室见过他几次。"

陆嘉言听她一句话就概括完，沉默了片刻，轻声说："这样啊……"

"嗯。"谢舒没有刻意隐瞒。

但她也觉得，没有必要将所有经过都一五一十地告诉陆嘉言。

十月，校学生会组织举办的学院篮球赛揭开序幕。同一时间，青春杯啦啦队比赛也开始了。

学院开会的时候老师下达命令，要求今年必须选出一支队伍来参加这个啦啦队比赛。

啦啦队参赛要求十二到二十个人，去年因一些特殊原因，机械学院甚至凑不出一支队伍来。

"要是和去年一样，能不参加就好了。"才刚走出会议室，于晴就忍不住感叹。

谢舒点了点头，笑容显得无奈，说："可是今年比去年多招了两个女生进来，人数凑齐最低档的了。"

"唉！"

王野他们跟着出来，也吐槽："这都有了学院篮球赛了，还要同时再搞一个新老生篮球赛，怎么比赛都扎堆来呀……"

刚刚在会议上，学院团委老师提出新老生篮球赛的事，要学院里每个班级间也比一场篮球赛，美其名曰丰富学生的课余活动。

他们倒不是不想做事，只是——

"放到下学期再办篮球赛也好啊，都堆在这个时间点。本来就要找每个班厉害的代表学院出战，结果现在班级这边也要比，训练时间就冲突了呀。"王野苦恼道。

谢舒拍拍他的肩，说："每年都这样，习惯就好！"

另一个负责体育部的男生想起去年是谢舒去跟篮球协会交接安排的比赛场地和日期时间，便转头对她说："你去年的策划案发给我一份看看。"

谢舒点头道："行。"

机械学院男生多，所以篮球赛参赛选手这边安排起来没有什么困难，而到了啦啦队这边，就不断有问题冒出来。

第一个就是招人的问题。

其实很少会有女生自愿参赛，就连谢舒和于晴也是不得不上阵凑数。

每个班强制要求出两个女生，要求也放宽到没有。

好在人终于找齐了，比赛要跳的舞蹈也定了下来。

于晴和艺术学院的人认识，借了舞蹈教室，所有人每天晚上都会过去练习。

对镜练习是有好处的，谢舒明显感觉自己跳得越来越熟练，脸皮变厚，动作也能放得开。

但看完于晴在旁边给她拍的一小段视频后，她又觉得自己瞬间被打回原形，自嘲道："我觉得我这跳的不是舞，是广播体操。"

"没事，反正我们选的就是最简单的健身操。"于晴憋不住笑，又安慰她，"跟刚开始比，你已经有很大进步了好吗？！而且，反正你站在队伍最后面，可能观众也看不见你。"

谢舒刚松了一口气，就听旁边有学妹无情地揭露事实："可是，比赛场地是在篮球馆，前后都有观众席，站前站后都能看见。"

谢舒每晚都练得腰酸背痛，回宿舍后倒头就睡。

初赛前一天，她接到陆嘉言电话的时候，才后知后觉自己和他已经有一周多没有联系了。

那会儿，谢舒正在去体育馆的路上，听到他问："听说你参加了啦啦队？"

谢舒应道："嗯，学院要参加比赛，人数不够，我就凑个人头。"

"什么时候？"

"你要来看？"谢舒有些惊讶他会问时间，下意识就拒绝，"不用了吧……你最近不也很忙吗？"

她对自己的舞姿挺有自知之明的，只希望比赛现场熟人能少点儿，那样她就不会感觉那么尴尬了。

那头的他沉默了一会儿，才道："那你自己当心，不要受伤。"

走进体育馆，前面有队员在更衣室门口朝谢舒招手。她敷衍地"嗯"了几声，就挂断电话。

"谢舒姐，你的衣服放在倒数第二间的椅子上了。"谢舒走到门口，迎面出来的两个学妹指了指里面说，"我们先去准备喽！"

明天是初赛，所以今天她们提前过来踩点彩排。

谢舒有事晚来一步，其他队员这个时候都已经换好衣服了。

更衣室挺大的，谢舒进去后又往里走了两个隔间才看到自己的队服。旁边还有其他学院的啦啦队员在换衣服，不断有说话声传来。

谢舒没作停留，利落地换上深蓝色上衣和白色裤裙装。

十月底，清城的天气还没转凉，这个时候穿短袖短裤也不会冷。

她把自己的衣服放进空柜子里，然后低头整理领口，转身就要出去。

"谢舒？"

听到有人叫自己，谢舒停下来，抬头看向前面。

宋嘉真也换了一套衣服，正朝她微笑道："好巧，你也参加了啦啦队比赛吗？"

"嗯。"谢舒点头，正要迈开步子离开，余光忽然瞥到某一处，视线微微停顿。

那条纤细的项链垂在宋嘉真的锁骨处，精致的星星状吊坠，在更衣室的灯光下泛光。

谢舒的视线很快就从她佩戴的项链处挪开，抬头看向她，善意地提醒："跳舞的时候，还是不要戴首饰比较好。"

说完，谢舒再未分半点眼神过去，与她擦身而过。

走出更衣室，谢舒没忍住，冷笑一声。

自己一个外行都知道跳舞要摘首饰，宋嘉真又怎么会不清楚呢？

无非是故意让她看到那条项链罢了。

初赛当天，谢舒抽到了第五个出场，位置不前也不后。大家的感觉都还挺好。

候场时，谢舒遥望了一眼观众席，人不多，他们学院就来了几个人。

于晴惊讶地"哎"了一声，趴在她耳边说："傅明遇也来了！"

谢舒顺着她的视线看向门口，通道处多了一个男生。

四目相对。

傅明遇先笑起来，无声地打招呼。

谢舒愣了一下，这时，于晴出其不意地一把抓起她的手腕向上晃了晃，发出笑声："嘿嘿，他看过来了！"

"你干吗！"谢舒被她这个动作吓了一跳，倏地收回视线，也收回手。

"打个招呼啊，人家可是特意来给我们助威的！"于晴道。

谢舒好气又好笑地说："所以你就抓我的手打招呼吗？"

于晴对着她讨好地笑笑，说："这不是没注意到吗……"

这个时候，体育馆里的音乐也已经停下。

"咦，要到我们上场了！"虽然于晴转移话题的演技有些拙劣，但是她说的是事实，也是重点。

音乐还没响起，谢舒就已经开始紧张。她的大脑一片空白，心跳不争气地疯狂加速。

旁边的领队老师给她们打气道："加油！努力发挥最好的状态就是完美的！"

一曲毕，一舞终。

伴随着最后一个结束姿势的展现，观众席响起热烈的掌声。

场馆中央的啦啦队员们都大喘着气，脸上露出灿烂的笑容。只有她们知道自己有多紧张，心跳迟迟都未平复。

分数要等后面两组比完才会公布，大家都没走，在一二排观众席坐下。

主持人在报前三组的分数，谢舒目光无神地看着前方，呈放空状态。

忽然，于晴又撞了一下她的手肘，说："你看谁来了！"

"啊？"谢舒一脸茫然，下意识转头看向门口。

正门通道那儿除了穿着红马甲的志愿者，再没有其他人。

谢舒张望了半天，疑惑道："什么谁来了，没有啊。"

"陆嘉言。"于晴伸手指了指，说，"在侧门。"

谢舒这才转头重新看向侧门的通道。

陆嘉言站在那儿一动不动，两个人对视了十几秒，她看出了他没有要过来观众席的意思。

谢舒低头打开手机，发了一句："你怎么来了？"

她发完就抬头看向那边。

陆嘉言已经低下头，看来是收到消息了。

"来看比赛。"

谢舒握着的手机振动了一下，看完立即回："不是跟你说了不用来吗？"

"嗯。是没看到。"

他进来的时候，机械学院的表演刚结束。

分毫不差。

看完这两条消息，谢舒直接摁了熄屏，不理睬他。

"哟，这计算机系的小姐姐们跳得可真好看！"于晴身子前倾，双手抓着前面的栏杆，直直地看着前面热舞的女孩子们，两眼发光地感叹着。

谢舒抬头，猝不及防地看到一张熟悉的面孔。

她的视线从宋嘉真的脸上移到脖子上，这次，那里没有再挂着项链了。

手机又一次振动，谢舒猛地收回思绪，低下头看。

"下来，走了。"

场馆内，正在表演的那个学院配乐很吵，陆嘉言只觉得聒噪，没耐心再待下去。

他发完消息就抬头望向坐在观众席前排的人，消息都发过去两分钟了，她看了也快两分钟了。

就在他以为谢舒不会有反应时，她缓缓从观众席站起，和旁边的人说了两句，然后转身走向更衣室。

"你们看着，我先走了。"谢舒和学妹们打了招呼先走，又对于晴说："分数出来了发我一下。"

对方头也没回，比了一个"OK"的手势。

这个时间点，所有人都在现场看比赛，更衣室里没什么人。

谢舒换了衣服，又把队服装进袋子里。她一只手抱着袋子，一只手俯身拿起手机，发现有新消息。

是傅明遇发来的："很精彩。"

跟着发了一张竖大拇指的卡通表情包。

谢舒又翻了翻手机，还有几个群里也都在夸她们的表演出彩。

这也算是肯定了她们一个多月来的付出，谢舒看着那些文字，忍不住勾起嘴角。

她低头打字——回复，脚步也不自觉地慢了下来。

走在更衣室外的走廊上还能听到场馆里传来的音乐声，已经换了一首曲子，又有一支队伍新上场了。

谢舒走到拐角转弯，一抬头，却倏然停下了脚步。

通道口，有两个人面对面站着。

不知说了什么，只见女生勾起嘴角，表情相当愉悦。

看起来两个人谈笑甚欢。

谢舒站在原地，只是默默地看着，没有过去。

"嗯，你哥下周六的航班。"

陆嘉言奇怪地看着眼前的人，她哥回不回来、什么时候回来，她自己不去问，怎么反而来问他？

陆嘉言原本是站在路口等谢舒的，在他百无聊赖地看着手机里的消息时，忽然有双小白鞋走进他的视野，并在他面前站定。

"这么快就……"他还以为是谢舒来了，结果一抬头，发现是宋嘉真。

他点头道："是你呀。"

宋嘉真刚表演完，气喘吁吁，脸颊泛红，雀跃地问："嘉言哥，我哥是不是终于要回国了？"

没什么重要的对话，但陆嘉言还是答了几句。

直到——

他瞥了一眼通道那边，发现谢舒已经在那儿，却没过来。

"我先走了。"陆嘉言丢下一句话，绕过宋嘉真就走。

"你……"宋嘉真愣怔地看着他从自己面前离开，直直地奔向另一个人。

谢舒没开口，听到陆嘉言问："好了怎么也不过来？让我等你这么久。"

"我以为你们有事要说。"谢舒往外走了两步，又忽然转头，和正盯着她背影看的宋嘉真对上视线。

她缓缓收回视线，又问："特意跑来看你们学院的表演？"

谢舒刚刚想起来，陆嘉言到场馆的时候，不正是他们计算机系要上场表演吗？

"嗯？"只不过陆嘉言一脸茫然，没听懂她的意思，只说，"啦啦队比赛不归我管。"

他说着，谢舒低头看了一眼消息。

王野在群里发篮球赛那边的战况，计算机系和建筑系的半决赛已经比完了，计算机系进了决赛，下周和他们学院比。

陆嘉言继续说："今天下午有篮球赛，我刚从隔壁过来。"

闻言，谢舒朝他挥了挥手机屏幕，说："你们赢了。"

陆嘉言挑眉，轻哂一声，说："意料之中。"

谢舒想到前两年他是他们院队的主力，故意问："今年你怎么没参加了？新生力量太多，退位让贤了？"

"事情太多，而且……"陆嘉言听出她话里的调侃，伸出手，轻轻捏她的脸，自信道，"就这些对手，还不用我出马。"

谢舒熟练地扭头躲开，敷衍了一句："行、行、行，你厉害。"

陆嘉言反手握住她的手腕，说："那下周你空出时间来看我比赛。"

"我本来就要去的。"谢舒仰起头朝他笑了笑，说，"不过不是去给你加油，我相信我们学院能拿冠军。"

陆嘉言知道谢舒是故意气自己，伸手直接把她拉到怀里，然后掐着她的肩膀说："行啊，那等我拿了冠军，你们到时候别哭。"

谁会哭！

谢舒白他一眼，挣脱开他的手，往旁边挪了挪，低头整理自己刚刚被他弄乱的衣领。

陆嘉言直接带谢舒出去吃了饭，本来还想看场电影的，结果挑来挑去都不喜欢，就掉头回了公寓。

谢舒敷完面膜，忽然想起昨天在宋嘉真脖子上看到的那条项链。她拉开抽屉，从里面拿出一个首饰盒慢慢打开，一条她从没戴过的项链正安安静静地躺在盒子里。

她伸手轻轻碰了一下项链，镶满碎钻的五角星吊坠在首饰盒自带的灯光下熠熠发光。

客厅沙发上，陆嘉言正用笔记本电脑处理工作上的事。

客卧房门的位置正好和客厅相对。

谢舒放下盒子，起身向外问了一声："你上次送我的那条项链，在哪儿买的呀？"

陆嘉言抬起头，疑惑道："什么？"

"上个月你送我的。"谢舒折回去拿了首饰盒打开给他看，"就是这条。"

陆嘉言微眯起眼，没直接回答。

谢舒见他像是在回忆，又继续道："我在国内好像都没怎么看到过这款。"

话音刚落，陆嘉言开口了："这是我让宋博远从法国寄回来的。"

宋博远。谢舒听到这个名字，嘴角勾了勾。

陆嘉言看她这种表情，问："怎么了，不喜欢？"

"没有，就是在学校看到了和这条项链款式差不多的。"

或许，那不能叫差不多，简直是一模一样。

"谁啊？你认识？"陆嘉言倒不是真的好奇，就是顺着她的话问下去。

"你也认识。"谢舒笑了笑，说，"宋嘉真。"

这次轮到陆嘉言表情复杂了。他微皱了一下眉，说："之前宋嘉真过生日，宋博远也一起寄了礼物回来，不过……"

不过他也不知道宋博远让他给宋嘉真的生日礼物，会和自己送给谢舒的礼物一模一样。

"那可能，"谢舒顿了一下才轻声道，"说明你们眼光差不多吧。"

学院篮球赛作为本校大型赛事之一，决赛安排在周六晚上，上座率可谓是百分之百。

比赛开始前，先由获得"青春杯"第一名的艺术学院啦啦队进行暖场表演。紧接着就是双方运动员入场，两边的观众席锣鼓喧天，喊着各自的口号。

坐在前排的谢舒还给即将上场的队员们比了一个加油的手势。

她看向旁边临时充当助理教练的王野，问："怎么傅明遇也上了？"

傅明遇正穿着 7 号球服，跟着队员们在场边热身。

"我跟江大那边的同学打听过了，原来傅明遇之前是他们校队的。"王野笑得很开心，解释道，"现在人都在我们学院了，当然要上场了，他可是我们的主力呢！"

谢舒颇感惊讶，旋即笑开，说："那看来今年我们的胜算要比他们大。"

于晴听到后拿胳膊肘撞了她一下，念叨着："你别乌鸦嘴啊。"

"也不一定。"王野看向对面在热身的计算机系队员，思索了一番，说，"他们那边提前放了一个烟幕弹，陆嘉言之前都没上场，我们就以为他一直不会上了，谁知道决赛他来了。"

谢舒也顺着他的目光看向对面。

陆嘉言依旧穿着他的 12 号球服，神色有些严肃，眉目间不见半分轻松。

比赛很快开始。

这场比赛对双方来说都不轻松。

陆嘉言与傅明遇偶尔擦肩而过，眼神交锋，下一秒又投入各自的战场。

球场上有摩擦很正常，但次数多了，连队员都看出有几分不对劲。

一次暂停，旁边的男生问陆嘉言："陆哥，你跟对面的 7 号是有仇吗？"

陆嘉言拧开矿泉水瓶盖喝了两口，听到这个问题，皱眉问："什么？"

"你没发现？今天不是你截球就是他抢断。"

虽说这是比赛，赛况激烈很正常，但男生总觉得哪里怪怪的。

陆嘉言转头看向对面，目光微冷，声线冷淡："没什么，只是比赛而已。"

比赛继续。

双方的比分咬得很紧，场馆里的人群不断发出叫好声与加油呐喊声，气氛被炒得火热。

直到哨声响起，上半场结束，机械学院以两分的微弱优势领先。

于晴拉还在看分数的谢舒起来，去给队员们分水。

谢舒抱着一箱水，分到最后一瓶，抬头一看，发现是傅明遇。她把水递过去，笑得眉眼弯弯，说："你们好厉害呀！"

"半场就中了好几个三分！而且配合得好有默契！"她毫不吝啬自己的夸奖，"下半场加油！"

傅明遇看着她的眼睛，点了点头道："尽我所能。"

简单的四个字，却让谢舒坚定地相信他们会赢。

计算机系那边，教练正布置着战术，陆嘉言站在靠近观众席的方向，一抬头就能看到对面。他看到谢舒正高高兴兴地给他们学院的队员加油。

"陆嘉言？"教练喊。

陆嘉言回过神，收了视线，将注意力放回了球队。

中场十分钟的休息时间即将结束，机械学院这边的所有队员围成一圈，喊出一声响亮的"加油"。

两方队员陆续走向场上，现场的杂音渐渐变少。可就在这个时候，观众席忽然跑出来一个人。

宋嘉真穿过人群，径直跑到陆嘉言面前。

她的神色慌张又急切，场边的人只能看清她动唇，却不知道她说了什么。

裁判被忽然冲进来的宋嘉真吓得暂时没反应过来，等要吹哨示意她离开的时候，陆嘉言已经转身朝着场边走去。

他拿了椅子上的外套，跟谁都没打招呼就匆匆离开了。

宋嘉真跟在他身后。

下半场比赛即将开始，场馆内的人都看到了这一幕，不少人探头张望，相互询问——

"怎么了？"

"怎么回事啊？"

"他们怎么就走了？"

机械学院这边，知道陆嘉言和谢舒关系不同寻常的同学也都下意识转头看向谢舒。

于晴也注意到了。她微微皱眉，嘀咕了一句："发生什么事了，要这么急着去？"

"对呀。"王野也不解，连他都看出了几分不对劲，小声道，"这宋嘉真和陆嘉言关系很好吗？怎么就直奔着他去呢？"

于晴听到王野的话，有些惊奇地看向他，心道：没想到你一个直男也看出来了……

谢舒出神了几秒，像是没注意到那些目光，依旧看着球场，冷静地说："比赛要开始了，先看比赛吧。"

第 五 章

一直到下半场比赛结束，谢舒都没有收到陆嘉言的任何消息。

反倒是宋嘉真发了一条消息过来："谢舒，我和嘉言哥有些事先走了，你不要着急。"

谢舒沉默地盯着屏幕上的字，脸上没有任何情绪变化地收了手机。

场上，计时器归零，哨声吹响。

机械学院赢了比赛。

这边看台的学生们都站起来欢呼。

体育竞技总是那么振奋人心。有那么一瞬间，谢舒也沉浸其中，忘记了烦恼。

比赛结束后，谢舒站在看台边，傅明遇没有跟同学合影，反而来找落单的她。

"恭喜你们。"谢舒看见他走过来，脸上扬起笑容，真心为他们高兴。

尽管机械学院男生多，这种比赛应该很容易拿冠军。但每次篮球赛他们总是会遇到大大小小的困难，冠军的奖杯也已经有好几届没摸到了。

"给。"谢舒递给他一片未拆封的湿巾。

"谢谢。"傅明遇难得笑得很开怀，脸上是赢得比赛的喜悦。他一边抽出湿巾，一边向她道谢。

谢舒轻轻地摇了摇头，笑着说："应该是我们谢谢你。"

她不懂篮球，但是整场比赛看下来，也知道傅明遇在球队中的重要性。

篮球场上那群男生还在庆祝，王野从人群中溜出来，奔向看台。

"谢舒！"许是看到了刚刚陆嘉言二话不说就和宋嘉真离开的画面，王野说话也不像平时那么随意，似乎是在顾及她的情绪，"教练说待会儿去吃夜宵，一起呗！"

陆嘉言开车赶到医院，见宋嘉真说不清，便直接奔去服务台问刚刚车祸送来的男人现在在哪儿。

"你是？"护士疑惑地看向他，没有贸然透露病人的信息。

宋嘉真走至他旁边，对护士道："我叫宋嘉真，是宋博远的妹妹。"

护士点点头，指了指最里间说："一个在外科（1）室包扎，另一个伤得有点儿重，去拍片子了。"

陆嘉言刚转头看过去，那间诊室的门就被打开了，里面有人走出来。

他看到宋博远走出来，表情愣怔片刻，然后才松了一口气。

宋嘉真已经快步上前，满脸紧张地问："哥，你没事吧？"

宋博远只是胳膊擦破了点皮，护士给他上了药，缠了两圈纱布。

看到陆嘉言和宋嘉真一起过来，他还有点儿惊讶，说："你也来了？知道你有比赛，我还特意没跟你说。"

陆嘉言稍稍转头看了一眼宋嘉真，然后才看向宋博远，神色缓和道："听说你们车祸严重，就急着过来看看。人没事就好。"

三十分钟前，宋嘉真跑过来说宋博远在高架上出车祸了，电话是从医院打来的，伤势很严重。

无论怎么说，人都比比赛重要，所以陆嘉言当时才会直接从赛场离开。

"这样啊……"宋博远闻言瞥向自己的堂妹。见她目光闪烁，不敢跟他对视，他心中逐渐明了，默默叹了一口气，说，"我就是手臂擦伤了，前面的司机伤得比较重。"

陆嘉言点了点头。

宋嘉真此时也没开口插话了，乖乖站在一旁。

宋博远知道堂妹的小心思，看着她这副小心翼翼的样子，终究没忍心戳穿她。他转头对陆嘉言说："我这边没什么事，你先走吧。"

公司助理已经赶到医院开始处理后续的事情，陆嘉言也没有再留下来的必要，只是问："顺路把你送回去？"

"不了。"宋博远无视宋嘉真的眼神，摇头拒绝，"我们还有点儿事。"

"行。"

宋博远也转身要走，但一转头，见宋嘉真还望着陆嘉言离开的背影，顿时觉得头疼。他无奈道："别看了。"

"哥。"宋嘉真撇撇嘴，一见苗头不对，立即转移话题，"你的手还疼不疼？"

宋博远并没有因为她的刻意讨好而缓和脸色，只说："头疼。"

"啊？"她以为是车祸后遗症，赶忙问，"那怎么办？医生怎么说？"

宋博远面无表情道："你安安分分的，不要有小动作，我就不会头疼了。"

"我……我也是担心你嘛！"宋嘉真忍不住反驳，表情无辜地说，"而且我想着嘉言哥有车，可以快些赶过来。"

宋博远无奈地叹气道："我也希望你真是这样想的。"

宋嘉真想说，她最开始就是这样想的。

但是见哥哥脸色不好，她抿了抿唇，还是没继续这个话题惹他心烦了。

陆嘉言上车后没有先启动车子，而是拿出手机。聊天消息快爆炸，他现在才有时间看。

都是关于他中途离开的事，刚刚在路上他已经让宋嘉真跟学院那边解释过了。

不过——

陆嘉言想到谢舒也在现场。

"比赛结束了吗？

"现在在哪儿？

"我来接你。"

他发完消息，然后发动车子掉头回去。

谢舒还是没有跟篮球队的同学一起去聚餐。她没什么心情去，还不如回宿舍看书。

从浴室出来，于晴叫住谢舒，指了指她桌上的手机说："好像有消息，刚刚连续振动了好几下，你看看。"

"好。"谢舒点点头。

她不紧不慢地擦干净手，把正在充电的手机拿起来看，是陆嘉言发来的消息。

谢舒捧着手机沉默了半分钟，然后才回复他："我已经回宿舍了，要睡了。"

她刚要放下手机，屏幕上，陆嘉言已经回了三个字："我到了。"

于晴见谢舒换下睡衣，重新穿戴整齐，看起来像要出门，便问："还要出去？那你等会儿还回来吗？"

谢舒没有任何迟疑地点头道："就几分钟，我很快回来。"

于晴却没有信她的话，以往陆嘉言来找她，她每次都说会回来，可最后都是第二天在教室才见到了。

谢舒下了楼，就见陆嘉言站在大门对面的树下等着。

他套了一件短袖外套，里面是还没换下来的球服。

"走吧。"见她下来，陆嘉言便说要接她去公寓。

谢舒摇头说不去了。

陆嘉言有些惊讶地看着她，屈起食指刮了一下她的鼻尖，又开口："刚刚是宋博远出车祸了，宋嘉直接到了医院打来的电话，所以我才临时走的。"

陆嘉言也不知道自己在想什么，下意识就解释起比赛中途离开的事。他其实不想提起车祸，怕这两个字会让谢舒记起不好的回忆。

可听完事情全部经过的谢舒，即使刚开始因为"车祸"二字条件反射地产生过恐惧感，但到后来也只感觉到了从心底传来的袭遍全身的无力感。

她的手紧紧攥着衣角，心里告诉自己要冷静。

又是宋博远。

他是担忧朋友的安危而离开，可是，他为什么不能在当时多解释一句呢？

"所以，她为什么先来找你？"谢舒将心里的话问出口，也因为她对宋嘉真的行为难以理解，"出车祸了要动手术，不应该先找父母吗？"

"她……"陆嘉言一时间回答不上来。

他那时候听到"车祸很严重"这几个字，来不及多想就急着赶去医院，后来才察觉有几分不对劲。

他神色复杂，只说："宋博远也是我朋友。"

"是，你们是朋友。"谢舒抬起头，直视他说，"所以你既不是家属又不是医生，这么急着赶去又能做什么呢？难道每一次宋博远有事，宋嘉真一叫你，你就得丢下所有事情不管直接走吗？"

气氛沉寂下来。

陆嘉言张了张嘴，无奈道："这个假设不成立。你这话让我怎么回答？"

这个假设就像在咒宋博远出事似的。

谢舒说完，也意识到自己有些胡搅蛮缠，倒是一口气把心里话说出来了。

其实谢舒也不是不让陆嘉言去管朋友，她没有那么无理取闹。只是每一次有关宋家两兄妹的事情发生后，陆嘉言的行为总是让她觉得难过。

他会考虑朋友，可什么时候能考虑一下她的感受呢？

"我只是希望你做决定的时候能多想一想。"谢舒声音低沉地说。

这次陆嘉言应得很快："好。"

谢舒轻呼一口气，低垂着眼又问他："那宋博远怎么样了？他还好吧？"

陆嘉言迟疑片刻，模棱两可地"嗯"了一声。

谢舒不再跟他纠缠这件事，越说，她只会越觉得累。

她看向别处，嘴角勾了一下，说："明天还有课呢，我上去了，你也早点儿回去休息吧。"

"谢舒。"陆嘉言开口叫住她。

谢舒闭眼深呼吸了一下，声音冷硬地说："我现在很累，不想再听你说任何话了。"

借着路灯，陆嘉言看清了她脸上的倦意，伸手要挽留她的动作慢慢顿住。

他站在原地，看着她越走越远的背影，心里一片怅然。

这种感觉很无力，似乎有什么在缓缓流失。

在这之后，两个人都忙了起来。陆嘉言那边好像带队参加了国家级 A 类竞赛，谢舒没有去找他，他也抽不出时间来找谢舒。

倒是宋博远来了一趟清大。

他应该是来看宋嘉真的，只不过谢舒在教室门口遇到了他。

"谁呀？"于晴看到对方朝谢舒颔首，问。

"宋嘉真的哥哥。"谢舒平淡地说。

于晴不自觉地皱起眉头。她对宋嘉真的印象不大好，连带着听到宋博远是她哥后，态度也不怎么样了。

"他过来干什么？"她问。

"不知道。"谢舒摇了摇头，示意她先进教室。

于晴撇了一下嘴，不放心道："如果需要帮助就招招手，我马上出来！"

谢舒被她的话逗笑，她形容得宋博远好似是来找碴儿一样。

谢舒笑着说："他和陆嘉言也认识，没事的。"

谢舒走过去，喊道："宋先生。"

宋博远听到这个称呼，先笑了笑，感慨道："你还是这么生疏。"

谢舒没多说什么。她没兴趣与他打太极，直言道："有什么事？"

"我妹妹性子直，之前有些事可能做得不对，希望你别生气。"

谢舒点头，语气不变："您还有什么事吗？如果没有的话，我要进去上课了。"

宋博远道："嘉言最近也没回公司，听说是在忙比赛的事，你有空提醒他少熬夜，身体重要。"末了，他又意味深长地补充了一句，"他也就听得进去你的话了。"

谢舒听完没有任何反应，只说："好，那我先上课了。"

如果说宋嘉真是任性的公主，那宋博远一定是将她无条件宠溺到性子如此任性的那个人。

记得小时候宋嘉真闯祸，宋博远永远是那个替她收拾好残局然后扛下一切的人。同样，如果宋嘉真想要什么东西，宋博远都会去寻来给她。

那么，如果是宋嘉真喜欢什么人呢……

宋博远那么聪明，谢舒可不信他会不清楚这一切的发生。

不再去想那烦心的宋家兄妹。

谢舒看着黑板上的公式，又莫名想到宋博远刚刚提到了陆嘉言。

明明他们都在学校，可就是怎么也见不着面。

每天在实验室忙得昏天黑地，陆嘉言一回到宿舍倒头就睡，自然也没工夫联系谢舒。

其实，他也在等着谢舒过来找他。

毕竟之前陆嘉言忙的时候，两个人时间对不上，谢舒都会主动过来陪他。

可这一次，直到周末回家，陆嘉言才看到已经在客厅陪母亲闲聊的谢舒。他走过去问："你怎么不等我？"

以往就算陆嘉言不在学校，都会开车去接谢舒。

沈娴闻言先开口："谁像你呀，天天跑外面玩。你妹妹早就回来陪我了。"

谢舒剥了一个橘子，扔了橘子皮，然后看向他道："你那么忙，就不麻烦你等我了。"

陆嘉言听出她话里话外的生疏，心情更加不美好了。见她将橘子掰成两半，一半给沈娴，另一半打算自己吃，他直接伸手夺了她手里的那一半橘子过来。

谢舒被他这种小学生行为弄得无语。

"要吃橘子不会自己剥？"沈娴也瞪他，要把自己的橘子给谢舒。

谢舒没收，好脾气地说："没事的，沈姨，我再剥一个就好了。"

陆嘉言掰了一瓣自己吃了，接着将手上的第二瓣直接往谢舒嘴里塞，剩下的也都放回她手里，说："我来剥。"

谢舒被他这个动作吓了一跳，还能感觉到他的指腹在她唇瓣上轻抚过，一触即离。

她心跳忽然加快，没等咽下嘴里那瓣橘子，就抬头去看沈娴的表情。

却见沈娴依旧瞪着自己的儿子，眼神也一言难尽，数落道："有没有点儿生活常识？橘子吃多了要上火的。"

正拿起橘子的陆嘉言："……"

沈娴接到电话，一边说一边走向后院。

等她的身影从视野里消失，陆嘉言也已经挨着谢舒坐下了。

"还要吃吗？"他手里那个橘子还在，说，"我给你剥。"

谢舒摇头道："你自己吃吧。"

陆嘉言却放下了橘子，忽然说："上次的事是我不对。"

他这话来得突然，谢舒的心跳漏了一拍，又好像根本没反应过来他说的是什么，只"哦"了一声。

"别生气了。"陆嘉言握住她的手，轻声说，"你都这么久没理我了，都快一个月了。"

他倒是委屈上了。

谢舒轻轻咬唇，欲言又止："我……"

"你爸还没到？"沈娴突然出现。

她不过随口一问，结果沙发上的二人一并回头，反应有些大。她一时觉得奇怪，问："怎么都看着我？"

陆嘉言自然地往旁边一靠，又恢复了散漫的神色，说："被您吓着了。"

沈娴没理他。

陆德启一到，她便拉着谢舒去餐厅，说到家里换了一位厨师的事："我觉得这位厨艺还不错，小舒，你待会儿好好尝尝。"

"好啊！"谢舒笑着应下，走向自己的位子。

不过跟在二人后面的陆嘉言却皱起眉头，质问道："那道菜里怎么放了香菜？"

所有人都顺着他的目光看过去，是一道凉拌菜。

沈娴看了一眼，然后"哦"了一声，说："又不是给你吃的，是妹妹喜欢的。"

陆嘉言听到是谢舒喜欢的，抬头看向对面的她，神色有些许迷茫。

他怎么不知道谢舒能接受香菜？

明明每次出去吃饭，她都会特意和服务生说不要香菜，不要葱。

"可之前怎么……"没有。

沈娴完全不懂他为什么会有这些疑惑，解释道："以前的阿姨做得不好吃，所以就没怎么上桌。"

因为知道陆嘉言不喜欢香菜的味道，所以只要有他在，谢舒都会提前和厨房说好不要放香菜。

当然，这些陆嘉言并不知晓。

这一顿饭除了陆嘉言，其他人吃得都很尽兴。

饭后在客厅闲聊，谢舒陪沈娴坐在正中间的沙发上，陆家两父子各占一张单人沙发。

"说起来，我们也好多年没出去旅游了。"沈娴刷到朋友圈有人发的旅行照。看着那海岛美景，她发出感叹，"上次去海边，还是小舒你们高考完。"

那时候盛行毕业旅行，陆嘉言和谢舒跟同学约好了去南方的热带海岛。结果后来几个同学都有事去不了，他们本也打算不去了，但沈娴知道后就把这场毕业旅行变成了"家庭旅行"。

也是因为那一次旅行，陆嘉言和谢舒的关系才真正发生了变化。

回忆起那段时光，谢舒下意识抬头看向陆嘉言，他也正看着这边，二人视线相触。

下一秒，他又若无其事般移开视线，接上母亲的话："这不是近几年您和爸都忙嘛！"

沈娴没反驳他的大实话，反而思索着说："要不今年过年我们出去玩吧，找个暖和点的地方。别去什么旅游胜地，人别太多了。"

沈娴畅想了一番那美好的度假时光，握住谢舒的手，笑着说："小舒，你说是吧？"

陆嘉言也跟着又看向谢舒。只见她双眸弯弯，乖巧温柔地应了一声："嗯，我也觉得这样挺好的。"

见沈娴又转头看向自己，陆嘉言立即表示："我也没有任何意见。"

关于旅游的事被沈娴交给了陆嘉言，让他去安排。

晚上，两个人回学校，路上陆嘉言问谢舒有没有想去的地方。

谢舒说："我都可以。"

"那要不还是去……"

陆嘉言说的是高中毕业时他们去的那个岛屿。

他提起这个，也是存了一点心思在里面。

谢舒却依旧目视前方，随意地点了点头："嗯，随你安排。"

趁着等红灯的间隙，陆嘉言扭头看了一眼谢舒。她神色冷静自然地坐在那里，好似那件事已经过去了。

他也不想再提起来，生怕她翻旧账再耍小脾气，也保持了沉默，打算让之前的不愉快就这么翻篇。

陆嘉言本打算晚上去公寓的，但谢舒坚持要回学校。

下周是期中考试周，学院内的必修课都安排了考试，第二天八点就要开始考试。

周中，陆嘉言打来电话的时候，谢舒正在图书馆复习。

他说认识的朋友新开了一家私人菜馆，要去捧场。

谢舒特意走到外面走廊接电话，听了他的话还觉得奇怪，心想：你要去捧场你就去呗。

她直接道："那你去啊。"

对方却问："我晚点儿来接你？"

"我不去了。"谢舒拒绝他，"我们明天还有考试，晚上还要复习。"

"你们专业的考试怎么这么多……"陆嘉言只吐槽了一句，就挂断电话。

谢舒在自动贩卖机买了一杯热咖啡，重新回到座位上。

这会儿来图书馆的学生没有期末复习时那么多，大家坐得很分散，她所在的六人桌也只有她预约了一个位子。

现在，座位斜对面摊着一个笔记本，多了两本书。

但主人并不在，谢舒没多关注，只看了一眼，又把注意力集中到面前的专业书上。

"谢舒？"

听到一道很轻的声音在叫自己的名字，谢舒抬头去看。

是他？

傅明遇在斜对面的座位坐下，眼里也有些惊讶，随后对着她笑了笑。

谢舒这才看清他那两本书与自己手里的是一样的，轻声问："你也来复习？"

"嗯。"傅明遇点头。

图书馆内静悄悄一片，两个人都没有过多闲聊，很快就重新投入到各自的复习中去了。

谢舒一如既往地沉浸到知识的海洋中，也忘了时间。

还是对面的人合上笔记本后轻敲了一下桌面，低声问她："还不走吗？"

见傅明遇指了指腕表，谢舒才去看时间，已经快七点了。她想了想，点头说："走。"

从图书馆出来，两个人都往最近的 B 食堂走。

这个时间点人不多，谢舒去了拉面窗口，向傅明遇推荐了牛肉炒刀削面。

"好。"

见他应下，谢舒便扭头向师傅点了两份炒刀削面。

等餐的间隙，后面又来了好几个同学，都要了他们同款的炒刀削面。

傅明遇好奇道："这一家的炒刀削面是招牌？"

"不是，他们家的招牌是牛肉拉面。"谢舒对他解释道，"但他们家的炒刀削面配上一碗牛肉清汤，是清大炒面系列的第一绝。"

两份餐很快出来，傅明遇只尝了一口，便发现谢舒所言非虚。这份炒刀削面搭配清汤，味道独特，很合他的口味。

接下来两个人都没有说话，安静地吃饭。

"陆嘉言，你人呢？说十分钟就到，现在半个小时都过去了。"

"我晚点儿过来。"

陆嘉言接到电话的时候，人已经在学校了。他本来是跟着去捧场的，但车子经过清大校门的时候，他一打方向盘，就开进学校了。

电话那头的人嗤笑一声："你当这儿是酒吧呢，晚点儿过来你吃空盘子吧！"

"你们先吃，不用等我。"陆嘉言挂断电话，继续往图书馆走。

半路遇到同学，对方提醒陆嘉言说谢舒已经走了，于是他又换道去女生宿舍。

B食堂也在图书馆去宿舍的那条路上。

陆嘉言经过食堂的时候，看到从二楼下来的一个人身影十分眼熟，只不过没有灯照明，看不清脸。

陆嘉言停下脚步，站在食堂对面的人行道上，看着那个人下来。

眼看着面前的两个人在门口说了几句，然后挥手作别，他这才走上前。

谢舒背着包正要走，见到陆嘉言忽然出现，有些惊讶地问："你怎么来了？"

陆嘉言淡淡地"嗯"了一声，反问她："不是说在复习吗？"

谢舒点头道："是呀，复习完了来吃饭，现在要回宿舍了。"

两个人对视了十几秒，见陆嘉言也不开口说事，谢舒转身就要走——忙着复习没空陪他磨叽。

走了几步，她见陆嘉言还跟着，又听到他问："那他怎么也在？"

谢舒微顿，反应过来"他"指的是谁，说："你说傅明遇吗？图书馆遇到的。"

陆嘉言冷笑一声，说："那你怎么有空陪他吃饭，没空陪我吃？"

谢舒重新看向他，一脸莫名道："我们从图书馆出来，顺路到食堂吃晚饭。这跟要求我不复习陪你去大老远的地方给朋友捧场能一样吗？"

她微微皱眉，强调道："我说过的，我不想浪费时间。"

陆嘉言却抓住某些字眼，问："陪我吃饭就是浪费时间？"

"你能别联想这么多吗？"谢舒无语极了，也不想与他争论下去，冷静地说，"现在，我要回去复习了。"

陆嘉言最后也没去给朋友的新店捧场，转身回了宿舍。

龚飞他们三个人正挑灯夜读，听到寝室门忽然被推开又关上，吓了一跳。

"你怎么回来了？"

陆嘉言只点了点头没回答，他随口一问："你们在干什么？"

"复习呀！"

"明天要考试，那些重点我都还没背下来呢。"

陆嘉言坐回位子上，随手拿下来一本书，摊开。

龚飞见到这一幕，觉得奇怪了，陆嘉言什么时候会为了考试回来复习，太阳莫非打西边出来了？

室友多问了一句："你干吗呢？"

陆嘉言手指重重地点了一下书页，沉声道："复习。"

另外三人面面相觑，还是龚飞开口提醒："可你拿的是选修课的书，期中不考。"

陆嘉言合上书本，看了一眼封面，还真不是必修课的书。

他就是被谢舒给气的，才会犯这种低级错误。

宋博远来过清大且同谢舒见过面的事，宋嘉真不知从哪儿听说了，考试前跑过来堵她。

"什么事？"谢舒觉得这兄妹俩很像，知道自己不想见他们，就来教室门口堵人。

"听说我哥来找过你。"宋嘉真脸上扬着笑，但眼神警惕。一听她哥来找过谢舒，大概是想多了，故意说，"我哥这人心善，也一向心软。如果有什么事你觉得有问题，你别找他，直接和我说就好了。"

谢舒理解不了他们的脑回路，也懒得应付她，只说："你们兄妹俩有事就自己去解决。"

别一个劲儿地往她跟前凑。

宋嘉真说:"我知道你是因为那次嘉言哥和我一起去医院的事生气了,但事出有因……"

"你听不懂话吗?"谢舒直接打断她的话,"我对你们的事没有兴趣。"她撂下话后转身走进教室。

"昨天哥哥来,今天妹妹来,这是要干吗?"于晴替她抱不平,小声吐槽。

谢舒摇了摇头,深呼吸平复了一下烦躁的心情,道:"不管他们。有这时间还不如复习!"

她也觉得自己是真无聊,在外面听宋嘉真说了那么久的废话,现在真是后悔。

周五,最后一场考试结束,不过谢舒跟于晴没有直接回宿舍,而是赶去了学院楼的会议室。

王野下午刚去开了大会,带回来一个消息,是跟元旦晚会有关的事。

今年晚会由清城大学和市政府联合举办,所以这次节目选拔和主持人挑选也要比以往要求严格。

学校方面让各学院学生积极报名。

"主持人选拔的文件我都发你了,下周截止,纸质报名表交到团委李老师那里。"王野说。

"怎么还要纸质报名表?"谢舒已经打开文档看了,疑惑道,"之前不都是网上报名吗?"

这个问题在开会时也有人提出,王野将老师的话做了转达:"说是今年要求更正规了。"

谢舒点头道:"行,知道了。"

一周后,仍是这个小会议室。

团委老师叫人过来开小会,还是关于这个主持人报名的事。

谢舒在整理报名表时就发现了今年报名的都是男生。

老师开会说的也是这件事，认为他们学院即使男生基数大，但女生一个报名的都没有，这说不过去。

"至少也得报一个人上去！"老师说完最低要求就先走了。

王野拿过报名表看，忽然想到什么，转头问谢舒："你怎么没报名？"

"我都大三了，就不参加了吧。"谢舒推辞道。

闻言，于晴先开口道："大三怎么了，这主持人选拔也没年级要求吧？"

"没要求。"王野看过主持人的报名要求。他拿过一张空白的报名表递过去，劝说，"你就报名吧，刚好你也有主持经验。"

谢舒之前曾在学院的各类晚会里担任主持，她形象不错，且临场应变能力突出，院内老师都对她称赞有加。

谢舒还没开口，旁边的于晴已经先替她接过报名表，还顺带帮她写上了名字。

她看着眼前这一幕，无奈地扶额，笑着说："你们这是直接给我安排好了呀！"

小会结束，大家各自分开。

走到楼下，谢舒让于晴帮忙先把书带回去。王野问："今天回家呀？"

"嗯。"

王野张望了一下周围，笑着问："陆嘉言怎么没来接你？"

他们是高中同学，谢舒借住在陆家的事他之前就知道。

"他在忙比赛的事，我自己回去。"谢舒不想多聊其他事和其他人，冲他挥挥手作别。

到家时，一辆黑色汽车正好从大院门口开过。谢舒问站在门边的陈叔："刚刚有客人在？"

"是呀。"陈叔点头，慈祥地笑道，"是宋嘉真小姐过来了，陪夫人喝下午茶。"

谢舒微顿，点点头。

晚饭后，沈娴拉着谢舒去散步消食，回来时快八点了。

陆德启见夫人散步散了快两个小时才回来，问："外面不冷吗，怎么散步散了这么久？"

"不冷。"沈娴笑着端起茶杯，说，"我们出门就遇到了周乐，去她那儿坐了一会儿。"

陆父闻言有些惊讶，问："你们不才聊了一下午吗，怎么晚上又见了？"

"下午有小宋在，聊得不尽兴。"沈娴摆了摆手，继续道，"而且我们小舒回来了，跟她们许久没见，就过去聊了两句。"

那几位夫人家中都有适龄的青年，借口交个朋友，谢舒不好拒绝，这一圈下来加了不少微信。

谢舒抿唇笑着，没有开口插话，安安静静地坐在一边喝茶。

夫妻俩闲聊了一会儿，陆德启喝完一杯茶后便起身上楼去了书房。

九点半，二人都准备上楼。

沈娴将旁边的包递给谢舒，不过一个没拿稳，里面的一张纸轻飘飘地飘了出来。

她伸手接住纸，在递还给谢舒时瞥到了字体加粗的标题，惊讶道："咦，报名表？小舒，你要去参加主持人比赛？"

谢舒将报名表放回包里，点头应道："嗯，学校在给元旦晚会找主持人，我就是去试试。"

"那你肯定没问题。"沈娴对谢舒很有信心。

她忽然想到什么，又笑了笑说："高中的时候，你和嘉言也参加过这类比赛吧。"

谢舒动作微顿，只听沈娴的声音柔和下来，回忆道："还记得那个时候为了练好主持稿，你们每天都早起练习。"

谢舒洗漱完躺在床上，想要入睡，脑袋却放空不了。反复辗转后，她还是开灯下床，拉开桌柜抽屉，将放在最底下的一个文件袋拿了出来。

厚厚的文件袋里是一份份演讲稿与主持稿，每一张纸上都有她和陆嘉言的笔迹。

谢舒又想起沈娴的话，看着手里的这些纸，点点滴滴的过去，也是抹不掉的回忆。

高中时，她有段时间畏惧在众人面前发言讲话，只想缩在自己的安全地带，能不与人交流就不与人交流。

当然，更重要的是，她不喜欢看到那些人同情的目光。

陆嘉言或许是察觉到了什么，带她去参加了学校的主持人比赛。

那段时间，陆嘉言找了很多稿子，打印成两份，又去网上和老师那儿找了很多经验方法，然后每天拉着她练演讲。

半个月的时间过去，谢舒终于后知后觉陆嘉言其实并没有那么看重比赛结果如何，只是想锻炼她。

那个时候，他真切地在为她着想，在帮助她，无论最后结局如何。

夜晚在回忆中格外安静，谢舒又将这些旧纸重新收起，安放妥当。

人不能总是沉湎于过去，那晚的回忆只是让谢舒更加坚定了报名的决心。

这次主持人选拔分为两轮，评委都是老师，或许是为了有更多时间准备，选拔进程很快。

谢舒在决赛候场时遇到了宋嘉真，二人看到对方的出现都不意外，也无话可说。

名单在三天后公布。

不出所料，谢舒是两位女主持人之一。

另一位是艺术学院大四的学姐，对方是清大的红人，如今已是电视台的实习主持。

陆嘉言也知道谢舒参加主持人比赛的事，但那几天他忙于一个新项目的合作，跑去了邻市。等他想起来要问结果怎么样的时候，却被宋博远告知比赛早就结束了。

这次谈合作也正是因为宋博远生病没去，所以陆嘉言才不得不请假去的。

宋博远大病初愈，手里的酒只抿了几口，说："我还以为谢舒和你说过这个好消息了。"

陆嘉言这才意识到，这段时间他们各忙各的，两个人都没有坐下来好好吃顿饭、说说话。

包间里，又有人叫陆嘉言，举杯向他致意。

这次合作谈成，他们这个工作室才算是在游戏产业真正站稳了脚跟，所以今天是庆功宴。

又两杯酒下肚，陆嘉言借口出去，站在阳台上看着雨幕之下的清城，指间一支烟渐渐燃尽。

晚上十一点，聚会结束，大家陆续走出会所。

陆嘉言落在后面等下一班电梯，看着逐渐重影的数字，他抬手揉了揉睛明穴。

宋博远晚一步出来，见只剩下他一个人了，便顺口一问："你怎么走？"

来的时候是宋博远开车接陆嘉言一块儿来的，他并没有开车。

"打车。"陆嘉言丢下两个字，踏进电梯。

他本想叫谢舒来接，可一想到外面的雨，她又没车，过来也一样是打车，就觉得还是算了。

宋博远开口："要不我顺路送你？"

陆嘉言闻言，瞥了宋博远一眼。他还没醉到失忆，这人今晚也喝了酒。

宋博远显然知道他这质疑的眼神是什么意思，说道："我叫了人过来开车。"

陆嘉言以为是助理或代驾，"嗯"了一声应下来。

等车子开到跟前降下车窗，看清驾驶座上的人是谁后，他的神色才有一丝变化。

"哥、嘉言哥。"宋嘉真笑意盈盈地同二人打招呼。

宋博远率先拉开车门推了陆嘉言上车，说："嘉真刚刚在附近逛街，我就叫她过来当临时司机了。"

陆嘉言对此并未表态，应了一声，过了一会儿才吐出三个字："麻烦了。"

之后堂兄妹聊起天，觉得不能冷落他，便时不时问他一句"是不是""对不对"。

陆嘉言靠着座椅闭目养神，随口"嗯"一声，算是回应。

"哥，小明岛的度假村是不是在试营业了？"宋嘉真忽然换了一个话题。

宋博远不明所以，但还是应下："嗯。"

"我前不久听沈阿姨说想去一个暖和的地方旅游，就忽然想到了明岛和小明岛。那边气候适宜，要比这边暖和不少。"宋嘉真浅笑着，声音轻柔，"而且度假村试营业，人也少，适合一家人度假。"

宋博远一时间看不出妹妹的心思，沉默几秒后跟着说道："度假村十一月一日起试营业三个月，仅向受邀客户开放。"

微顿片刻，他扭头看向好友道："算算日子，其实元旦假期就不错，可以带叔叔阿姨出去度个假放松放松。"

陆嘉言没有开口，脸隐在黑暗中，看不出任何情绪变化。

　　元旦晚会与期末周离得很近，四个主持人约了时间私下排练。但大部分教室都有学生在复习，最后还是艺术学院的学姐找人借了艺术楼的一间练习室。

　　"这边还有几间教室被借去排节目了，所以外面可能会有点儿吵。"走廊里能听到乐器声和歌声混合在一起，领路的学姐出声解释，"不过我们教室隔音不错，关上门就没什么声音了。"

　　谢舒不是第一次来艺术楼，不过是第一次到二楼排练室来，还有些新奇。仅仅是小小一处窗台角落，都能看出艺术楼与其他学院楼的不同来。

　　到练习室后，四个人也没有浪费时间闲聊，直接进入状态开始串词。

　　中途停下来休息，谢舒拿了空杯子出去接水，不过等走到饮水机前却被告知学校下午停水，饮水机也罢工了。

　　她刚叹了一口气，手机就忽然振动起来。

　　看到陆嘉言的来电提醒，谢舒迟疑了一下，接通。

　　"你现在在哪儿？"陆嘉言问。

　　"在艺术楼。"谢舒回答着，转身往回走，"怎么了？"

　　"有件事想和你商量。"

　　"什么事？"

　　对面没声了，谢舒拿下手机看了一眼屏幕，通话还在继续中。

陆嘉言似乎犹豫了一下，说："算了，等事情都确定了再和你说。"

谢舒不明白他打这个电话的意义何在，收了手机，继续往教室里走。

这边教室的门都长得一模一样，谢舒记不清位置，只能一间间看门牌号认过去。她转头看下一间教室的时候，门刚好被推开。

下一秒，她猝不及防地和教室里出来的人四目相对。

"谢舒？"傅明遇看到是她，有些惊讶。

谢舒也没想到会在这里遇到他。

傅明遇看到她手里的杯子，立即就意识到什么，说："你是要接水吗？今天这边停水。"

"是呀，我刚知道。"谢舒点头，无奈地笑着。

眼前的男生忽然微微侧身，说："我们这儿有热水，进来我给你倒吧。"

谢舒双眸微亮，不过注意到里面有不少陌生的学生，有些不好意思进去打扰，小声道："你们还在排练吗？"

"没有，现在是休息时间。"傅明遇看出她的迟疑，伸手拿过她手里的杯子，微笑着又不容拒绝地说，"你稍等一会儿，我马上出来。"

另一边，陆嘉言挂断电话后还站在走廊尽头，手里捏着手机，看着窗外的景色。

宋博远过来时便看见他这副模样，于是问："这么快就商量好了？"

陆嘉言敛了敛神色，踌躇片刻后，转身看着宋博远问："你怎么忽然提起这个？"

随后，两个人站在无人的走廊尽头聊了很久，神色看起来都很严肃。

结束时，宋博远还伸手拍了拍陆嘉言的肩，笑容欣慰，却又带着些莫名的情绪。

那天之后，谢舒忙着主持排练，而陆嘉言也没再提过任何事，她也逐渐将那一通奇奇怪怪的电话抛至脑后。

元旦晚会安排在跨年这一天，现在距离晚会开始只有一周左右的时间。

节目首轮彩排完第二天，正在上课的谢舒忽然收到陆嘉言的消息，说他在教学楼下等她。

下课一出教室，迎面而来的风灌入衣领，谢舒冷得打个哆嗦，迅速拢了拢围巾。

今年清城的冬天比往年冷些，她不敢感冒了，出门必穿得厚实。

谢舒出门就看到那辆显眼的越野车停在路口。她小跑几步过去，感受到背后投来的各种目光也没作停留，拉开车门上了车。

车里开了暖气，谢舒松了松围巾才转头问他："怎么了？什么事？"

"旅游的事。"陆嘉言一边开车，还一边伸手递了一杯奶茶给她。

"我最近不喝这些。"谢舒见他将车开向宿舍方向，提醒道，"我去艺术楼那边，今天下午还有个彩排。"

陆嘉言将热奶茶塞到她手里，道："那就拿着暖手。"

谢舒一到冬天就手脚冰冷，在家空闲的时候最喜欢做的事就是捧着一杯热水暖手。

谢舒动了动唇，最终还是没拒绝，却也没将奶茶从塑料袋里拿出来，而是隔着袋子捧着。

她思及他刚刚的话，开口问："去哪儿确定了？"

片刻间，陆嘉言已经把车开至艺术楼外。他将车停稳，才缓缓说道："嗯，去小明岛。"

谢舒有些惊讶，他上次说的并不是小明岛，不过小明岛近几年旅游业兴起，选择去那里度假也不错。

只是——

他话锋一转，又说道："爸之前和我说，过年他抽不出时间，所以我想，要不把时间改到元旦？"

谢舒越听眉头皱得越紧。她转头看向旁边的人，问："元旦？那飞机票定在什么时候？"

如果是元旦当天，她还赶得及，但如果是——

"三十一号下午的航班。"陆嘉言说。

谢舒开口："那我去不了。"

这个时间和元旦晚会冲突了。

她本想着问他能不能换个时间，却听陆嘉言说："我和爸妈已经说好了这个时间，好不容易他们都有空……"

"但是三十一号晚上我要主持。"谢舒打断他的话，"元旦晚会的时间很早就定下来了的，你为什么一定要把时间卡在这天，就不能晚一天过去？"

陆嘉言说出原因："三十一号下午过去，晚上那边有海滩烟花秀和表演。"

许是觉得这个理由不充分，他又说："而且我已经将安排都和爸妈说了，难道你要他们白白期待吗？"

谢舒听着这话，心里莫名不舒服。她不想以最坏的想法去猜，他这是在拿陆父陆母逼她做选择。

只是一趟旅游罢了，他又何必这样让她做选择。

谢舒放在腿上的手机忽然振动了一下。她也想转移注意力，便打开手机看。

是他们四个主持人的小群里，那两个艺术学院的学长和学姐在发消息。

学姐："我有点儿事，晚十分钟到。"

学长："OK。"

学长："宋嘉真她们已经在了。"

学姐："她们这么积极？"

学长："你说呢？"

学姐："学妹到了吗？ @谢舒"

谢舒看着屏幕上的那一行字，忽然意识到了什么，某个念头在她脑海里闪过。

谢舒放下手机，也忘了要回消息。她迟疑着，眼神里带有几分错愕，先是问："小明岛度假村，是宋氏的主推项目吧？"

陆嘉言不知道她为什么忽然提到这个，如实回道："嗯。"

谢舒的声音很轻："那是谁和你提议去小明岛旅游的？"

她感觉自己似乎已经触碰到了真相，可她不愿相信。

陆嘉言说出一个名字："宋嘉真。"

他倒是没有隐瞒。

"宋博远也说了吧。"谢舒自嘲般地笑了笑，却笃定无比。

她了解陆嘉言，如果只有宋嘉真，他才不会管。可一旦宋博远参与到其中，以他们的兄弟情分，足以让他去考虑这种建议。

谢舒低头看着手里的奶茶，倏地冷笑一声，问："为什么？"

陆嘉言察觉到她情绪不对，却没想太多，只以为她这句"为什么"是在问为什么要去小明岛。

他转头看着她，态度柔和了些："只是刚好有这个机会，爸妈他们也都有空。"

谢舒却觉得他在避重就轻，于是主动点出问题："你要我放弃主持和你们一起去旅游，那你知道宋嘉真是候选主持人吗？"

这次元旦晚会除了四位主持人，还分设了两位候选主持人，如果出现什么意外，还有候选主持人可以救场。

但谢舒没想到，这也成了一把刀，由陆嘉言刺向自己。

她忍不住转头，难以置信地对上他的目光，声音微颤道："你是想让我把这次主持机会让给宋嘉真吗？"

只要她有事退出，那么替补她主持的就是宋嘉真。

陆嘉言一时间没反应过来，愣怔地看着她的眼睛。他第一次听到她用那么冷漠的语气质问他："陆嘉言，凭什么我要让给她？"

气氛陷入一阵诡异的安静。

陆嘉言不知道事情为什么会发展成现在这样。他想解释，却不知从哪里开始解释。他的本意只是想让谢舒和他们一起去旅游，但好像……

"我不是这个意思。"

好半天后，谢舒只得到了他的这句回答，之后就只剩沉默。

此刻，沉默如同无尽的黑暗，她的心彻底地失重坠落至深渊。

从车里出来后，谢舒没有直接上楼，而是一个人站在无人的楼梯上。她的手指被冻得通红，却依旧紧紧地抓着扶杆。

即使是上一次亲耳听到陆嘉言说她只是他一起长大的一个妹妹时，都没有今天这么难受。

那时候她还期待着未来，带有幻想，以为他们面前只是有一丝阻碍，可是今天的陆嘉言给了她重重的一击。

他还是这么理智，无论是对她还是对其他人，他永远能做到理性选择。

在当初感情最浓烈的时候，他都可以理智地分析后果，选择暂缓公开关系。如今，他又为了宋博远兄妹俩来劝她放弃。

或许他觉得那个主持机会不重要，可对于谢舒来说，却不是这样。

原来，她也不是特例。

他想在朋友与她之间保持平衡。可没有人会心甘情愿地受委屈，也没有人会不想要偏爱，从头到尾，他都给予不了她偏爱。

意识到这一点，谢舒才真正感觉到难过。

她咬着唇，心里难受，堵得慌。可是她不能大哭一场，只能竭力控制自己的情绪。

不知过了多久，走廊里传来脚步声。

谢舒还没来得及收拾情绪，便撞上了来人的视线。

学姐惊讶道："谢舒！"

许是看见她停在楼梯上不动，表情也不似平常，学姐关心地问道："怎么了？身体不舒服吗？"

谢舒只是摇头，深呼吸了好几下，然后才说："我们上去吧。"

学姐见她这个样子，又关切地问了两句，两个人才上楼。

谢舒落在学姐后面一步，很快调整好自己的情绪，没有再出现失态的情况。

可是面上表现得再怎么平静，她的心里仍是一阵阵难受，就好像有什么信念忽然崩塌了一样。

第二天是晚会前一天的第二轮彩排，宋嘉真作为候选主持人却出乎意料没有在场。

学姐打听到消息，据说宋嘉真是身体不舒服请假没来。

彩排结束，谢舒觉得浑身疲惫。回到宿舍，在室友的提醒下，她才发现自己发烧了。

她心力交瘁，一下子没缓过来。

在宿舍里翻出来的药都已经过期了。

谢舒就没吃药，洗了个热水澡，灌下一大杯热水，连晚饭也没吃就去床上躺着了。

人一生病，心也会变得很脆弱。比如现在，她就不由自主地想起了陆嘉言，想听听他的声音。

谢舒打开手机，拨通了他的电话。

响了几十秒后，在她以为就要被系统自动挂断时，那边终于接了。

可接通后却是一阵沉默，谁都没有先开口。只有那细微的呼吸声传来，代表他在手机旁边。

陆嘉言是想到了昨天那场不愉快的谈话，他不知道现在的她是什么意思。

时间在沉默中流逝。

他终于开口："谢舒。"

只是，她的名字才刚念出口，他那边的背景声就喧闹起来，像是办公室的门忽然被人推开了。

还有一道温柔又熟悉的声音："嘉言哥，你还没好吗？大家投票决定晚上去吃火锅。"

听到那个声音的一瞬间，谢舒就攥紧了手机，像是要将它捏碎一样。

陆嘉言皱眉看向径直推门进来的宋嘉真，提醒道："进来记得敲门。"又做了一个手势，"你先出去。"

说完，他又问谢舒："有什么事吗？"

"晚上你们公司聚餐？"

"嗯。"

"那她怎么在？"

"今晚远哥请客，他带来的。"陆嘉言没说的是，宋博远还打算将她招进公司实习。

他又问："你有什么事？"

谢舒闭上眼睛，眉头紧紧皱着，像是在压抑着某种情绪。

"没什么事，你去吃饭吧。"她平静道。

本想和他说说自己有多难受的，可这一刻，谢舒什么也不想说了，匆匆挂断电话。

她躺在床上，忍受着发烧带来的头疼，浑浑噩噩地睡了过去。

醒来后，一看时间才晚上七点多。谢舒是被吃完饭回来的室友摇晃醒的，于晴递来一板药，说："先把药吃了。"

谢舒接过，看着退烧药还有些愣怔，问："你们在哪儿买的？"

现在可不好买到这药。

"不是买的。"于晴解释，"傅明遇刚刚送过来的。"

傅明遇？

谢舒眼里一片茫然。

蒋菲菲补充道："我们之前在群里提了你发烧的事，问有没有退烧药。"

于晴见她还在发呆，催促道："你快先吃药。"

"哦。"谢舒连忙下床，吃了药后又立即躺回去，但她也没忘给傅明遇发了消息道谢。

只不过二人没聊几句，药效上来，她就再次昏睡过去。

这一晚，谢舒睡得并不好，做了好几个奇奇怪怪的梦。

而她唯一记得的梦，也是曾经真实发生过的事情。

高二运动会的时候，谢舒感冒却没及时吃药，病情加重，从扁桃体发炎变成了发烧。

那会儿她正好没有比赛项目，就去找老师批了个假，准备去医院输液，谁知刚走出学校就晕倒了。幸好那个时候旁边有位好心的同学，和保安一起送她去附近的卫生院。

那天输液大厅里有很多人，谢舒醒来的时候，陆嘉言刚刚赶到。他满头是汗，眼神里是藏不住的焦急。

她的手被他紧紧握着，手上的针已经拔了，只剩下一个创可贴止血。

"你可真厉害，挂着水都敢睡着！"

谢舒抽回手，小声道："我也不知道怎么睡过去的。"

她没说自己晕倒的事。

"小迷糊。"陆嘉言起身揉揉她的脑袋，脸上带着无奈的笑容，说，"幸好我来了吧。"

那天他牵着她回了陆家。

那个时候他们之间的关系还很简单，那个时候也还没有乱七八糟的事。

谢舒贪恋着那份温暖，有些不愿醒来。

可是梦境被无情地打破。

这一次，他没有来。

第二天起来，谢舒望着天花板发呆，回想着梦里的情景。

她翻身拿过手机看了一眼，没有任何消息。

起来洗漱完，谢舒发觉身上的热度缓解了一些，但脑袋还有些晕，于是赶紧又吃了几片药。

蒋菲菲忽然提了一句："听说傅明遇也参加了这次元旦表演，还是合奏团特别邀请的。"

"嗯。"谢舒点头，"他的节目在第五个。"

"哎呀，早知道我也拿票去看表演了。"

"你哪是去看表演，你是想去看帅哥吧！"于晴提着刚烧好的热水过来，刚好听到她这句话。

蒋菲菲笑嘻嘻道："差不多，差不多。"

谢舒转头问："我这儿还有两张票，你要吗？"

本来这票是想给陆嘉言的，结果一直忘了给，现在他也不需要了。

"要！"蒋菲菲满脸笑容地过来拿走，"谢了，晚上带我家龚飞去给你捧场！"

谢舒笑了笑，没说话。

于晴加满热水，又把热水壶递给谢舒，道："先喝点儿热水。"

她感叹："也幸好你这烧退得快，喉咙没什么问题，不然今天的主持恐怕就上不了了。"

谢舒也庆幸着，接过热水，轻轻应了一声："是呀。"

只是发烧的后遗症比谢舒想象中厉害。她下午对完词，就找位子坐下来休息。

"你没事吧？"学姐见她眉目间有疲色，过来问了一句。

"没事，就是站得有点儿累。"谢舒摇头，朝她笑笑。

她们都已经化完妆了，谢舒脸上的病容其实大半都被精致的妆容掩盖住了。

表演节目的演员都在化妆准备，有些幕后人员还在吃饭。

谢舒坐了一会儿缓过神来，先去服装间换礼服。

替谢舒拉背后拉链的学妹手很冰，冷不丁碰到她的背，她下意识哆嗦了一下。

"对不起，学姐。"对方忙道歉，"我的手有点儿冷。"

"没关系。"谢舒无声地笑了笑，轻声道，"我的手冬天也很冷。"

即使后台开了空调，谢舒换好礼服后仍披上了羽绒外套。她手里拿着杯热水，找了间空教室休息。

不过她没坐多久，门又被推开了。

谢舒闻声抬头望过去，看到一张熟悉的面孔。此时他西装笔挺，衣着正式，令她微微惊讶。

傅明遇看到她在屋里，只是颔首微笑，好像并不惊讶，说："你在这儿啊。"

还未等她问出口，他已经径直走到一侧柜子前，打开柜门，拿出里面的琴匣。

"我来拿琴。"他拿着琴匣在另一侧沙发坐下，缓缓解释。

谢舒这才意识到，这里应该是给他们节目安排的临时放琴的教室，自己是烧糊涂了，明明那柜子这么明显，进来时竟然都没注意。

现在知道了，她也不好意思再坐下去，端着杯子就要起身，说："抱歉，我不知道这里……"

"你坐这儿就好，不用走。"傅明遇反而出声拦住她，"他们都在另一间教室，不会过来这里。"

他又见她似乎状态不对，关心地问："听说你昨天发烧了，现在还好吧？"

谢舒扯出一抹笑，说："谢谢你的退烧药，我已经没事了。"

如果只是生病那么简单，也不会如此。她觉得自己好像脆弱了许多。

她讨厌生病。因为人一旦病了，就会更渴求温暖，也更容易联想到那些不开心的事情，身体和心灵的痛苦一叠加，就导致她的情绪越来越低落。

她一边想忘记不愉快的事，一边又担心在晚会上发挥失常，不经意间给自己的压力越来越多。

"介意我在这里试音吗？"傅明遇忽然出声，打断了她的思绪。

谢舒抬头看过去，他也正望着她，眼里带着浅浅的笑。

他笑容温和，如春风和煦，穿过无尽边野，抵至她眼前。

谢舒有一瞬间失神，随即摇头回道："不介意。"

舒缓抒情的小提琴曲，缓缓流动的音符，如同细语轻喃，柔情似水。

一曲终，四周又安静下来。

谢舒没有说话。她看着窗外，夕阳正一点点落下。

明明他只说试音，却完完整整地拉了一曲。

谢舒忽然笑了，说："音乐好像真的有治愈的能力。"

既安抚了她紧张的情绪，也安抚了她难过的心情。

在这一曲中，谢舒从那段愁绪中抽身出来。逃避是没有用的，思绪重新回到了她这段日子里一直在认真考虑又不想面对的事情上。

她的纠结，她的难受，还有她的不甘心……这一切的源头都是这段感情。

这段她原以为会永远走下去的感情好像偏离了预期，是他变了，还是她变了？

从一开始时的期待，到如今的失望和不甘心。

谢舒很是不明白，为什么他们会到这种地步呢？

有时候她也会想，如果两年前陆嘉言没有和宋博远一起创业，如果他们的交集少一些，那现在事情会不会不一样呢？

她也会有不切实际的幻想，可这些都是无用的。

事情已经发生，眼前也只有两条路可走。

要么，她因为心里那点儿不甘心紧紧抓着他不放，互相折磨，直到消磨光所有爱意，两看相厌；要么，就此放手。

"不是音乐的原因。"

谢舒蓦地回头看过去。

傅明遇的眼神澄明又温和，好像能看透她的心事。他轻声又坚定地说："是你已经足够强大。"

也是因为，她心中早已做出选择。

小明岛度假村。

三面环海的小岛，与明岛相连的南面也仅有一座大自然雕琢的天然桥。

这里气候适宜，温暖初春。

酒店经理提前将一切安排好了，包括前往小明岛西南边欣赏烟花秀。

谁知沈娴在酒店房间放下行李后，就拒绝再出门。

"我要看小舒他们的晚会。"她说着打开了客厅的电视机，还把手机递到陆嘉言面前，让他把直播投屏上去。

陆嘉言无话可说，接过手机操作起来。

陆父坐在茶房，面前摆着一套完整的茶具，不疾不徐地泡起茶来，慢悠悠地说道："你不去，那我们父子俩看什么烟花秀……"

沈娴笑得特别开心，说："那不正好，陪我看节目。"

她又转头对儿子说："你们年轻人喜欢凑热闹，你去吧！"

"我不去。"陆嘉言将电视投屏调好，顺势在一旁的沙发上坐下，道，"我也留下来陪您看节目。"

只不过晚会才开始没一会儿，陆父便接到电话，起身去书房处理工作了。

而陆嘉言也坐不住。

除了开场时四位主持人共同上台，其他时候，谢舒的镜头其实并不多，她和搭档与另一组主持人轮流上台报幕。

只是看着电视屏幕上的她，陆嘉言就忍不住想起前天的不欢而散。

他知道度假的事是自己的表述有问题，考虑的时候或许忽略了她。可是，她的那些质问也让他很不爽。

他自认没做错什么，也没有逼她让出那个主持机会，现在是她不愿和他们一起来旅游，难道还要他低头认错？

陆嘉言盯着电视屏幕，心情烦躁起来，也看不下去了。

沈娴见他起身拿了外套，于是问："做什么？"

"出去逛逛。"陆嘉言言简意赅。

沈娴点头道："我看附近有几家商铺，那你记得好好给小舒挑几件礼物。"

陆嘉言开门的动作一顿，没想到怎么也绕不过去她的名字。他沉默片刻，沉声道："嗯，知道了。"

元旦三天假，这期间谢舒没有接到过陆嘉言的电话，但是沈娴每天都会与她分享度假的日常，还少不了通视频电话。沈娴打过来时，有时背景是在室外，有时是晚上在酒店客厅里。

这天，沈娴与谢舒提到去的一个景点："就是看看海，看看蓝天白云，没什么特别好玩的。"

她话音刚落，旁边的人就插话："是吗？可我怎么见您今天下午在那边逛得乐不思蜀呢？"

他说着话，脸也入镜了。

沈娴扭头朝陆嘉言翻了一个白眼，一边说着话，一边将手机朝他的方向挪过去些，道："那还不是你和你爸两个人抛下我去钓鱼了，我不得找点儿事做做。"

下一秒，她又笑着看向手机屏幕里的人，感慨道："要是你在就好了，还能陪我说说话，一起散步走走。"

谢舒有些不好意思，说："这次没想到时间冲突了，等下次，我一定陪您去。"

谢舒一直拿着手机，却只是看视频里的沈娴。除了陆嘉言刚出声时她下意识愣怔了一下，后来他凑到画面里来，她也没有分过去一个眼神。

"好啊。"沈娴应下，"听说清城西山郊区有人承包了地要开发花田，等过完年天气暖和了，我们正好去踏青。"

西山。

谢舒却没有立即应声，反而神情愣怔，像是因为沈娴的话忽然出神了。

视频那头的沈娴也忽然反应过来，西山的一侧是公墓陵园，正是……

她思及此，忙开口转移了话题。

只是即使谢舒后面一直笑着，没事人一样陪着说话，沈娴也能看出她是在强颜欢笑。

沈娴与她道了晚安，又忍不住说："早点儿睡，别想太多。"

视频里的谢舒神色自若，说道："晚安，沈姨。"

这一晚，谢舒又做梦了。

梦里，她回到了十五岁那年。

她以旁观者的身份看着梦里的自己等不到父母回家，看着意外突发，看着幸福美满的家庭支离破碎。

那不是共情，也不是感同身受，那是她曾经经历过的一切。

即使知道这只是梦，谢舒也同样悲痛欲绝。

她跟着梦里的自己跪在那儿，哭了一天一夜。

梦醒时，谢舒缓了好一会儿才睁开眼，濡湿的眼睫仍不受控制地轻轻颤抖着，整个人提不起力气。

梦里的画面破碎不连贯，却与现实的记忆交织，不断在她脑海里浮现。

那场惨烈的车祸，谢舒后来像是自虐似的在新闻报道上看了一遍又一遍。她没有去过现场，可那段时间她都沉浸在噩梦中，梦里的画面都是车祸现场。

她被梦魇折磨得整个人都变了，后来是沈娴带着她去看医生、治疗。

时间不能让人忘掉痛苦，只能让人去忽略，以为自己忘掉了。

悲痛如潮水般淹没谢舒，心仿佛被什么紧紧攥住，闷在胸腔里的疼与痛正一点一点地侵蚀着她的意志力。

谢舒还记得这是在宿舍。她缩到被子里，用力咬着下唇，努力不发出一点儿声音。

后来，她又浑浑噩噩地睡了过去。

再醒来已经是中午，她洗漱完看手机，很多都是无关紧要的消息。

除了——

陆嘉言时隔五天，大概终于想起了谢舒，发了一条消息："我们十二点三十分的飞机，三点到清城。"

谢舒看了一眼时间，退出界面，并没有要回复的意思。

第二天假期结束，上课的时候陆嘉言打了电话过来，谢舒直接挂断，回了三个字："在上课。"

这之后谢舒就静不下心来，但手上动作未停，依旧记着笔记，只是思绪始终无法集中。

这短短三天，谢舒一直在认真考虑她和陆嘉言的关系，以及未来。

其实三个月前，在包间门口听到陆嘉言的那声"妹妹"，当时她就该推门进去，质问他。

可那个时候的她退缩了。

谢舒知道自己不该顾虑那么多，可是这么多年的感情，过去他对她的好，一点一滴呈现在眼前。她做不到理智选择，于是就只能一次次地让步。

在她最无助的时候，是陆嘉言出现了，教她成长。

或许，最开始她对他是崇拜与感激，可后来，她付出的是最纯粹的爱。

只是，这份爱意得到的回应，太过微眇，也无期。

室友将谢舒魂不守舍的样子看在眼里，见她连下课铃声都没听见，只好提醒："谢舒，下课了。"

"哦，好。"

谢舒低头收拾包，跟在人群后走出教室。她一抬头就看到前面几米处，陆嘉言已经站在那儿了。

谢舒停下脚步，站在门口和他对视数秒。

陆嘉言提出二人出去吃饭，她没有拒绝，只是让他找个有包间的餐厅。

这顿饭注定不会平静。

车子开到附近的商业街，餐厅是陆嘉言挑的，点单时，谢舒也让他来。

服务生走后，他刚要开口，谢舒却打断他的话："先吃饭吧。"

她觉得如果现在说事，那等会儿这顿饭就不用吃了。

三菜一汤上来后，两个人默默吃饭。

陆嘉言今天没顾手机，时不时就看向对面。

他注意到谢舒好像没什么胃口，每样菜都只吃了两三口，后面就一直在喝那份排骨汤。

陆嘉言吃饭的速度不快，谢舒也迁就他。见他吃完，她也停了筷子。

谢舒端起水杯抿了一口，然后说道："有什么话，我们就现在说清楚吧。"

她的声音格外冷静平淡。陆嘉言抬头，定定地看着她。

谢舒没有逃避，迎上他的目光。

四周安静下来。

陆嘉言沉思片刻，先开口道歉："之前那件事是我考虑不周，抱歉。"

谢舒点了点头，但下一秒又摇了摇头："可我要说的不是这个。"

她与他对视着，脸上的神情不再是那么云淡风轻，好似什么也不在乎。她极其认真地说道："我想和你说的是，我们结束吧。"

谢舒一字一字，又加重语气说了一遍："结束这段不正常的关系。"

这几个字说出口，她感觉那种疼痛和难过的感觉瞬间从心脏处蔓延至全身，如密密麻麻的针扎在每一处。

陆嘉言听了她的话，皱起眉头，看着她问："什么叫不正常的关系？"

"难道我们之间的关系是正常的吗？"谢舒却反问他。

陆嘉言第一反应是想反驳。可是他又不得不承认，这段关系的现状与那些正常的恋爱关系有很大不同。

这一切，又都是他的选择。

感受到他的沉默，谢舒的心也在不断下沉。

"一开始就错了。"这是她第一次否定自己这些年的选择。

谢舒说："陆嘉言，我不想再等了。"

从听到他用随意、轻慢的语气称呼她"就是个从小一起长大的妹妹"开始，在这段感情里，她就逐渐感受不到甜蜜的感觉了。但弃之可惜，她也在不断煎熬。

"不能公开我们的关系，不能跟大家解释任何误会，不能光明正大地在一起。我忽然发现，我真的很讨厌这样，讨厌你，也讨厌我自己……"

"谢舒！"陆嘉言打断她的话。

他不想再听她否定那些过去，字字句句都像是无形的刀，刺向双方。

相比谢舒，陆嘉言的情绪镇定很多，试图说服她："当初我们说好的，等时机成熟了再公开。你也知道那段时间林家出事，所有人都在指指点点。难道你想让家里也遭受像林家那样不堪的流言吗？"

那年林家的继兄妹在一起的消息刚出来，对林家的不利舆论铺天盖地，更别说那些风言风语了。

陆嘉言将事情详细分析后，谢舒更担心的其实是陆家父母不同意，所以那时候也答应了晚点儿再公开。

可是，陆嘉言的态度却一次次令她失望。

回忆起从前，只会让谢舒心中的难过不可遏制。她克制地说："所以我真的后悔，当初为什么会同意你的这个决定。"

陆嘉言无奈，又极力想证明什么："可是现在一切都在向好的方面发展，我们也可以一点点地和爸妈透露。"

谢舒摇了摇头，低垂着眼睑轻声道："其实，那天我在包间外面听到了你说的话。"

说的什么话，陆嘉言瞬间就回忆起来了。

室内的气氛变得沉寂又压抑，两个人都沉默着。

良久后，陆嘉言又恢复了沉静稳重的样子。他微眯着眼睛，目光犀利，直直地看着她："那只是随口敷衍他们而已。"

又是这个理由。

"谢舒，你以前不会这样不知轻重胡闹的。"

他沉默了一会儿，开口说出的话反而惹得谢舒发出一声冷笑。

她原本的忧虑与心底那丁点儿的不舍，都在这一瞬间消失。

谢舒跟他对视，说："是呀，你习惯的是乖巧懂事听你话的谢舒，可我不是。"

谢舒拿出准备好的现金放到桌上，然后起身，看着他，语气格外坚定："现在，我不想再继续维持这段关系了，同样，没有期限的承诺我也不要了。"

谢舒刚离开座位，陆嘉言就上前一步抓住她的手，想像往常一样将人拉进自己怀里，阻止她离开。

可此刻，他低头，近距离地看着她的眼睛，却只看到她冷冷的眼神。

这样的眼神，比让他看到她受伤的眼神更难受，瞬间刺痛了他的心。

"对不起，我……"

他要开口道歉，谢舒却打断他的话："陆嘉言，你不如好好想一想，你真的喜欢我吗？"

如果真的喜欢，为什么要她承受这么多她本不该承受的事，让她一次次觉得委屈难受？

她喜欢的是那个高中时看起来吊儿郎当但其实很温柔的陆嘉言，他会鼓励她，会默默照顾她，会相信她。

谢舒挣脱了他的束缚。

因为她最后的那句话，陆嘉言愣在原地没有追上去。他看着空无一人的对面，面无表情，思绪涣散，好像真的在认真思考这个问题。

冬日的阳光明媚，却给予不了人多少温暖。

谢舒站在门口，感受不到阳光照在身上的温度。

从餐厅出来，不过几步路，可脑海里的回忆却让她觉得自己像是重新走过了那几年。

谢舒看着眼前的街角，来来往往的行人与车辆，没有人会为她停留下来，没有人会注意到她。

把话说清楚了，应该是舒坦的，可她心里此时此刻更多的还是说不尽的酸楚与难过。

从少女心事到得偿所愿，谢舒以为自己是幸运的。

可原来从一开始就不对。

再回头看，谢舒也不知道自己当初怎么会同意那样滑稽的开始。

或许，当时的她就是想抓住一束光，而陆嘉言出现了。就像拯救落魄少女的王子，他出现的时机刚刚好。

从感激崇拜到渐生好感，那本该是美好童话故事的开始。

　　沈娴给谢舒带了礼物，又念叨着想她，谢舒便趁陆嘉言不在的时候回去了一趟。

　　陆佳佳也在，见谢舒一个人回来，身后没有跟着人，就下意识问了一句："嘉言没跟你一起回来吗？"

　　屋里开了暖气，很暖和，跟外面的寒冷天气完全是两个世界。

　　谢舒脱下外套，里面是一件米白色羊绒衫。

　　"没有。"

　　只一个平常的回答，陆佳佳却听出了其中的不同寻常。

　　当初陆嘉言和谢舒的关系有变化，即使二人在他们面前表现得很正常，但她还是一眼就看出了不同之处，算是半个知情人。

　　见伯母不在，她直接问道："怎么了，吵架了？"

　　谢舒没点头也没摇头。正巧沈娴从二楼下来，她转身叫人，岔开了话题。

　　晚饭时，沈娴问谢舒什么时候放假，提前让司机过去搬行李。

　　"下下周放假。"谢舒话语微顿，又说，"我东西不多，到了那天自己回来就行。不过我学校里还有点儿事，可能要晚几天。"

　　沈娴点头道："嘉言这段时间应该不去公司了，让他和你一起回来好了。"

　　谢舒正要开口拒绝，陆佳佳反而先一步开口："没车还是不方便，你驾照不是前两年就到手了吗？放了假正好去看车。"

"我……"谢舒还有点儿犹豫。

陆佳佳知道她是什么意思，直接道："车技是练出来的，不要怕，多开几次就熟练了。"

"对。"沈娴也赞同她的话。

谢舒敌不过她们，渐渐被说动，而且有了车，出行的确会更方便，于是定好了过年前去看车的日子。

高校放假时间早，三个室友都提前买好了车票，考完当天拉着行李箱就直接走了。

宿舍里只剩下谢舒一个人。她收拾着东西，也不急。

谢舒并不急着回家。前两天陈教授又找她问话，她内心隐隐有了决定，只是还没确定，于是打算趁着这几日在宿舍里想清楚。

傍晚照常出门去吃饭，结果刚进食堂迎面就遇到了一群人。

陆嘉言走在最前面，旁边的宋嘉真抱着书，脸上扬着笑，还在同他说着刚刚的考试题目。

"两位学霸，考都考完了，咱能不对答案了不？"后面跟着的男生嬉皮笑脸道，"我们这听着答案跟自己的不一样，心慌啊！"

下午这群人考完试出来，正好遇到落单的宋嘉真。几个男生和往常一样，客套地说了一句请她一起吃饭，没想到她立马答应了，只不过这一路都在跟陆嘉言讨论下午的考试题目。

宋嘉真脸上闪过一丝尴尬，转头见陆嘉言也点了点头，显然他也认同那个男生的话。

"是我的错。"她笑着说，"听说一楼的奶茶店推出了好几款暖冬新品，我请大家喝奶茶吧。"

男生一边说着"这多不好意思"，一边笑着应下。

陆嘉言是唯一没开口的。

宋嘉真转头正要问他，却发现他神色稍愣地看着前方。她也下意识看了过去。

两方气氛都沉默下来。

站在最边上的龚飞开口打招呼："谢舒，你考完试没回家呀？"

他女朋友蒋菲菲和谢舒同一个专业，她一考完就迫不及待地回家了。

谢舒只点了点头，一句话也没说，转身就往另一边通道走了。

剩下的人面面相觑，眼里都是八卦与疑惑。

"嘉言，你喝什么？"宋嘉真拿着手机先点单，打破了平静，也是想将其他人被带远的思绪拉回来。

陆嘉言盯着谢舒的背影，说："你们喝吧，我还有点儿事。"说完他就径直追人去了。

"嘉言！"宋嘉真握着手机站在原地，难以置信地看着他。

陆嘉言也没有因为她的一声呼唤就停下追人的步伐。

谢舒因为那群人的出现临时换了方向，结果在窗口看了半天也没有发现自己想吃的菜。她琢磨着人已经走完了，又转去另一边，可没走两步就看到了追来的人。

陆嘉言拦住她说："我们谈谈。"

谢舒不想在人前与他拉扯，宁愿冒着冷风，移步到食堂外面。

两栋楼中间的角落，还被广告牌遮住了，这种时候没有人会过来。

"什么事？"谢舒站在路灯照不到的阴影下，低垂视线。

"你什么时候回家？"

没想到陆嘉言要说的是这个，谢舒愣了一下，回答："不确定，我自己会回去的。"

陆嘉言看着她，心里有千万言语，可最终只说了一句："那件事我们回去再谈。"

"还要谈什么？"

谢舒冷漠的态度让陆嘉言难以理解。他觉得自己心里仿佛也有股闷气，目不转睛地看着她说："高中毕业到现在，三年的时间。谢舒，我们之间不可能只是那么简单的一句结束就能结束的。"

这也是这几天他想了很久以后做出的决定："我不同意分手。"

谢舒勾了一下嘴角,似自嘲:"你说我们在一起三年,是平等的恋爱关系,可是你知道学校里的传言吗?你怕公开后会有风言风语,可是没公开,难道就少了吗?"

一对保持着亲密关系却没有真正确定恋爱关系的情侣,在外人眼中又会是什么样子呢?

有些话过于不堪,她不愿去回想,更不会在这个时候再提起,徒增烦恼。

谢舒没心思同他周旋下去,直截了当地说:"陆嘉言,我没空也不想陪你继续玩地下情了。"

她将这段见不得光的感情定义为"地下情"。

"我们各退一步,退回原位,多好。"谢舒像是耐着性子在劝说,可每一句都狠狠扎在陆嘉言的心上。

"你不用提心吊胆地怕被爸妈发现,我也不用每天那么没安全感地数着日子盼公开。我们大家都开开心心、轻轻松松地过日子,不好吗?"她说了分手就是真的要分手,并不是他以为的闹脾气要性子。

谢舒以为自己已经变得理智了,可一旦遇上他,理智又退让了。她就这么一股脑儿地把想说的埋在心里很久的话全都说了出来。

说出来就痛快了,但后劲也很大。

谢舒说完转身就走,紧紧地握着拳头,竭力控制着身子不颤抖。

这样的谢舒,还有她说的这些话,都让陆嘉言觉得陌生,甚至令他有些失神。他不知道,原来她一直是这样想的。

一月的冷风呼呼地吹着,像是冰刀子刮在脸上。陆嘉言站在阴暗处,像是没感觉到冷似的,不知道站了多久。

谢舒知道自己现在有多失态,所以就没有再进食堂。更何况这一番对峙下来,她也没了胃口,就直接原路返回了。

路过便利店的时候看到里面没人,她拐进去,在靠门这边的冷柜里随便拿了一个三明治去结账。

店员似乎是新来的,一边看着标签敲着键盘,一边问她:"就一个三明治吗？需要加热吗？"

"不用了。"

"好的，一共八元。"

谢舒调出手机支付的界面，结果这时店员却说："抱歉，今天系统有点儿问题，扫不了码，可以刷校园卡或者现金支付。"

"好。"谢舒应了一声，便在外衣口袋里找校园卡。

只是过了两秒，她才发觉自己出来时除了一部手机，其他什么都没带。

"一起的，麻烦都热一下。"她还在迟疑着要不要的时候，一张校园卡已经放到刷卡机上。

谢舒惊讶地转过头，就看见一张熟悉的脸。

"谢谢。"她缓了缓神色，但笑容还有些勉强。

这几秒间，店员已经刷完卡，拿着两个三明治和牛奶去加热。

傅明遇收回卡，脸上浮现笑容，说："不用谢。"

人家刚帮自己解了围，谢舒没让气氛太沉默，随意找了一个话题："你怎么来这儿了？"

"来送份资料，刚好路过。"

谢舒低头将围巾拉高了些，挡住小半张脸，声音有些闷地说："哦，这么巧。"

"叮——"微波炉的定时到了，打破了平静。

店员将三明治与牛奶分装好，递给二人。

谢舒接过，隔着袋子还能感觉到温热，不过重量似乎不太对。走出门口，她低头打开袋子看了看，说："这个放错了。"

她说着，拿出牛奶要递还给他。

傅明遇却说："请你的。"

谢舒抬头看他，神色不解地问："为什么？"

傅明遇说："谢谢你之前借我看笔记。"

"那个……其实没什么。"谢舒微微张口，还是没说出拒绝的话，把牛奶又塞回袋子里，说，"好吧，那我收下了。"

两个人不同路，也没有继续吹着冷风聊天，在门口挥手道别。

室外气温低，风大，谢舒怕三明治和牛奶很快就冷了，一路都抱在怀里，到宿舍取出来时还热乎着。

她撕开三明治的包装，又看了一眼桌上的红枣牛奶。

便利店里的新鲜牛奶除了原味就是红枣味，有时候早上室友去买早餐，她也会让她们帮忙带一袋。

她喜欢任何甜食，因为甜味能让人心情变好，就好像现在。

她渐渐忘了今晚的不愉快。

期末周即将结束，学生全部放假，宿舍楼变得越发冷清。谢舒很快也收拾好了行李，却暂时没有跟沈娴说，也没有让司机来接。

谢舒拉着行李搬进了东新区产业园旁边的一个小区。这里有一套房子是当年她的父母买的，挂在她名下。

前几年政府规划后，东新区的新兴科技产业园等基地就建设起来了，连带着周边楼盘成了潜力股，房价一路飙升。

但谢舒从未想过要将这套房子租出去或者卖了，所以装修好后就没有人住过，跟新房子一样。

不过入住前，她还是找了家政上门进行大扫除，又另外购置了一大堆日用品。

最先知道谢舒搬过来的还是陆佳佳。两个人在附近超市偶遇，陆佳佳看到她出现在这儿很惊讶，她也没有隐瞒。

听到谢舒还没开伙，陆佳佳便邀请她到旁边的小饭馆一起吃饭。

吃完，二人都坐着没动，让服务生上了一壶茶。

陆佳佳问谢舒："这边离你学校也不算近，怎么想到搬过来住？"

"还好，出门走两步就是地铁口，只是要换乘而已。"谢舒笑了一下，说，"而且之后不是要买车吗？来回也方便。"

"那你和伯母说了吗？"

"还没。"谢舒双手捧着茶杯，却没喝，感受着融融暖意。她平淡地说，

— 112 —

"我想着回去了再顺便说。"

陆佳佳不禁笑了，说："那你这是先斩后奏啊！"

谢舒无声地勾起唇笑，没有反驳。她心里也清楚，如果先提议，沈娴肯定会劝阻她。

距离过年还有一段时间，但谢舒没有闲下来。

她先同远在大洋彼岸的二叔提出了自己的想法，很快就拿到了如今智达的研发中心负责人陈方远的联系方式，两个人约了时间在智达大楼见面。

那天见面结束后，谢舒没有回东新区，也没有回陆宅，而是买了花，打车去西山。

这个时间来扫墓的人很少，北风呼啸，反而将她吹得头脑冷静。

谢舒着手清扫四周的杂草，又将花悉心摆在墓碑前。她双膝跪地，眼角已经泛红，却又不敢去注视那墓碑上的黑白照片。

"爸、妈，马上又是一个新年了。"她低垂着眼，视线放空，慢慢且小声地说着想说的话，"我们已经有六年没有一起过年了。"

有六年没有一起吃团圆饭，有六年没有一起看春节联欢晚会，有六年没有一起放烟花了……还有很多很多事情，那些都已是儿时的记忆了。

她那个时候以为以后的每一年都会如此，却没想到，后来这些竟成了奢望。

"我很想你们，真的真的很想你们。"

即使是在陆家，即使陆父陆母对她很好很好，但还是不一样的。

阴云沉沉，寒风凛冽，谢舒却丝毫感受不到冷。她脸色苍白，眼里蓄满了泪水，却又极力控制着不让眼泪在他们面前掉落。

和以往每一次过来时一样，她小声絮语着这几个月发生的事情，没有提及其中的不开心。

离开之前，她慢吞吞地站起来，看着照片上的一男一女，揉了揉被冻得僵硬的脸颊，努力露出一个笑容。

"爸、妈，新年快乐。"

今年的冬天好像特别冷。

墓园里孤寂冷清，不枯的柏树在风中伫立。

谢舒转身后就没有再回头，迎着冷风一步一步走下台阶。

直到最后一级台阶下完，她的视野里出现了一双脚。

谢舒缓缓踏下最后一级台阶，那个人依旧站在前面，没有离开，也没有出声。

好像，是来找她的，也可能只是路过。

谢舒抬头的动作很慢，但面前不是她期待的那个人。

看清跟前的人是谁后，谢舒又忽然愣住，好几秒没反应过来。

"你怎么在这儿？"下意识的话出口，她立即就觉得自己问得有些多余。

傅明遇神情淡淡，点头说："来看看我外公。"

"哦。"谢舒点了点头，抿着唇，在冷风中，她的表情显得很僵硬。

她声音很轻地说："我来看我爸爸妈妈。"

这一刻，谢舒神色很平静，只是心比想象中疼。原来，最难过的事，她也能用最平常的语气说出。

冬日的光一点儿也不热烈，寒冬夹裹着风，两个怀揣着同样心情的人，并肩走向陵园外。

一路默不作声。

傅明遇开了车来，提出送谢舒回去，她没有拒绝。

她系上安全带，问："你向朋友借了车？"

"不是。"傅明遇摇头，嗓音有一点点沙哑，"前两天刚提的车。"

谢舒有些惊讶地问："你买车了？"

傅明遇只是来清城当交流生，再过半年就要回去，难不成他打算把车跨省开回去？

虽然这也不是不可以。

"嗯，就是个代步工具。"傅明遇很自然地说。

谢舒虽然惊讶，但没有多问，转而岔开话题："对了，你买票了吗？打算什么时候回江城过年？"

前面遇上红灯，傅明遇缓缓将车停下，手指在方向盘上敲了一下，答："还没确定下来。"

"期末考结束都一周了，你们还这么忙啊？"谢舒以为他没确定是因为还有其他事。

傅明遇没有解释，"嗯"了一声，问她："你怎么也还没回去？"

她刚刚报的地址是东新区那边。

谢舒向外看了一眼，这个时间点这段路上行人很少。她淡淡地说："提前过去收拾一下房子。"

傅明遇问："那你一个人住？小区环境还好吗？"

"嗯，安保挺好的。"车已经开到小区门口，谢舒让他把车停下，说，"不用开进去，刚好我去旁边超市买点儿东西。"

谢舒一下车，就感觉冷风迎面而来。她抬手捋了一下长发，又转头看向傅明遇，笑着道别："那提前说了，新年快乐！"

傅明遇被她的笑容感染，眼里泛着柔软的光芒，也笑着说："新年快乐。"

等谢舒走进超市，看不见她的身影后，傅明遇才发动车子，打算离开。

只是下一秒手机忽然响起。看清来电提示后，他的好心情顿时一扫而空。

"您好。"电话接通，他垂眸，无意识地盯着前面的方向盘。

举在耳边的手机里传来一道低沉的男声："机票定了吗？什么时候到？我让司机去接你。"

傅明遇只回了两个字："没有。"

那边的男人听出了他的敷衍，也听出了他的意思，问："不准备回来过年了？"

"嗯。"

他又问："准备去你妈那儿？"

傅明遇无声地勾了勾嘴角，冷淡地说："不打扰您二位新年阖家欢喜了。"

— 115 —

电话那头的男人却没有生气，只是一阵沉默。

刚才谢舒问傅明遇准备什么时候回江城，他答"不确定"，并不是不确定回去的日期，而是不确定回不回去。

窗外枝头仅余的几片落叶顺着寒风打着旋飘下，却没有停在路面，而是毫无目的地继续飘零。

就像他一样。那一盏盏明灯和家的温暖，都不属于他。

他的远方是未知。

他也不愿做一个多余的人。

距离除夕越近，年味也越来越浓。

小区内挂满了红红火火的灯笼，物业更是挨家挨户送福字和对联。

谢舒接到了沈娴的电话。

今年这么晚了谢舒都还没回去，她特意打电话催促："小舒，今年你什么时候回来呀？听说你们考试都已经结束了。"

谢舒顿了一下，暂时没提搬家的事，临时找了一个借口解释说："我前几天和朋友出去玩了。"

沈娴一听，满口赞成："放假就是要和朋友们出去玩，放松放松！"

谢舒又乖巧地回道："我过两天就回来。"

沈娴在电话里应了好几声"好"，这次不容谢舒拒绝，一定要让司机去接她。

谢舒淡淡地笑着说："好，那我定好时间直接和李哥说。"

陆宅。

和谢舒通完电话后，沈娴转头看向自己儿子，问："听到了吧？"

陆嘉言靠在沙发上，眼睛还闭着，懒散地"嗯"了一声。

沈娴看不惯他这副样子，抬手"啪"地一下拍在他胳膊上，嫌弃道："什么样子！"

想起陆嘉言这两天反常的行为，天天拐弯抹角地催自己去问谢舒什么时候回来，她眉梢一挑，自认为看出了真相，连抛两个问题："你有事要找小舒？怎么不自己打电话？"

陆嘉言被她戳破心事，脸上神色未动，淡定地说："没事。"

沈娴不信，自顾自地猜道："又要找小舒，又不敢自己打电话，难不成你们闹别扭了？她不会把你拉黑了吧？！"

她的声调不自觉地提高。

陆嘉言往旁边挪了挪身子。他怎么觉得母亲这最后一句话是在幸灾乐祸呢？

沈娴又推了推自己儿子，状似语重心长地说："你可别欺负妹妹。男子汉大丈夫，能伸能屈，有错就认，没错也别委屈了她。"

陆嘉言："……"

她这话可谓是歪打正着，陆嘉言什么有理的反驳都憋不出来，只能继续干巴巴地回一句："真没什么。"

沈娴"啧"了一声，也不管他继续在那儿嘴硬，起身去厨房看炖的汤。

谢舒是在年二十五回去的。

正好那天陆嘉言白天去了公司，被宋博远拉着给员工发福利、送祝福，二人倒没碰着面。

晚上等用餐差不多结束了，谢舒才提起自己下学期打算搬去东新区的房子住。

在场另外三个人里，反而陆嘉言最是惊讶。

司机在收到谢舒发来的地址时，就向沈娴和陆德启汇报过了。

陆德启点了点头，没发表什么意见。沈娴问："是和室友合住吗？你一个人住的话，我不太放心。"

"我一个人。"谢舒解释道，"小区安保还是挺到位的，外来人员和车辆都必须登记才能进入。"

"怎么忽然想到搬过去住了？"

谢舒微笑着说："下学期可能会有实习，所以搬出去的话，行动也能更

— 117 —

自由些。"

沈娴见她已决定了，也不好再说什么，柔声道："那你以后周末还是要回来，不然没人陪阿姨逛街、喝下午茶了。"

谢舒认真地点头，说："嗯，休假了我一定回来陪您。"

沈娴打趣道："那也不用只陪我，休假了也多和朋友出去玩。"

谢舒听懂了沈娴的言下之意，视线一偏，冷不丁撞上对面那道盯着自己看了很久的视线。她笑容微顿，避开了他的目光。

晚餐后，谢舒坐在客厅的沙发上看电视。

没一会儿，陆嘉言拿着一杯水过来，在她面前放下，然后在她对面的沙发上坐下。

好好的电视剧被剪得乱七八糟，一集播完也就三十几分钟，谢舒不知道自己这半个小时看了些什么。

她端起面前的水杯喝了一口，忽然听到陆嘉言问："你们专业实习什么时候调到大三去了？"

谢舒放下水杯，平静地说："学院也没有规定大三不能实习。"

只要工作不影响到学业，学院就不会管。他这两年不也是这样跟着宋博远在外面创业开工作室吗？

陆嘉言没在这个话题上多说，直接道："既然不打算住宿舍了，那还是搬回公寓吧，你一个人住在外面不安全。"

"不用了。"谢舒觉得她搬回公寓才是不安全。

见他一直盯着自己，她解释："我在东新区实习，住那边上下班更方便。"

陆嘉言皱了一下眉，依旧是不赞同的严肃语气："你是女孩子，如果独居发生了意外怎么办？"

"我的事不用你操心。"谢舒不想跟他争论下去，丢下一句话，转身就去旁边花房找沈娴了。

沈娴见谢舒神情不对，又思及来之前看到的那一幕，自觉心明眼亮，问："是不是嘉言惹你生气了？"

谢舒摇了摇头说："没有。"她只是不想理他。

沈娴牵过她的手轻抚，语气很温柔："他的性子从小就这样，一有事情也不说，自己憋在心里，总是要等到解决了才告诉其他人。

"他做事总是考虑很多，所以有时候我也理解不了他的决定，可是又改变不了他这性子。"

谢舒不理解沈娴为什么会忽然和她说这些话。她看着眼前盛放的温室玫瑰，最终还是没有多问。

这天之后，谢舒对于陆嘉言的态度就是能避则避。

她以为沈娴放假在家，他就会收敛些，却不想他像变了一个人似的。

谢舒不愿在沈娴面前同他吵，出去跟他单独谈了两次，说的都是和之前没差别的内容，所以仍是不欢而散。

陆嘉言说："只要你答应，我现在、立刻、马上就去跟爸妈说。"

谢舒却沉默下来。

陆嘉言以为她要答应了，可下一秒，她说出的话仍是那样残忍："我说分手，就没想过再回头。"

谢舒没有一丝一毫的动摇，认真地说："陆嘉言，有时候迟到一点点，就是迟到。更何况，我们之间的问题也不是公开了就好了。从你不敢承认我的身份，说我是你的妹妹开始，到替宋博远给宋嘉真过生日，再是篮球赛你又为了他抛下所有人离开，还有后来你要我让出主持人的名额，这桩桩件件，我真的忍不了。"

陆嘉言没想到她会翻旧账，无奈地说："这几件事都有原因，我事后都和你解释过了。关于主持人那件事，我承认是我做得不妥，我的错，我向你道歉。"

"明明我才是你的女朋友，这些事也不是什么机密任务，凭什么我都要到最后才能知道？陆嘉言，你为他们着想，那你在做决定的那一刻有没有想过我？"谢舒问。

陆嘉言动了动唇，忽然发不出声音。

谢舒定定地看了他几秒，摇了摇头说："我真的很难受，也累了。我不想每次都这样。"

她转过身，忍住眼眶里的酸涩，眼泪却止不住地掉落。

她是真的真的喜欢他。

可是她也不想再以所谓的爱的名义，一次又一次地逼着自己委曲求全了。

除夕夜。

今年轮到陆德启夫妇做东，陆家的亲戚都到陆宅来过年。吃过年夜饭后，长辈们打麻将、嗑瓜子，年轻一辈的围在一起打牌、玩游戏。

谢舒是例外，既不会打牌也不玩游戏，就去客厅陪着看春晚。

刚好有一个妹妹抱着薯片起身，空出位子，见谢舒过来，她还友情提醒："姐，还是别浪费时间了，不如玩手机吧！"

谢舒不明所以，只好笑了笑。

坐下没一会儿，她就明白了刚刚妹妹那话是什么意思了。

她也没能坚持多久，低头刷起了手机。

很快就到了零点。

电视里的主持人在倒计时，客厅里剩下的基本都是能熬夜的年轻人，这时候个个拿着手机卡点送祝福。

谢舒给远在国外的谢二叔一家发了新年快乐，那边也立即就有了回信。

过了零点，她准备睡觉，结果刚走上楼，就看到陆嘉言站在楼梯口。

谢舒继续走，想要绕过他，却听见他开口说了一句"新年快乐"。

郊外有人在放烟花。

绚烂无比的焰火透过落地玻璃照进室内，打破了沉静的气氛，烟花迸裂的声音在耳边格外清晰。

几乎是下意识，两个人同步转身望向窗外，看着一朵朵焰火旋转升空，在夜幕中灿烂盛放。

楼下那群人也在欢呼。

但陆嘉言还是清楚地听见了她说的话："新年快乐。"

平平淡淡的语气，只是一句简单的祝福词，没被赋予任何情绪。

他下意识转头去看谢舒的神情，她已经转身，只留给他一个背影。

正月里的时间过得飞快，转眼就过了初五。

在陆父去上班前，宋家人也过来了一趟，谢舒礼貌地打完招呼后就上了楼。她宁愿将这些时间用来看书，也不想在楼下应付他们。

阿姨上来叫她下去吃晚饭的时候，她发现宋家两兄妹还在。

这两个人擅长交流活跃气氛，与沈娴说着趣事，饭桌上就没出现过气氛尴尬的场面。

大概是提到陆嘉言和宋博远合作的那个工作室，如今规模越做越大，沈娴夸了两句，宋嘉真接话："是呀，哥哥和嘉言哥都好厉害，是我要学习的对象。"

沈娴随口问："嘉真的专业也是计算机这方面的吧？"

"是的，软件工程。"宋嘉真有些不好意思，"我学得不太好。"

宋博远看了一眼妹妹，道："小真就是缺少实践经验，我打算让她之后也来公司实习，锻炼锻炼。"

"这样啊，那挺好的。"沈娴点了点头，虽然自己儿子也在公司，但她也不好多说什么。

谢舒听到实习的事时，下意识地抬头看向对面的陆嘉言。

他神色如常，没有任何惊讶之色，也没有反驳，可见他们早就商量过了。

初六一过，法定春节假期就结束了，但是大学生们还有十余天的假期。

宿舍群里在吐槽寒假不能出去玩有多无聊以及在家有多被父母嫌弃，许是谢舒没有参与进去，另外三个人朝她喊话。

"谢舒，在干吗呢？"

"寒假出去玩了吗？"

今天难得天气放晴，谢舒拿了本杂志在阳台晒太阳。结果手机振动个不停，摆明了是不让她好好看书，她只好拿起来看。

"没有。在家晒太阳呢。"

她这条信息一发出，三个室友纷纷吐槽——

"你们那儿竟然出太阳了？！"

"我们这儿已经连续两周是雨天了。"

"同上，感觉今年过年十分之九的时间都在下雨，烦躁，我的衣服都不会干了！"

"我已经三百三十六个小时没有见过太阳公公了！"

谢舒发了一个小人摊手的表情包，又发："清城也是今天刚出了太阳，前几天雨夹雪。"

群里又开始表情包斗图大赛，你来我往，玩得不亦乐乎。

忽然，谢舒收到一条私聊消息，是于晴发过来的。她说："傅明遇今年寒假好像申请留校了。"

谢舒愣了一下，打字说："不会吧？他没回去吗？"

"老林昨天让我帮他整合一个文档，他的名字也在留校学生的名单里。"于晴发。

谢舒原先是躺在躺椅上的，这会儿坐直起身，点开和傅明遇的对话框。

映入眼帘的消息还是除夕那晚二人互发的"新年快乐"，他半句没提自己留校过年的事。

文本框里想问他的话她打了又删，最后还是没有发出去。

初十一过，谢舒开始收拾东西搬去东新区。

陆家这边的房间会一直给她留着，但她还是仔细整理了一下，将一些东西带回那边的住宅。

除了衣物，大多都是她珍藏的物件。有家人朋友送的礼物，也有她自己买的小物件。

这一次收拾，倒是翻找出了一些她自己都快忘记的东西。

比如手里这个她刚从柜子里面找出来的盒子，打开一看，琳琅满目。有以前初中时和女同学一起逛饰品店买的水晶项链，现在已经没有一点儿闪亮光彩了。

还有那个很有特色的孔雀蓝香袋，她稍稍回忆了一下，似乎是高二的时候在学校"跳蚤市场"活动上买的。

谢舒的手指轻轻摩挲着已经有些褪色的香袋，低头嗅了嗅，发觉那香气早已散尽。这么多年过去，她也回忆不起来记忆中的香味了，只记得应该很好闻。

收拾完行李，离开那天是谢舒开车，陆佳佳在副驾驶座陪着，为她壮胆。

开学回校报到时，谢舒却不敢独自开远路，宁愿多走两步坐地铁。

陆佳佳得知后，笑话她："你怕什么？车不就是用来开的吗？难不成你还想放在车库里吃灰呀！"

谢舒当时正走去学院楼，接着电话说："等过几天我熟悉它了，再开出去。"

"还熟悉？你当培养感情呢！"陆佳佳一针见血，"你是不敢一个人上路吧？"

谢舒顿了一下，故意转移话题："什么上路不上路的，你这话可有点儿歧义！"

那边的背景音嘈杂起来，听起来是有一群客人进店了。

"不和你贫了，我忙去了！"陆佳佳匆匆忙忙挂断电话。

于晴在旁边听了一路，终于找着机会问："你买车了？"

"嗯。"谢舒点头，转头见室友睁大眼睛满是期待地望着自己，立刻就明白了她的想法。

她抬手拍了拍于晴的肩，承诺道："等我车技稍微好点儿了，就带你们去兜风！"

"夏夜，跑车，海边兜风，再加上烧烤！啊！好完美！"

谢舒被她的感叹逗笑，一本正经道："其他可以满足，就是跑车可能满足不了。"

"差不多，差不多吧！"

接下来一路，于晴把去哪儿兜风和去哪儿烧烤的计划都安排上了，就是时间待定。

一个小时后。

开完会从学院楼出来，于晴还沉浸在会议最后谢舒宣布的那个消息里。

她一半是惊讶一半是不舍，有些惆怅地说："你怎么忽然就去实习了？那岂不是以后见不到你了？！"

"想什么呢！"谢舒笑着戳了戳她的胳膊，说，"周二周三的课我还是要来上的。"

旁边的王野插嘴问："不过怎么这么突然，你大三就去实习呀？"

"也不是突然决定的。"谢舒看着前面的校园主干道，学生们都拿着书本赶去教学楼。她认真道，"上学期就一直在考虑了，也要感谢老师让我们专业在大三下学期的课这么集中，不然我还没时间提前过去。"

"那是，我们专业，大三的课最多了，连兼职都没时间去做了！"王野点头赞同道，又问，"那是去哪儿？也在清城吧？"

"这不废话。"于晴倒是先替谢舒答了，"那肯定的呀！不然来回折腾自己呢。"

谢舒没有隐瞒的意思，回道："在东新区产业园，算是智达的子公司。"

听到智达，王野忽然想起什么，惊讶地望向她："是陈教授那个项目？你答应了？"

谢舒点了点头，又摇了摇头。

陈教授的提议她之前就已经拒绝了，但她最后还是加入了这个合作项目。

智达和清大研究院这次算是合作入驻智能养老产业园，研究方向目前以家庭型服务机器人为主。

三月初，谢舒办完手续，就立即前往研究院项目组报到。

陈教授也在，看到谢舒有些惊讶，但很快又不惊讶了，反而慈祥地对她笑道："这是一个很好的机会，你没有放弃就好。"

先前拒绝了老师，现在却以智达实习生的身份出现在这儿，谢舒有些不好意思地说："谢谢老师。"

陈教授摆摆手，又道："对了，小傅也在这儿。"

谢舒愣了一下，想了半天"小傅"是谁，"傅"这个姓实在少见。

她下意识问："傅明遇？"

陈教授点头，视线转向她身后，温和地说："喏，来了。"

"难得你们都在一个组，可以多交流交流。"见傅明遇走近，陈教授留下这句话，拿着保温杯慢悠悠地走了。

转身看到傅明遇，谢舒先笑着开口："没想到这么巧。"

傅明遇比她更惊讶，但眼里的笑意也藏不住。他说："我也没想到，一转眼我们就从同学变同事了。"

由于是工作时间，二人打了招呼就分头工作了。

谢舒第一天上班，知道她来报到的陈方远特意找了个借口下来巡视了一圈，请大家喝了下午茶才走。

不过研究院这边只有带谢舒的师父李工知道她的身份。

午餐是谢舒和李工一起在二楼食堂吃的。她是新入职的员工，即使与普通实习生不同，但李工还是跟她说了不少研究院这边的事，包括项目当前的进展。

下午六点下班，二楼食堂也提供晚餐，但大多数同事都是回家吃，或者去外面的小饭馆吃。所以这班电梯在二楼停下时，去吃饭的就只有谢舒和傅明遇两个人。两个人走在路上，谢舒忽然想起一个问题，说："我记得交流生项目为期一学年，那你岂不是六月份就得走了？"

傅明遇在得知这个机会前就和陈教授商讨过这个问题，自然早已解决。

"我提前和学校申请了继续留在清大这边实习，只要毕业答辩前后回去一趟就行。"

说话间二人已经走进餐厅，这会儿用餐的人不多，窗口只开了一半。

走至入口，傅明遇将餐盘递给谢舒，她伸手接过，说："谢谢。"

"不用这么客气。"只不过是顺手的事。

谢舒刚回头想说点儿什么，就见他已经看向前面，还不忘提醒她："只有最后一份椒盐虾了。"

"哪儿？！"谢舒的注意力立即被带走。

等阿姨把那份椒盐虾放到她餐盘里，她脸上的笑容就没按捺住，欢快地对他说："中午我就想吃了，可惜得太晚，卖光了。"

"真这么好吃？"

"其实我也没尝过。"谢舒实话实说，又点了一道清蒸小黄鱼和清炒时蔬。她稳稳地端着餐盘，回头对他说，"不过我师父说这椒盐虾是这边大厨的拿手好菜，等会儿一起尝尝！"

"好啊！"傅明遇欣然接受她的邀请。

谢舒在前面带路，直接挑了最近的位子坐下。傅明遇在她对面坐下，说："你好像很喜欢海鲜。"

上学期有段时间他们也一起在食堂吃饭，那会儿谢舒点餐十次有九次都点海鲜。

"是呀。"谢舒一边点头一边将那道椒盐虾挪到中间，开玩笑道，"海鲜人的日常，顿顿海鲜。"

一顿饭下来，外面天色已经暗了。

两个人慢吞吞地从大楼走出，谢舒好心情地晃了晃手里的车钥匙，问旁边的人："你现在住哪儿？我今天刚好开车了，可以送你。"

"不麻烦你来回了。"傅明遇低低地笑了一声，见她一时忘了自己有车，便也没提起，只朝前面地铁口方向抬了抬下巴道，"我直接坐地铁回学校。"

谢舒惊讶道："你还是住学校？"

"嗯，这两天已经在看附近有没有合适的房子了。"

二人走在产业园的大道上，前面是园区大门，谢舒一眼就能看到园区外的建筑物，成片的住宅楼。

"这边小区和公寓都有，选择范围挺大的，可以慢慢看。"

产业园周边分布着不少小区，大部分都是出租给产业园内的职工。

谢舒住的新玺小区是东新区中心地段，离产业园其实还是有点儿距离。如果不是已经在新玺安置好了，她可能也会选择在附近租房。

"是。"

傅明遇听了她的话，犹豫了一两秒，似乎想问什么，但还是没有开口。

第 八 章

研究院周末双休，不过李工周六上午会过去加班。他提前一天和谢舒说了，尽管没要求她也去，但她还是按老时间去上班了。

周六研究院里没有多少人，连停车场都空荡荡的，不用抢车位。

师徒二人忙活了一上午，中午一起吃完饭就分别上了自己的车。

谢舒回到小区已经是三十分钟之后的事，路上随手打开的电台忽然插播了一条新闻，关于某五星级酒店爆出丑闻的事，听着这件事似乎还不小。

停了车，谢舒先打开手机，发现几个新闻软件都实时推送了这条新闻，连热搜榜也已经挂上了相关词条。

"五星级酒店疑似有针孔摄像头""酒店方拒绝回应"。

她随手点进一个词条，带话题的置顶微博是某个拥有百万粉丝的恋爱博主发的。

博主称上周自己和男友半夜入住明岛度假村内的某五星级酒店，两个人对房间各处进行了排查，结果在机顶盒里发现了针孔摄像头。博主立即找酒店方理论，但酒店工作人员推卸责任，高层也不露面，欲以补偿金封口。但后续博主不断收到电话和邮件等骚扰，酒店方威胁其不准对外公开。

博主不堪其扰，最终选择报警并曝光此事。

尽管该博主没有指名道姓是哪一家五星级酒店，但众所周知，明岛度假村里只有一家五星级酒店——宋氏旗下的明宋酒店。

词条内有不少网友支持博主报警彻查此事，并由此引发了大众对外出住宿的隐私安全问题的新一轮思考；也有人痛骂酒店，认为酒店处理不当，不但没有安抚当事人，解决问题，反而先封口后威胁。

当下社会酒店隐私安全已经不是小问题，如今连高星级大酒店都发生了这类事故，足以引起整个社会各阶层的重视。

这件事发生在明岛，好像离自己很远。

但这样的事说不定下一刻就发生在身边，谢舒甚至不敢想象如果是自己遇到这样的事情该有多气愤。

她沉浸在思考中，一直等到电梯门开了，才反应过来收起手机。

她一个人等电梯，走进电梯摁了楼层按键后，就等着电梯自动关门。

只是电梯门关上的那一瞬间，外面传来说话声，有两个人从转角走过来，其中一个人有点儿眼熟。

谢舒愣了一下，可没来得及看第二眼，电梯门就合上了。

傅明遇怎么会出现在这儿？

谢舒看着镜壁，回想刚刚看到的那张模糊的侧脸，又不确定起来。

心里一旦存了疑惑，不确定下来，就做事都不怎么专心了。

谢舒看着被自己切毁了的橙子，叹了一口气，放下水果刀，不再祸害剩下的橙子。

她思索了几秒，把切毁的橙子和两个完整的切块都扔进榨汁机里，又加了一杯水，直接榨汁。

橙子在她手上的开始有些不完美，但最后的结局反而挺让她满意的。

谢舒给自己倒了一杯橙汁，剩下的都装进密封杯里。她暂时懒得清洗榨汁机，将其堆在洗碗池内。

她捧着橙汁喝了两口，又觉得微苦偏凉，放下杯子，又想起刚刚看到的那一幕。

等反应过来，她已经点开了和傅明遇的聊天框。她没犹豫，发了一条消息过去："你今天休假回学校了吗？"

他没那么快回消息。谢舒索性把手机放下，拿了一本书看。

沙发上的手机振动，她拿起来看，结果发现是快递消息，显示已抵达自提柜。

快递站自提柜就在这栋楼前面，谢舒想了想，干脆拿着手机就出门了。

快递里是个很小的东西，本不用这么急着去拿，但她心里想，会不会那么凑巧又遇到呢？

她拿完快递回来，有一班电梯刚从楼上下来，电梯门缓缓打开，两个人走出来。

谢舒看过去，下意识站定。其中一个似乎是察觉到前面有人，转头看向门口。

视线相撞，傅明遇先愣了一下。

旁边的中介见他神情有异，又看到前面的谢舒，反而最先开口："遇到朋友了吗？"

傅明遇点头，中介王先生很识趣，说："那行，今天我们就先到这儿。如果傅先生有其他问题，可以在微信上问我。"

谢舒看出了这位提着公文包、西装革履的男士是什么职业，可等人走后，还是问："怎么来这边看房？"

傅明遇笑道："这个小区不好吗？"

"不是。"谢舒摆了摆手，走进电梯，摁下楼层按键，然后才说，"主要是这边离研究院有点儿远，我还以为你会选择租园区附近的房子。"

"我觉得这边环境不错，所以过来看看。"

既然遇到了，谢舒便邀请他去自己家坐一会儿。

"拖鞋还没来得及买，鞋套可以吗？"谢舒将蓝色鞋套从柜子里拿出来递给他。

傅明遇当然不会说什么，套上鞋套后跟着她走进屋子。

"对了，你喝橙汁吗？"谢舒想到那满满一大杯的橙汁，问，"我刚榨的，就是有点儿苦。"

"好啊。"

傅明遇没乱看也没乱走动，就待在客厅里。

谢舒把橙汁递给他，在旁边的单人沙发坐下，又想起刚刚的事，问他："房子看得怎么样了？"

"谢谢。"傅明遇笑了笑，先抿了一口橙汁，然后才回道，"房子就在你家楼上，户型和这里一样，装修和家具看起来都没有什么问题。"

"那应该还不错。"谢舒点了点头，问，"那房东有说为什么出租吗？之前一直是出租房？"

"房子一直没人住过，房东本来是打算留下来做婚房的，但工作不方便，所以就打算把这边出租了。"

"哦。"谢舒听着觉得没什么问题，又见他杯子里的橙汁明显少了，说，"这橙汁味道还可以吗？会不会有点儿苦，要加糖吗？"

她也端起杯子喝了一口，虽然刚刚嫌橙汁微苦，但苦后回甘，这种滋味很特别，不去喝它了反而更想喝。

"不用加糖，这样刚刚好。"傅明遇声音低沉，话里带了一点儿笑意，"比外面店里的都要好喝。"

谢舒觉得他这话是故意恭维，笑着说："就是橙子加水榨出来的，也可能是我的榨汁机比较好，要不推给你？"

傅明遇点头："可以呀。"

谢舒接不上话了："……"

二人正聊着，班群里又发了新通知。

周二有节实验课要调到周一晚上，任课老师的意思是周二的实验课有多个班级都要上，人太多了，教室不够用。

谢舒微皱了一下眉。她和研究院说好了，一周里只有周二周三要回去上课。

她抬头看向对面，问："你每周是哪几天要回去上课？"

"也是周二周三。"除了专业课，另外两门课刚好能安排在这两天的其他时间。

"还有一节选修课我申请了上网课。"

"那你这两天都是满课吗？"

谢舒不是满课，周二下午前两节和周三上午后两节都没课。

傅明遇点头道："嗯，白天都是满课。"

谢舒了解了情况，说："那我去问问老师能不能把我们的实验安排到周二或周三的晚上。"

她给那位老师发私信，将二人的情况说明。

没一会儿老师就给了回信，要了两个人的学号，表示可以将他们两个人安排到周二晚上上实验课。

"OK。"谢舒将截图发给傅明遇，又要了他的学号，一并发给老师。

傅明遇没坐多久，起身离开的时候说："那下周我们就可以顺路一起去学校了。"

意思就是他已经决定租楼上的房子了。

谢舒将他送到门口，听到这话有些惊讶，问："这么快就决定了？"

"嗯。"傅明遇走到门外，又转身看向她，眼里带着浅浅的笑，表情很认真地说，"既然有这个机会，就不想再错过了。"

谢舒没有分辨出这句话有哪里不对，点头赞同他的话。

　

转眼便到了周二，傅明遇前一天搬了过来。周一下班，二人同路回小区，谢舒还有些意外，没想到他的动作这么快。

周二早上八点有课，从东新区赶过去要花四十分钟，谢舒怕路上堵车，七点就出门了。

她上车系好安全带，又想起什么，对傅明遇说："那明天我开车吧。"

刚刚他们在电梯里碰到，傅明遇开口说他来开车，谢舒对自己的车技也没信心，就顺势应下了。

但是总不能每次都坐他的车，她可不好意思占人便宜，于是提议一人开一天。

傅明遇懂她的心思，没明着反驳，只是笑着说："我每天都是在家里吃了早饭才出门的。我来开车，你可以在车上吃早饭。"

谢舒正巧摸到包里的肉松面包，听了他的话，拿出面包说："你不介意，那我就吃了？"

"吃吧。"傅明遇缓缓转动方向盘，车子驶出小区。

他瞥见她干吃面包，出声提醒："前面的抽屉里有牛奶。"

"刚刚出门太急，忘带水杯了。"谢舒一边解释一边拉开抽屉，也没有跟他客气，说，"谢啦。"

看到眼熟的红枣牛奶时，她还是愣了一秒，然后才伸手去拿。

傅明遇大概是见她刚才匆匆忙忙，便说："其实时间还早，我们走的这条路不会堵车，明天早上可以不用这么急。"

谢舒低头撕开吸管的包装，说："主要还是我的问题。我之前开得太慢了，差点儿迟到，所以就习惯提前出门。"

"嗯，早上车多，开得慢点儿更安全。"

听他说话就很舒服，谢舒笑了笑，喝着牛奶，剩下的面包几口就吃完了。

两人到教室的时候，班里只到了一半人。

早晨八点的课，初春困乏，同学们都起不来。

前面两排离黑板近，一般不坐人。谢舒在中后排的位子给室友占了三个座，傅明遇也跟着她往后走，在她后面寻了一个位子坐下。

中午谢舒和室友一起吃饭，傅明遇也被他交流生的室友拉去了。

吃完饭，一行人回宿舍。

路上遇到蒋菲菲的男朋友，对方也是和室友一起，不过陆嘉言照旧是不在的。

两方人打了招呼，匆匆作别，不过他们脸上的神色有些奇怪。

谢舒没在意，还很自然地继续和室友讨论哪款酸奶好喝。

于晴她们早在开学时就察觉到了谢舒情况有变，都很担心她，她们拐弯抹角地问了，她也就大大方方地说了。

室友们都很支持她的决定，觉得她这样的态度才正常，谈恋爱为什么要委屈自己，就不该惯着"狗男人"。

回到宿舍，于晴把多打了一份的空白实验报告给谢舒。

谢舒接过，又随口问了一句："昨晚的实验怎么样？难吗？"

"不难。"于晴答完，突然没头没尾地来了一句，"昨晚的实验傅明遇也不在。"

谢舒见她们不知道，只说："他也在实习，所以一起调课到今晚了。"

蒋菲菲惊讶地先开口："你们一起实习吗？都在那个研究院？"

"嗯。"见蒋菲菲还想问细节，谢舒眨了眨眼，开口道，"想知道其他的，你还是去问他本人比较好。"

蒋菲菲噘嘴道："那算了，忽然去问这个多尴尬呀！"

下午前两节没课，谢舒中午回宿舍休息，低头发了一条消息给傅明遇。

于晴在旁边无意间看到了，趁只有她们俩的时候小声打趣："怎么回宿舍还和他说？"

谢舒收了手机，说："我这不是跟他来回同路嘛，就顺便说一句。"

听到这儿，于晴发出感叹："那你们现在可是每天都见面了。"

"你这话说的……"谢舒总觉得她这话怪怪的，反驳道，"以前我们不也每天都见？一起上课呀。"

于晴下意识说："那不一样。"

谢舒歪着脑袋仔细想了想，没反应过来，问："哪儿不一样？"

谢舒正疑惑这两者哪里不一样，偏偏于晴也不解释，像是要留悬念。

见室友笑眯眯故作神秘的模样，谢舒觉得她就是解释不出来，却又没证据。

两天的学校时光过去，转眼就到了周四。

谢舒的闹钟七点四十分响，原本还想着吃完早饭再出门，结果时间还是不够，只好在走前又拿了一个小面包。

电梯刚好从楼上下来，门缓缓而开，抬头看到里面的人，她一愣，这么巧？

傅明遇似乎也很意外，眉目含笑地看着她说："早上好。"

"早啊。"谢舒笑，"我还以为你早就去了。"

她看了一眼时间，已经八点二十了，平时八点五十到园区，再走到研究

— 133 —

院就刚好卡点打卡。

"到研究院路程二十分钟，时间差不多。"傅明遇说。

谢舒笑了笑，原来如此。她说："看来我们不一样。"

傅明遇一愣，疑惑道："嗯？"

谢舒比了三根手指，说："我开过去要三十分钟。"

傅明遇反应了两秒，旋即笑开，视线又落到她手里的早餐上，发出邀请："那要不要一起？反正顺路，你还有时间吃早餐。"

谢舒有些心动，不过不好意思继续蹭他的车。

"其实……"她想了想，说，"我一般到公司的时候都还早，来得及吃。"

傅明遇点头，脸上仍是温和的笑，似乎不意外她会是这个回答。

周六，陆佳佳约了谢舒去逛街，中午一起吃饭，还提前定了位子。

高级浪漫的西餐厅，服务生走在前面带路，陆佳佳转头跟谢舒说话，无意间瞥到不远处的熟人，停顿数秒，又不着痕迹地移开视线。

二人落座，谢舒知晓陆佳佳对这家餐厅的了解程度不亚于她自己的店，便将决定权交给她。

侍者离开，陆佳佳忽然提道："说起来，你知道网上明宋酒店那件事吗？"

谢舒点头道："嗯。"

也不知酒店方怎么想的，任由那件事发酵了一天一夜，没有回应，错过了黄金二十四小时的危机公关时间。

后来宋氏也被牵连，热搜降了又上，加上最近娱乐圈没有大瓜，于是网上大部分人都在关注这件事。除了最开始爆料的博主，网上又陆续出现了各种宋氏旗下酒店大大小小的问题与投诉。

这一系列事件爆出后，宋氏集团股价大跌，周五下午召开了新闻发布会，总裁出面回应，也在发布会上向消费者诚挚致歉。

陆佳佳了解的内情要多一些，说："上面也接到了举报，很重视这件事，宋氏这次真的要栽跟头喽。"

谢舒问："就算来查也只会查集团旗下的酒店吧？"

宋氏旗下可不止酒店品牌。

陆佳佳微挑眉，语气里难得有几分幸灾乐祸，说："举报的可不只是酒店这一件事，有对家在里面浑水摸鱼，恨不得把宋氏拉下去。再说了，他们这些年来做事多少不太干净，一时半会儿可处理不好。"

宋家失势，见风使舵的人不少，落井下石的人也不少。

谢舒还没接触过这些，还觉得遥远，听着倒没什么感觉。

餐厅侍者又上前，讨论也戛然而止。

两人吃饭时都没怎么说话，只偶尔点评两句这道菜如何，其余时候都认真享受美食。

陆佳佳放下餐具，端起酒杯轻轻地抿了一口，似是随意地问了一句："你和嘉言怎么了？"

陆佳佳当然不是随口一问，会提到这个话题，也是因为前不久陆嘉言去店里找过她。他没有明说二人之间出现了什么问题，只是问她谢舒有没有和她说过什么。

蓦然听到这话，谢舒动作一顿，神色淡然地说："什么怎么了？"

"吵架还没和好呢？"

陆佳佳回想起她在过年前好像就发现他们之间的气氛不对了。这么久了还没和好，不应该呀……

她出主意："就是不能惯着男人，直接打一顿给自己出出气好了。"

谢舒摇了摇头，端起杯子喝了一口柠果汁，然后不疾不徐地说："我们分开了。"

"啊？"陆佳佳微瞪着眼，一时没控制住表情。

她想过他们可能是在闹矛盾，可能是在吵架，也可能是在冷战，唯独没想过是已经分手了。

其实陆佳佳和谢舒很早就认识，但是在谢舒来到陆家后，她们才熟悉起来的。

当初陆嘉言瞒着家里的长辈，但是他们的相处又怎么瞒得过陆佳佳。

所以谢舒对陆嘉言的感情和陆嘉言对谢舒的感情，陆佳佳其实都看在眼里。

他们算是青梅竹马，陆嘉言更是陪谢舒走过了最难的那段时间。

在陆佳佳眼里，他们应该会一直走下去。所以此时听到这个消息，她下意识地问："怎么回事？"

陆佳佳了解谢舒，她绝不是会拿分手当儿戏的人。

"我想清楚了。"谢舒表现得很平静，勾了一下嘴角，说，"我跟他不适合，我们都给不了对方想要的，就没必要再继续下去了。"

见好友态度如此云淡风轻，陆佳佳心里疑惑，下意识往坏处猜："他是不是犯错了？"

不然，她怎么会如此决绝。

谢舒摇了摇头，说："是我和他之间的问题。"

她不再多说。

感情的事情最难说，只有身处其中的人才知滋味，两个人到底如何，也只有他们自己知道。

陆佳佳不想问多了惹人烦，也不是八卦的性子。她虽然满腹疑惑，但也把握好分寸，没有继续这个话题。

离开餐厅前,谢舒去了一趟洗手间,洗手烘干时,门口传来高跟鞋的声音。

她下意识朝门口望了一眼，目光微顿。

宋嘉真今天是被伯父伯母逼着来见人的，早就坐得不耐烦了。可她想到如今的处境，又记着宋博远的话不能要性子，只好借口到洗手间来舒缓一下情绪。

见到谢舒，宋嘉真也愣了一下。

谢舒没有过多注意她，仿佛刚刚进来的只是个陌生人，看了一眼就平静地移开视线。

可宋嘉真却没有动，站在旁边看着谢舒烘干双手，神色自若，一点儿都没有注意到自己。

直到谢舒要走，她才忽然没头没尾地说了一句："我真的很嫉妒你。"

过去掩饰在表面的平和被撕破，宋嘉真第一次对谢舒表达出自己的情绪。她不愿意承认，可又不得不承认，她嫉妒谢舒。

"我不知道你为什么会有这样的心理。"谢舒本想不予理睬，可走到门口，还是没忍住转过身说，"嫉妒是一种很正常的心理，但不是一个理由。"

嫉妒并不可以让一个人有理由去做伤害别人的事。

谢舒并不是想跟宋嘉真讲道理，道理拉不回已经走偏了的人。

谢舒只得到了宋嘉真的反驳："你什么都有了，当然会这样说！"

这次，谢舒没有停留。

陆佳佳和谢舒离开餐厅的时候，又看到了窗边那桌男女。

陆佳佳想到谢舒与宋嘉真前后脚离开卡座去洗手间的那一幕，说："刚刚遇到她了？"

谢舒顿了两秒，应了一声："嗯。"

"她今天应该是在相亲。"陆佳佳摇了摇头，不禁感叹，"也不知道宋家怎么想的，竟然想联姻。"

谢舒听到这个消息，才真正惊讶了。

商业联姻这种事经常能在小说里看见，但在现实中可不常见。即使两家企业强强联手，会结婚也大概率是因为小辈情投意合。

可宋嘉真真的会妥协去联姻吗？

回忆起刚才宋嘉真在洗手间说的话，谢舒直觉事情不会那么简单。但那是宋家的事，无论成否，都与她无关。

谢舒很快就将这件事抛至脑后，只当今天没有见过宋嘉真。

研究院有工作服，逛了一下午的街，谢舒只买了两条春装长裙。

陆佳佳拎着大包小包，谢舒很体贴地先将她送回店里。

两个店员过来帮陆佳佳拿东西。她并没急着走，问："要不要留下来吃了饭再走？"

"还不饿。"谢舒摇头拒绝。刚才逛街的时候也没少吃小食与奶茶，她感觉自己晚饭也不用吃了。

"那行吧。"陆佳佳后退一步，笑着挥挥手道，"慢点儿开车，路上小心。"

谢舒到家的时候，天色已经暗了。

手机正好收到消息，傅明遇问她在不在家。

谢舒不知道他有什么事，还是回了"在的"。没收到回复，她就放下手机，转身去阳台收衣服了。

等她从卧室出来，门铃响了。

谢舒过去开门，傅明遇站在门外，腰上还围着围裙，一只手托着烤盘，另一只手拿着一个玻璃罐。

"这是饼干？"谢舒侧身让他进来，注意力都在他手中的烤盘上。

"嗯。"傅明遇将烤盘与玻璃罐放到餐桌上，说，"刚刚烤好的，还有些烫。"

烤盘上的曲奇饼干虽然图样简单，但大小一致，摆放得也很整齐。

"看起来就很好吃！"

傅明遇偏过头看谢舒，见她正盯着饼干，笑起来眉眼弯弯。他轻声询问："要不要先试一块？"

谢舒点头，捏起一块饼干，还没尝就已经被奶香味征服。

"好香！"她惊喜地夸赞。

饼干甜度适中，松软香酥，又因为刚出炉就拿过来，还有微微的热度，她格外喜欢这样的味道。

谢舒意外地看向傅明遇，眼中有光，由衷地赞叹道："你也太厉害了吧！"

傅明遇被她夸得不好意思，但脸上的笑容显露他心情极好。他又点了点旁边的玻璃罐，说："冷却之后把饼干放进罐子里，饿了可以吃。"

谢舒点头，又将手悬空放在饼干上方感受了一下，说："现在好像还有一点儿热。"

她抬头与他对视，提议："要不你稍等一会儿，顺便把烤盘带回去？"

傅明遇点头道："好。"

谢舒把电视机打开，又给他倒了一杯水，本来还想去切两个橙子的，不过被他拦下了。

谢舒忽然注意到时间，想起现在是晚饭时间，问："不会耽误你吃饭吧？"

傅明遇摇头道："已经吃过了。"

饼干在烤箱烘烤的时候，他就顺便把晚饭解决了。

二人又聊了一会儿，看饼干差不多冷却了，傅明遇用饼干夹把饼干一个一个放进罐子里，叮嘱道："天气冷，差不多可以放两三天。"

谢舒开玩笑道："我觉得可能放不到明天了，今晚就可以一次性解决了。"

她话音刚落，门铃忽然响了。

谢舒下意识往门口看去，脸上显出几分疑惑的神色，这个时候还会有谁来？

谢舒回头见傅明遇还在装饼干，便转身往外走，说："我去开门。"

打开门，看到门外站着的人，谢舒握着门把手，眨了眨眼睛，一时间没反应过来，疑惑道："你怎么来了？"

陆嘉言听到她这话，一股莫名的情绪缠绕在心里，微微泛酸。他说："妈买了些东西，我顺便送过来。"

谢舒这才注意到地上还有两个袋子。

见她没有请他进屋的意思，陆嘉言弯腰提起袋子，又示意她让路："我帮你提进去。"

可话音刚落，他的视线里忽然出现了一个男人的身影。

傅明遇将玻璃罐盖好后，见谢舒还没有进来，就走过来看看。

陆嘉言很快就认出了这个人是谁，尽管只有几面之缘，但傅明遇给他留下的印象太深。

看到傅明遇一身居家打扮，陆嘉言的眉头不悦地皱了皱，脱口而出："他怎么在这儿？"

谢舒觉得没必要和他解释，冷淡地出声："有事。"

傅明遇站在屋里，露出浅浅的笑意，与陆嘉言对视了一眼。随后，他的目光又转向谢舒，声音温和地问："需要帮忙吗？"

谢舒摇了摇头，只是问："饼干都装好了？这么快。"

"嗯。"傅明遇点头。

他觉察出他们有话要说，没有让三个人僵持的气氛继续下去，走去餐桌旁拿了烤盘，说："那我先走了？"

谢舒对着他笑了笑，轻声道谢："谢谢你的饼干。"

傅明遇还记得她刚刚说的话，笑道："等明天做了新的，我再送过来。"

"不用了。"谢舒有些不好意思地说，"我刚刚开玩笑的。"

陆嘉言侧身让出路，结果见他们又在门口说起话来，顿时皱眉，不耐地瞥了一眼对面的男人，径直进了屋。

"你……"谢舒被陆嘉言的动作弄得猝不及防，没拦住。

她正要开口，又听到傅明遇说："如果有需要帮忙的地方，可以叫我。"

他还举起手机示意了一下。

"没什么。"

谢舒愣了一下，然后浅浅地笑了一下，感激道："谢谢。"

她能感受到他的好意，同时心里划过了一点微妙的感觉，慢了半拍才意识到那是温暖的感觉。

傅明遇与谢舒道别后离开。

她收敛了情绪，转头看向玄关处的陆嘉言。

她把被他拎进来的袋子往里挪了挪，见他还在往里走，出声阻止道："好了，东西我收下了，你可以走了。"

陆嘉言停下脚步，仿佛没听到，只是说："我晚饭都没吃就从家里过来，东西送到了，连水都舍不得请我喝一杯吗？"

他说完，已经往客厅走去。

谢舒垂眸看了看地，想反驳他，这些东西又不是她让他送的。但她的唇瓣微微动了动，还是没说出口。

她怕话题一旦起头，就又会扯远了。

应陆嘉言之意，谢舒倒了一杯水放到他面前，说："喝吧！"

言下之意，喝完就赶紧走。

可陆嘉言像是真的渴了，端起杯子就喝了半杯水。

谢舒站在沙发旁边，也没坐下。

陆嘉言看到她这样，心里有些许无奈，笑容苦涩地说："就算分手了，也不用这样吧。"

谢舒咬了咬唇，什么也没说。

可她不说话、不理他，不代表他也没有话想和她说。

陆嘉言眉头紧锁，缓缓呼气，然后站起来与她面对面，说："小舒。"

他的声音比平时温柔很多，谢舒抬头看向他，似预感到他要说什么，可她不想听。

谢舒转身往门口走，这是送客的意思。

陆嘉言跟上来，步子迈得很大，看着她单薄的背影，一把拉住她的手腕。

"你放手！"谢舒曲起手臂往后撞他。

陆嘉言没有躲开，而是从背后抱住她。

"我们不分手好不好？"他和平时完全不一样，声音变得很低，语气中还有几分恳求。

谢舒没有给任何反应，陆嘉言继续在她耳边说着话："这段时间我也努力按你说的做了，可是我放不下，谢舒，我放不下。"

或许是因为很少见到他这副恳求的姿态，谢舒产生了一瞬间的不真实感。

可是她没有心软，低下头，没有再挣扎，但也不是妥协。她很平静也很冷淡，仿佛在讲述一个不相关的事实："陆嘉言，总有一天你会放下的。"

她是如此笃定。

"你只是习惯了我而已。"说完，谢舒就伸手去掰他的手。

她用了一点儿力气，一点儿也没留恋他的怀抱，直接转身向后退了一大步。

大概是这半个多月来每天都在忙工作、忙学习，谢舒没再陷入过分手的难受中，也没有一次想念过去。

又或者，她最想念的始终是高中那三年。

想念他骑自行车带她回家的日子，想念他陪她早起背书的日子，想念他每晚先写完作业还要故意留下来陪她的日子。

所以这一刻她看着他，心里还是会疼。

可她又保持着镇定。

因为她知道，她回不了头。

陆嘉言低头看着谢舒，带着那自诩为深情的爱意说："我放不下。"

"可是，我已经放下了。"谢舒没有躲闪，对上他的目光，眼里平淡得没有一丝波澜。

她的语气特别认真："陆嘉言，我不是受虐狂，我谈恋爱是为了开心，而不是为自己增添难受。我也很庆幸自己放下了，终于不用再承受那些不开心。"

陆嘉言不相信，想从她的表情里找出一丝她在说谎的证据。

可是谢舒没有给他这个机会。

陆嘉言紧紧地盯着她，眼睛都红了，浑身散发着一股悲伤。

可他只听到她冷漠地对自己说："陆嘉言，你能不能不要再来打扰我的生活了。"

第二天是周日，天气晴朗。

陆佳佳大概是听说了什么，又或者是受人委托，来约谢舒去看春景。

但谢舒没有心情去外面走。她一个人待在家里，拿着书也没看，只是盯着某一处出神。

下午忽然下起了雨，这是入春以来最大的一场雨。

整个城市笼罩在大雨中，雨水不断拍打着落地窗的声音很有节奏感，谢舒站在窗边，看着雨幕里匆匆行走的路人。

一直到晚饭前，乌云才散开。

这场大雨冲刷尽了城市角落的尘埃，也将谢舒心里的烦闷一并驱散走了。

接下来的日子，如她所求，陆嘉言再没有来这里找过她。

他没有出现，但谢舒还是会不经意间想起他。在她过去二十年的生命里，留下了太多关于他的痕迹。

但这并不代表她在怀念，只是习惯而已。

她想起那天自己对陆嘉言说的话。

同样的，只要时间一长，她也可以忘掉习惯。

这一天，陆嘉言放下工作，在接近中午的时候从工作室离开。

宋博远叫住他："不是说中午一起吃饭吗？"

"有点儿事，你们吃吧。"陆嘉言丢下一句话就进了电梯。

陆嘉言到家时，沈娴正拎着包要出门。见儿子忽然回来，她惊讶了一下，又笑着说："这周末不用加班吗？家里今天可没准备午饭。"

陆嘉言道："您去忙吧，我回来拿个东西。"

他上楼，径直走向东侧的书房，推开门，从书架上拿下相册。要翻开的那一刻，他犹豫了。

相册很厚，但里面真正有照片的页数却很少，陆嘉言看着照片里满脸青涩对着镜头笑的两个人，翻页的手指忍不住微颤。

他和她的合照，真的很少。

相册里的照片基本都拍摄于高中时期，谢舒来到陆家之后的日子。

这本相册是谢舒制作的。

"为什么要把照片洗出来？"陆嘉言曾经问过她这个问题。

那时候，她说："照片是留作纪念的。"

她用的是"纪念"这个词，而不是"留念"。

纪念，是用来怀念某些有意义的事情。

陆嘉言看着相册里的一张张照片，好像还能回忆起每张照片拍下时的场景。那些对他来说，同样意义非凡的往事。

这些照片见证了他们的青葱岁月，也象征着他们的过往故事。

他拿着这本记载了他们无数珍贵画面的相册，脑海中又不断回响着谢舒的话。

"我已经放下了。

"我也很庆幸自己放下了。"

她说，她已经放下了。

可他怀揣着这份过去，不愿放手。

三月就这么过去了。

谢舒在一个周末回了一趟陆家。

她这才知道，陆嘉言这段时间搬回家里住了。但晚餐时，沈娴跟她抱怨："嘉言最近也不知道怎么了，每天加班到凌晨两三点才回来。"

谢舒给沈娴盛了一碗汤，说："他们可能在开发新项目吧，过段时间应该就不忙了。"

之前有段时间他们也忙，那时候他不回来谢舒就不睡，十点一到就打电话过去提醒他下班。

沈娴担忧道："就怕天天熬夜，他身体扛不住。"

"嗯，长时间熬夜对身体危害很大。"谢舒点了点头，顺着她的话接下去。

"只能叫厨房炖点儿汤给他补补。"沈娴叹了一口气，感叹道，"就该有个人来管管他，不然就他这样，忙起来什么都不管，根本不知道要爱惜自己的身体。"

谢舒不知道沈娴怎么忽然提到这件事，只点了点头，认真地吃着饭，也没说话。

晚上沈娴留谢舒在家里住。

谢舒迟疑了一下，她暂时还不想与陆嘉言碰面。

"陪阿姨一起看部电影。"沈娴拉着她坐到沙发上，又说，"那父子俩都加班，你陪陪阿姨。"

最终，谢舒还是没有推辞。

不过就像沈娴说的，陆嘉言最近总是加班到凌晨，所以这天晚上谢舒也没有和他碰面。

第二天一早，谢舒下楼吃早饭的时候，陆嘉言已经准备出门了。

"阿姨，我带走路上吃。"她恍若没有察觉到他的眼神，转身对厨房的阿姨说。

陆嘉言一见到她，脚就没再动。他以为是自己太思念她了，所以出现了幻觉。

直到厨房阿姨出来，手上拎着四个袋子，给了谢舒两袋，她乖巧地道谢。

阿姨又把另外两袋递给陆嘉言，说："再怎么急，早餐还是要好好吃的。"

陆嘉言机械地抬手接过，耳边是阿姨絮絮叨叨的话："夫人昨晚都说了，中午我炖好汤，让司机给你送过去，你要记得喝！"

"年轻人不要觉得熬夜无所谓，身体都是靠自己保养的，每天睡四五个小时怎么够呢！偶尔加个班还好，不能天天熬夜，夫人很担心你。"阿姨又看向谢舒，像是在拉同盟："小舒，你说是不是？"

谢舒正要去拿包，冷不丁被叫到名字，下意识转头看过去，慢半拍地点头道："嗯。"

她拿起包就要出门。

陆嘉言立即跟上去，当然，他走之前还不忘和阿姨回一句"知道了"。

他问："你昨晚回家住了？"

谢舒点头。

陆嘉言微微皱了一下眉，说："回来了怎么没和我说？"

如果知道她昨晚回来住，他一定正常时间下班回家。

"我是来看阿姨的。"谢舒平淡地说。

言下之意：又不是来看你的，为什么要和你说？

陆嘉言噎了一下，喃喃道："但我想看你。"

回应他的是一阵沉默，谢舒没理他，开门上车。

陆嘉言还站在车旁边，她怕自己开出去的时候会一不小心碰到他，于是按下车窗提醒："你往旁边走，碰到了我可不负责。"

陆嘉言盯着她看了数秒，然后才往旁边退了两步，位置足够她开出去了。

谢舒也不看他，启动车子就开走了。

下午下班，谢舒在食堂吃了晚饭才走。

到小区楼下，她忽然想起有快递到了，就转弯去了一趟快递站。

购物节刚过，她的购物车清空了一批东西，一时间也不知道这三四个差不多大的快递分别是什么，只能根据快递单来分辨。

正低头看着，她眼前忽然多出来一只手，怀里的快递也被抽走。

傅明遇正看着她，眼里带着笑意说："帮你拿两个。"

谢舒调侃道："我还以为光天化日之下竟然有人来抢快递。"

"行吧，那我就坐实这个罪名了。"傅明遇伸手将她怀里剩下的快递都拿了过去。

谢舒又被逗笑，眉眼弯起来，指了指其中一个快递，说："不过刚好，里面有一个本来就是要给你的。"

·
·

第 九 章

两个人一边说一边走出快递站。

傅明遇没看快递，但知道她买的是什么，只是有些惊讶："这么快就到了？"
昨天她才说下了单，最近可还是快递高峰期。

谢舒点头说："等会儿拆开来看看怎么样。"

自从第一次收到饼干她表示喜欢之后，傅明遇就隔天给她送一盒，有时候是饼干，有时候是其他小蛋糕，说是请她帮忙试吃。

谢舒不好意思白拿，但是给钱又太见外，于是便想到购置些烘焙的用具送他。但她不懂烘焙模具的好坏，只是选了一个比较出名的品牌下单。

二人走到单元楼下，傅明遇单手托着快递，另一只手推门。他笑着说："好啊，挑几个你喜欢的，今晚就可以先烤一些试试。"

快递先送到谢舒家，她拿小刀把最要紧的拆了。

傅明遇看她拿出一大盒饼干模具，蓦地失笑，问："你这是把店里的所有模具都买了吗？"

"我看他们有个套餐，就直接下单了。"谢舒看着这一盒放得整整齐齐的模具，笑了笑，说，"没想到会有这么多。"

她从里面挑了两个，是最简单的花样，抬头看着他问："要不就这两个吧？"

傅明遇点头，又问她："晚上有其他安排吗？"

谢舒摇头，不知道他怎么会问这个问题。

傅明遇从她手里接过模具，发出邀请："那要不要一起？"

谢舒微愣，一起什么？

反应了两秒后，她意识到应该是说烤饼干的事。

然后，她又听到傅明遇补充："饼干的制作步骤不多，做起来简单，不会花很长时间。"

谢舒有些心动。她还没有过烘焙经历，很想尝试新事物，于是点头道："好啊。"

谢舒把包留在家里，就带了一部手机出门。

她还没有去过楼上，不过上下户型结构一致，除了装修风格不太一样之外，也没有其他不同之处。

傅明遇先给她倒了一杯温水，然后进厨房准备材料——黄油、糖粉、鸡蛋，还有必不可少的低筋面粉。

谢舒站在厨房门边，看着他从柜子里拿出最后一样东西的时候，注意到面粉旁边有可可粉和抹茶粉。

她灵光一现，提议道："要不加点儿可可粉和抹茶粉吧，可以做点儿不一样的口味。"

傅明遇顺手就把东西拿出来，爽快地答应："好。"

谢舒没有动手制作过饼干，刚刚上网查了查教程，觉得还挺简单的，但真动手做起来，就出现了许多小问题。不过傅明遇也没有让她一个人完成，带着她体验了一下烘焙过程。

看她揉了一会儿面团，他关心地问："会不会累？"

被他这么一提，谢舒开始感觉到手腕与胳膊有些酸了，不禁感叹："这还真是个力气活儿。"

"是呀。"傅明遇戴上一次性手套，接过她手里的面团道，"剩下的我来吧。"

谢舒没跟他客气，笑着应道："好。"

将位子让给傅明遇后，她就站在一旁静静地看着他的动作。

谢舒以为揉完面团就可以按压模具了，却见他把三个面团包上保鲜膜，不免疑惑地问："这是要做什么？"

"需要冷藏二十分钟。"傅明遇将面团放进冰箱下层的冷冻室里，解释道，"为了节省时间，放冷冻室里可以更快一点儿。"

五分钟后，他找出擀面杖将面团擀平，转头见谢舒还在认真地看，忍不住笑了一下，提醒道："好了，接下来就到你的主场了。"

"哦！"谢舒盯着他的动作差点儿出神，回过神来连忙转身去找模具。她拿了一个，又顺手递给他一个。

傅明遇手里的是可爱兔模型，他用模型依次在面团上印出一只只小兔子。谢舒也照葫芦画瓢，小心翼翼地用模具压出小熊形状。

卡通兔子和小熊被放到铺了油纸的烤盘上，两排是原味，两排是抹茶味，两排是可可味。

二十分钟之后，饼干的奶香味在室内弥漫开来。

傅明遇端出烤盘冷却，谢舒瞬间就被这一盘微微膨胀但可可爱爱的小饼干征服了。

除了有几块饼干的形状发福了，几乎可以说很完美。

还没等饼干完全晾凉，谢舒就迫不及待地捏了一块品尝，称赞道："太好吃了！"

她词穷，形容不出来有多好吃。

傅明遇站在一旁，看着她眉开眼笑又极其满足的模样，即使他没尝这块饼干，也能感受到她的愉悦。

谢舒尝了一块又一块，三种口味尝了个遍。她转头见傅明遇一直没动，指了指饼干说："你尝一下呀，试试新口味怎么样。"

傅明遇挑了一块可可味的兔子饼干，尝完之后点了点头，评价："还不错。"

谢舒脸上的笑容更甚，点头附和："虽然原味永远吃不腻，但偶尔换换口味好像也不错。"

傅明遇听了她的话，扬眉笑开，道："就是可惜这次忘记给它们画表情了。"

"嗯？"谢舒疑惑，"还要加表情吗？"

傅明遇指了指原味饼干，解释道："可以用可可面团画出小熊的眼睛和嘴，也可以直接用牙签戳。"

谢舒了然，想了想，觉得那样制作的话小熊饼干好像会更生动可爱。她说："那下次再试试。"

"好。"傅明遇自然答应。

而且，他现在就已经在期待下一次了。

第二天去上课的时候，谢舒还在包里塞了一袋小饼干，想着饿了可以吃。

但是她刚拿出来，旁边的室友们就都看过来了。

蒋菲菲惊叹："这就是你昨天朋友圈发的那些小饼干吗？"

谢舒不经常发朋友圈，昨天纯粹是太开心了，拍了两张饼干刚出炉时的照片，加了美食的滤镜后发上去分享。

"嗯。"谢舒点了点头，大方地把饼干跟室友一起分享。

于晴拿过一块，还没尝就先点评道："不错，抛开滤镜，这饼干看着也很诱人。"

蒋菲菲说："这小兔子很可爱呀！"

另一个室友是可可控，挑了块可可味饼干，什么也没说就先吃了。

"好吃！感觉比我们楼下西点店的曲奇饼干都要好吃！"她双眸发亮地看向谢舒，"你这是有做饼干的天赋呀，第一次做就这么成功！"

谢舒被夸得不好意思，很实诚地说道："我是第一次做，但这也不是我一个人做的啦。"

"啊？"三个人看过来。

谢舒简单解释了昨晚制作饼干的经历，将功劳都安在了傅明遇身上。

不过室友们想听的可不是饼干制作的过程，他们立即抓住了重点，问："这些是你跟傅明遇一起做的？！而且他以前还经常送你小饼干？！"

三个人睁着圆眼，三道目光直直地盯着谢舒。她被盯得莫名心虚起来，迟疑了两秒道："他说是请我试吃。"

"他说试吃你就信？"

谢舒做了一个摊手的表情，说："所以我就买了其他东西还回去嘛！"

另外三人相视一笑，一脸"懂的都懂"的表情。

于晴伸手从袋子里拿了块原味饼干，挑眉道："不过说起来，你们两个现在也算是朝夕相对了吧，有点儿情况也是很正常的。"

谢舒却觉得是她们想多了，说："那些饼干，他之前也有送同事呀。"

"你有没有听过一个故事？高中的时候，一个男生为了在平安夜可以光明正大地送喜欢的女孩苹果，于是给全班同学都送了苹果。"

谢舒听完，重点却偏了，疑惑地问："现在高中不是不过这些节日吗？"

室友："……"

其实谢舒是故意将话题岔开的。

因为室友那番话，导致晚上上实验课时，她和傅明遇一起做实验的时候还觉得尴尬，不自觉想起室友的调侃，又有点儿心慌意乱。

平时二人都是一边做实验一边说话，这天她都不怎么开口，只回复"嗯""哦"。

傅明遇看出她不在状态，不再说话，默默完成实验，还将她那份数据也一起记录了。

谢舒拿着他递来的数据成果，越发不好意思，有些脸热，低着头小声道谢。

二人去老师那儿签了名就可以离开。回去的路上，谢舒忽然想到一件事，转头对傅明遇说："明天晚上学生会要开会，所以明天下课后你就先回去吧，不用等我了。"

"明晚？"傅明遇似乎是认真想了想，说，"我刚好要去图书馆查点儿资料，我们结束的时间应该差不多。"

谢舒觉得这也太巧了吧，可仔细观察他的神色，又好像不是故意找的借口。

她正琢磨着，就又听到他问："你们开会是要讨论心理月活动的事吗？"

"哎？"谢舒神色诧异地说，"你也知道？"

她点头道："是呀，那些活动得提前筹划起来。"

下个月是心理月，学院里会举行一系列活动，鼓励学生参加，然后给学生相应的学时。这个活动是由学生会负责，所以前期要开会准备方案，谢舒当然不能缺席。

傅明遇没说自己是从哪里打听来的，只是笑着问："那我可以参加吗？"

"可以呀！"谢舒点头，"虽然你们交流生好像没有要求修心理学分，但是这个活动不对参与对象设限制，想参加的都可以来。"

车里放了一点儿音乐，二人有一搭没一搭地聊着，气氛很是融洽。

前面是市中心某标志性建筑物，车子直行穿过红绿灯，谢舒满腹疑惑地张望了半天，又怀疑是不是自己记错了，犹豫了好半天才问："刚刚不是要在那个路口转弯吗？"

傅明遇没想到她记得这么清楚，答："嗯，走这条路也可以，而且路程会短些。"

谢舒脸上露出"原来如此"的表情，说："那我可能之前没注意。"

傅明遇看着前方，嘴角不自觉地轻轻勾起，笑意明显，开玩笑似的问："难道你还怕我把你卖了？"

谢舒也跟着笑了。

"就是有点儿惊讶，没想到……"她稍稍停顿一下，说道，"你比我还要熟悉清城的路。"

傅明遇说："清城变化不大，很多路还跟我记忆中的差不多。"

谢舒下意识点头，转而又想到了什么。如果她没有记错，傅明遇是高三那年才来的清城。

听他提起往事，谢舒忍不住问："你后来是又回江城参加高考了吗？"

她记得上高二时，高考那天有个消息在高中群里疯传——高三有人因为家人生病缺考了。只是她那时候没有特意去打听是谁，现在回想起来，觉得那个人就是傅明遇。

"嗯。"傅明遇点头应道。

谢舒直觉其中的事并不简单，满腹疑惑，却也没有进一步打探他的隐私。

只是当车子驶进小区，在停车场停下后，傅明遇忽然开口道："其实，我现在的名字是我外公取的。"

谢舒愣怔地望着他，随后意识到他要说什么，没有打断，只是拿包的手莫名紧了紧。

傅明遇静静地看着前方，神色和平时很不一样，有几分忆起往昔时会自然流露出的怀念，可是又多了几分落寞。

"我从小是在外公身边长大的。"他说。

高三那年是他第一次来到清城，也是陪外公回来。只是没想到时间会过得那么快，一年也没等到，外公最想念清城的夏天，最终却没有等到。

那天，外公身边只有他一个人。

后来，他也只有自己一个人了。

"那天在西山……"谢舒忽然想起，新年前的那一天，自己与他在西山陵园遇见。

那天他的神色也和平时不一样，只是当时她沉浸在自己的情绪中，并未过多关注他。

"外公很喜欢清城，以前我很疑惑，但是现在我懂了。"傅明遇笑了笑，好像已经放下了。

外公在走之前劝他放下，想让他活得开心一点儿。他放不下，但是他会选择新的开始。

"所以，我又回到了清城。"傅明遇笑着说。

谢舒弯眸看着他，眼底是真诚的笑意，认真道："那么，欢迎你回来。"

这天晚上的这段谈话，像是一个故事，又像是一个秘密。

谢舒曾在网上看到过一个问题：人与人的关系如何快速拉近？

答案就是交换秘密。

谢舒也赞同这个答案，因为这段谈话拉近了她和傅明遇彼此的距离。

而对傅明遇来说，就像三年前一样，那时候她说"欢迎来到清城一中"，现在，她又一次对他说"欢迎你回来"。

他想，幸好他回来了，幸好这次他没有迟到。

第二天下午放学，室友们都点了外卖，只有谢舒和傅明遇去食堂，打算试一下新开的那家面馆。

这天人不多，谢舒选了角落靠窗的位子。

傅明遇取了餐盘，将她那份也一并端了过来。

二人快吃完的时候，门口来了一群学生，他们看起来像是来聚餐的，说说笑笑，二楼食堂一下子热闹起来。

谢舒收回视线时，不经意地在对面停了停。

傅明遇似乎一点儿也没被外界干扰，继续慢条斯理地吃饭。谢舒忽然鬼使神差地问了一句："你的牛肉面好吃吗？"

"嗯。"傅明遇点头道，"就是炖牛肉放的香料偏多，味道有些重。"

谢舒"哦"了一声。

察觉到她的语气不对，傅明遇抬头看她的表情，沉默了两秒，试探地问："海鲜面不好吃吗？"

"嗯……怎么说呢，面是不错，但海鲜一般般。"谢舒轻叹一声，又眉梢一扬，无奈道，"不过学校食堂都是包分配的食材，这样一想好像也不错了。"

傅明遇垂眸看着她的碗，虽然嘴里说着一般，但这份面她仍是吃得干干净净。

他打趣道："看出来了，你不挑食。"

谢舒抬头看他，又低头看自己的面碗，旋即笑开，摇了摇头说："那可不是，只是因为刚好喜欢吃而已。"

她以前也挑食，只是后来离开家到了一个新的地方，即使再不喜欢，也习惯了不说出来。

吃完晚饭，二人走出食堂，顺路散了一会儿步，然后在图书馆门口分开。

谢舒计算好了时间去开会，结果路上遇到了教授。对方拉着她聊了两句，等她赶到会议室的时候，刚好卡点。

推开门，谢舒发现屋里的位子基本都坐满了，又环视四周，看到多出了许多生面孔。要不是这时王野在前面朝她招手，她都要怀疑自己是不是走错会议室了。

谢舒往前走过去，快要走到那个给她预留的空位时，她看到了一个熟悉的侧影。

陆嘉言手里还转着笔，突然侧过脸，十分坦然地对上她的视线。

会议围绕着心理月活动展开。

谢舒也是才知道，原来今年的心理月活动，他们学院要和电信学院合作举办。

心理月活动不是小项目，所以每年基本都是学院间两两合作。但前两年都是和建工，所以今年她也以为是继续跟建工合作。

谢舒一边坐着陆嘉言，另一边是于晴。她自动忽视了屋内某些意味不明的目光，侧身靠向室友那边。

于晴和她对视了一眼，似乎知道她在想什么，拿起手机打字。

没一会儿，谢舒就感觉手机振动了一下。

她点开聊天界面，于晴发过来的信息说："今年是电信学院那边找过来要合作的，老师答应了。"

看完消息，谢舒轻轻皱了皱眉，没有多余的反应，将手机锁屏放回外口袋里。

会议结束的时候，谢舒等几人留下来又说了一会儿事。等她走出教室，发现前面有个熟悉的身影在楼梯口徘徊。

看清那人是谁后，谢舒的脚步顿了一下，微微错开视线，只当他是陌生人，继续往下走。

但陆嘉言一个人在这儿，明显就是在等她。他没伸手阻拦，而是跟上她的步伐，问："回哪儿？"

踏下两级楼梯，谢舒没有保持沉默，还是答了："回家。"

听到她的这个回答，陆嘉言心里有些不舒服。他始终觉得"回家"指的应该是他们一起回陆宅，而不是她一个人回她那个小区。

但陆嘉言没有说出来，只是说："那我送你过去。"

谢舒拒绝了。

"这么晚了，你一个人打车也不安全。"陆嘉言知道她今天没开车。

"不用了。"不想跟他纠缠，谢舒加快了下楼的步伐。

陆嘉言察觉到她的态度，皱了一下眉，语重心长道："小舒，不要为了跟我置气就不顾自己的安危。"

说话间二人已经到了一楼,走到室外,谢舒呼吸了一下新鲜空气,才终于抬头看他,语气认真地说:"我说了不需要你送,同样,我没有那么无聊,也没空跟你置气。"

前面的路灯下停了一辆黑色的车,她的话音刚落,车门忽然打开,一个男人下车走过来。

陆嘉言定定地注视着走过来的人,眼中满是冷意。

傅明遇没有去关注无关人士,只微笑着看向谢舒,问:"会议结束了?"

谢舒点头,脸上露出笑容,说:"结束了,走吧。"

忽地——

"你要跟他走?"

谢舒下意识回头,却见陆嘉言面若冰霜,直直地盯着自己。

她微微皱眉又很快松开,难得耐心地跟他解释了一句:"我们住同一个小区,来回一直是同行。"

陆嘉言心里发堵。

从开学到现在,将近两个月,他竟然从未发现过他们同路的事。

谢舒也意识到这一点,看了他一眼,什么表情也没有,转身走向车子,再不停留。

陆嘉言看着那辆车驶离,忍住追上去的冲动,站在原地,握紧了拳头。

车里。

傅明遇放了纯音乐。

谢舒看着玻璃窗外,路灯的光偶尔落在她的身上。

她其实已经逐渐习惯不去回想那些过往,不再沉浸在那曾经的美梦中。就像是今晚,又遇见他,她心里也不再那么不平静。

这一路上,傅明遇似乎知道她没有心情聊天,只安静地开着车,没有打扰她。

走出电梯时,他忽然叫住她:"谢舒。"

谢舒转头，有些诧异地看向他，以为他有事要说。

却见傅明遇只是笑了笑，说："早点儿休息，明天还要早起上班。"

谢舒眨了眨眼，下意识点头道："你也是。"

傅明遇不再拖延，摁着开门键的手放开，道："那么，晚安，明天见。"

谢舒抬头看着，他站在灯光下，眼里仿若有光，可仔细看了，是那清澈真诚的笑意。

电梯门缓缓合上，谢舒才将那句来不及说出口的"明天见"轻轻地说了出来。

她垂眸，又缓了片刻，然后一边走一边打开手机。在走进家门的同时，那条消息也发送成功。

"明天见。"

心理月活动开展前会有一次大会，被安排在四月底。谢舒原本也该到场的，但是那天她身体不舒服请假了。

下午会议结束时，陆嘉言忽然打了电话过来。一通没接，他又打了第二通。

谢舒原本躺在沙发上小憩，可看他这架势，如果自己不接他就会一直打下去。她只好转身拿过手机接通，问："什么事？"

"听说你今天不舒服？"陆嘉言大概是从王野那边知道的。

谢舒"嗯"了一声，又怕他要多说什么，先一步回："已经好多了。"

那头沉默了片刻，似乎记起这天是什么日子，问："热水袋准备了吗？不要贴暖宝宝，睡着了不安全。"

谢舒闭了闭眼，无论是热水袋还是暖宝宝，都不需要他提醒，她早就准备好了。这个冬天漫长，但她也正常度过了。

他又问："要不我过来？"

谢舒不想回忆什么，无论是曾经的那份温情，抑或是其他的不愉快，直接拒绝："不用。"

那边又是一阵沉默。

谢舒皱了皱眉，不想陪他继续浪费时间，便道："我想睡一会儿，先挂了。"

说完，不等他回应，就挂断了电话。

只是她也睡不着了，盯着前方一个点又开始出神。

过了很久，外面的阳光透过窗帘的缝隙照进室内，落在地上的光已经变成了橙红色，谢舒拿遥控器打开落地窗的窗帘。

太阳落山了。

她这才注意到时间。自己这一歇，一个下午不知不觉就过去了。

门铃响了。

谢舒以为是陆嘉言，心中升起一股烦躁。她慢吞吞地穿鞋，故意拖延时间。

可打开门，看清门外的男人后，她眉头紧皱的表情顿时一僵，眨了眨眼。

傅明遇眼里一片迷茫，问得小心翼翼："打扰到你了吗？"

"没有。"谢舒扯了一抹笑，讪讪地说道，"我以为是……"

她止住话，没说下去。

"来晚了的下午茶蛋糕，试一下怎么样？"傅明遇笑着岔开话题，将手里的纸盒递给她。

谢舒接过，还能感觉到纸盒里传来的温热。她打开盒子，六个纸杯蛋糕整齐摆放着，扑面而来的是浓郁的奶香。

"好香啊，下午刚做的？"谢舒双眸弯起来，又问，"怎么没叫我？"

"你昨天不是说要回学校开会吗。"

谢舒捧着蛋糕放到客厅，才想起周五下班时，傅明遇好像的确问过她周末的安排。

傅明遇跟着走进屋里，看到客厅茶几上的外卖盒，忽然觉得她似乎没有出过门。

他问："你们开会很早就结束了吗？"

"没有。"谢舒摇了摇头，说，"我有点儿不舒服，就没去学校。"

闻言，傅明遇脸上的神色有几分凝重，问："怎么了？"

"现在没什么事了。"谢舒朝他笑笑，转身去拿杯子要给他倒水。

傅明遇却出声阻拦了她的动作，说："我不喝了，楼上还没整理，马上就回去了。"

"哦，好。"谢舒放下杯子，又送他出去。

只是临走前，傅明遇又忽然问："晚上打算吃什么，还是点外卖吗？"

谢舒一愣，大概没想过他会问这个问题，随后点了点头，说："嗯，今天没有去超市买菜，而且外卖可以送到楼下，挺方便的。"

傅明遇若有所思地点了点头，又稍稍低头，与她对视，轻声问："你喝粥吗？我晚上打算煮粥，但一个人好像吃不完。"

谢舒下意识想拒绝，可是见他满脸真挚，心里仿若有一种很奇怪的情绪莫名翻涌。

她还未想明白，话语就先到了嘴边，好像是本能反应一般。

然后，她听到自己说："好啊。"

谢舒换了身衣服，临出门前又想到什么，转身在客厅跟厨房翻找了一番，找出家里的一袋橙子，发信息问傅明遇："我家里还有橙子，喝橙汁吗？还是直接切着吃？"

他大概在忙，过了一会儿才回信："我也买了橙子。"

他还发了张照片，橙黄色的橙子被摆在茶几上的果篮里。

谢舒盯着屏幕看了几秒，放下手机，拿起两个橙子往厨房走。

将两颗圆滚滚的橙子洗净、剥皮、切块，然后丢进榨汁机里，她又找出新买的带盖的玻璃杯，刚刚好，满满一杯鲜榨橙汁。

厨房里的粥小火慢煮着，谢舒进去的时候，傅明遇正拿着水壶要往杯子里倒水。

他似有察觉，转身看过去，脸上自然流露出笑容，不过见到她手里的玻璃杯时，神色微愣。

谢舒看透他在想什么，先一步开口："既然你家有橙子，那我只好榨了橙汁带过来了。"

她将橙汁放到吧台上，又探头过去看，眼里闪烁着笑意，说："你这是要泡茶吗？晚上就喝橙汁吧。"

傅明遇笑着继续手上的动作。他的左手稳稳地持着暖水壶，微微倾斜，温水倒入杯中，右手拿着咖啡勺细细搅拌。

　　他的手指修长，骨节分明，只不过一个简单的泡茶动作，做起来也是赏心悦目。

　　谢舒下意识地安静下来，定定地注视着这一幕。

　　直到马克杯被端到面前，闻到淡淡的甜味，她才意识到他刚刚泡的不是茶。

　　尽管已经知道了是什么，但她还是傻乎乎地问了一句："给我的？"

　　"嗯。"傅明遇笑了笑，又抬手去拿旁边的橙汁。他的手指碰到冰凉的杯壁，微皱了一下眉说，"这个有些凉，等会儿加热了再喝。"

　　"我不喝，橙汁是给你的。"谢舒立即摇头回道，又捧着红糖水轻抿了一口，然后笑道，"我喝这个就好了。"

　　她觉得这杯红糖水的味道好像不太一样。

　　二人到客厅坐了一会儿，大概过了二十分钟，厨房里的定时器就响了。

　　傅明遇去盛粥，又端出两道菜来。

　　谢舒没好意思继续坐着，也起身跟过去帮忙。

　　他还蒸了一笼小猪包，豆沙口味的。

　　"这不会也是你做的吧？"谢舒的视线在可爱的包子上停留了两秒，然后抬头问他。

　　傅明遇在她对面坐下，抬头对上她有些惊讶、有些疑惑又隐隐期待的目光，摇头笑道："这是楼下超市买的。"

　　谢舒也笑了。

　　以往这个时候，她食欲都一般，今天却不错，喝完了一碗粥，还吃了两个小猪包。

　　临走前，傅明遇还给了她两样东西。

　　一袋是橙子，一袋是装了方块红糖的玻璃罐。

　　又吃又拿，谢舒很是不好意思。

　　傅明遇将那袋橙子稍稍拎高了一些，解释道："橙子是从朋友的果园寄来的，家里还有很多，我一个人也吃不完。"

　　谢舒一时间觉得后半句很耳熟。

而另一样，傅明遇没有解释。

谢舒笑了笑，接过袋子说："谢谢。"

她其实更好奇的是他家怎么会有这个，不过见他没有要说的意思，她也就没问。

这种感觉很奇怪，又很奇妙，就像是一颗种子即将破土而出，即使被按下去了，但那种感觉仍在不断翻涌着，像是要掀起什么。

春日晴朗。

五月假期，谢舒和室友约好了到自己家吃火锅。她开车接了三个人，特意绕路去沿海路兜风。

正好是小长假，沿海沙滩一带游客很多，他们绕了一圈，连车也没停就回去了。

四个人在楼下超市买吃火锅要用到的食材，结果刚从超市出来，迎面就遇上了熟人。

傅明遇先反应过来，注意到她们手里拎着大包小包的食材，笑着说："今天聚餐吗？"

谢舒点头回答："嗯，我们打算吃火锅。"

其他三人悄悄对视了一眼，克制着笑意，都没说话。

谢舒觉得室友们的反应不对，不过暂时也没空去琢磨。她按捺住疑惑，笑着和傅明遇告别："那我们先走啦。"

等走远了，于晴才笑嘻嘻地转头看着她问："刚刚怎么不邀请他一起吃火锅？"

谢舒略微扬眉，说："不是宿舍聚餐吗？"

其他三人这时默契十足，异口同声："可是我们不介意多一个人呀！"

那种奇怪的感觉又出来了。

谢舒听出她们话里的调侃，无奈地说："我们还是快点儿回去准备菜吧，我已经饿了。"

室友们也见好就收，不过脸上的笑意却怎么也克制不住。

一顿鸳鸯锅，番茄和牛油，谢舒一个人占半锅，也不担心有人抢。

吃到快要结束时，于晴问谢舒："怎么感觉不咸了呀，你这牛油底料是不是买到假的了？"

谢舒指了指旁边的水壶，说："火锅店里加的都是汤，我们加的是清水，味道当然会被冲淡了。"

"那加点儿盐好了。"于晴起身走进厨房。五秒后，她又在里面问，"你家盐放在哪儿？找不到。"

"靠窗最右边的柜子。"谢舒回。

过了两秒，于晴又说："没有啊。"

"没有？就在那儿呀，我昨天才用过。"说着，谢舒准备站起来过去帮忙找。

"我看到啦！"于晴拿着调料瓶出来，说，"刚刚找错柜子了。"

她坐下，往牛油锅里加完盐，然后下了一把茼蒿。

谢舒也要："给我下点儿。"

于晴二话不说，把剩下的茼蒿都下到锅里。然后她靠近谢舒，欲言又止。

谢舒问："怎么了？"

"你怎么买了那么多红糖？"

"嗯？"谢舒没明白。

于晴抬起下巴朝厨房示意道："就我刚刚开的那个柜子里，有一大罐方块红糖！"

她的语气又忽然转变，郑重无比地说道："你知道吗，糖吃多了会变笨的。"

谢舒确实是忘了。上次例假结束后，她就把那罐红糖放进柜子里保存，最近都没拿出来过。听于晴这么一说，谢舒无语极了，转过头，选择去涮肉。

于晴也不介意她这种态度，笑着继续问道："不过这红糖看起来不错，你在哪儿买的？"

"朋友送的。"

蒋菲菲先接了话，语气惊讶："哪个朋友会给你送这个？"

难道那个朋友不知道谢舒不喜欢喝红糖水吗？

谢舒知道蒋菲菲惊讶的原因，自己的确喝不惯红糖水，只是——

"这个红糖的味道还不错。"

谢舒也觉得很奇怪，自己竟然不排斥红糖了。

以前她觉得红糖水有一股奇怪的味道，她不喜欢。但是这些方块红糖，她却觉得可以接受。

"这样啊。"蒋菲菲顺口一问，"谁送的呀，这么好……"

谢舒并没第一时间回答。

于晴抿唇一笑，慢悠悠地说："傅明遇吧？"

谢舒挑眉，停下手里的动作，扭头看向于晴，眼里明晃晃地写着"你怎么猜到的"这六个字。

"那是纯手工红糖，江城一个小镇的特产，只在当地一家小店里有卖。"

于晴之前在微博主页刷到过一个博主自发宣传的红糖，不过那家小店宣传力度不大，知道的人寥寥无几。

谢舒眨了眨眼睛，有些呆。她以为那些红糖是他在网上或者超市买的，没想到是从江城带过来的。

第二天，谢舒在电梯里遇到傅明遇，想跟他道谢，可又觉得事情隔了这么久了，再提起来好像显得有点儿刻意。

电梯里只有他们，她欲言又止的纠结样落入傅明遇眼中。他着实好奇，轻声问："怎么了？"

"呃……没什么。"谢舒转移话题，"学校这周开始心理月活动，我周日过去，你要一起去吗？"

"好。"几乎没多思考，傅明遇点头应约。

不过这周他们很忙，项目进展到重要阶段，谢舒好不容易请了假，但是傅明遇周末得留下来跟着加班，好在他可以比平时提早两个小时下班。

周日那天，谢舒还是按照原来的时间出门。她等电梯下来时，注意到电梯在楼上那层停了几十秒，然后数字又重新跳动。

电梯门打开，她和站在里面的男人对视上。

傅明遇跟以往一样，笑着打招呼："早。"

"早！"谢舒渐渐习惯了每天早晨的问候。

"今天去学校也这么早？"

"活动九点半开始，我开车到那边，然后再帮忙准备一下场地，也差不多了。"

她说完，就看到傅明遇脸上现出几分无奈，说："没想到周末要加班，不然我就跟你一起去了。"

谢舒想了想，可惜道："是呀，今天三点下班，活动这时候也结束了。"

傅明遇问："那你下午什么时候回来？"

谢舒愣了愣，话题跳得太快。

"大概结束了就回来。"谢舒给出一个模糊的答案，"三点之后吧，现场收拾好应该快四点了。"

傅明遇又问："那要不要一起吃饭？"

"啊？"谢舒有些惊讶，说，"可再去研究院的话，好像时间有点儿晚了。"

她以为他说的一起吃饭，是和平时一样去研究院二楼食堂吃饭。

傅明遇笑着解释道："今天下班时间早，我可以顺路买菜回来。"

意思就是他做饭。

说话间，电梯已经到了一楼。

"五月海鲜当季，要不晚上就吃海鲜面吧，怎么样？"傅明遇轻声询问谢舒的意见。

提起五月的海鲜，谢舒的思绪就飘远了，还问："可自己做是不是太麻烦了？"

"不麻烦，海鲜面的步骤其实很简单，最重要的就是汤。"

二人的车停在一处。

傅明遇临走前跟她说："那就这么说定了。"

怎么就说定了？谢舒刚系上安全带，忘了自己刚刚到底有没有回答。

等她再回过神来，不过几秒钟的工夫，傅明遇的身影已经不见了。

　　因为心理月活动和学生们的心理学时有关，所以这一天到现场参加活动的人很多。

　　谢舒带了两个本系学弟和电信学院学生会中的两个人一起负责现场安全工作，结果等到了学校，她才发现电信学院那边临时把人换了。

　　谢舒看着姗姗来迟的陆嘉言，听到他说是替人来的，下意识问："怎么是你来，他呢？"

　　陆嘉言侧身指了指其中一个游戏区，说："那边缺一个裁判，他过去了。"

　　谢舒没纠结这个问题，也不去猜那里是否真的缺人，只低头看着便笺，跟他说了现场安全工作的内容。

　　陆嘉言倒是认真听着，但目光时不时落在她的脸上。看着她一副公事公办的样子，他的心里空落落的。

　　这一天很忙。

　　陆嘉言也有分寸，没有像之前那样来纠缠谢舒。

　　谢舒也没有过多的精力去关注他，只把他当成普通的合作伙伴，对待他的态度跟其他人没有区别。

　　活动一直到三点半才结束，学生会的人留下来收拾现场。

　　又过了大概二十来分钟，见现场收拾得差不多了，谢舒也准备走人。

　　陆嘉言原本在和王野说什么，见状立即跟上去，说："你要回去了吗？

我送你。"

"我开车过来了。"谢舒回绝他，继续往前走，说，"而且我们也不顺路。"

陆嘉言一愣，问："今天不回家吃饭吗？"

谢舒拿出手机看消息，淡声道："我跟阿姨说了，下周回去。"

下周日正好是端午节。

打开手机微信，谢舒看到傅明遇三点多发来过消息，连忙点进去看。

"我下班了。

"现在去旁边菜市场买菜。

"除了海鲜，还有没有其他想吃的菜？"

谢舒盯着屏幕思考两秒，回复："没有了。"

对方很快回了消息："那我就随便买了？"

"好。"

陆嘉言看着谢舒低头回消息，将她的表情尽收眼底。他喊："小舒。"

谢舒收起手机，抬头看他。

"我下周要去南洋出差，有没有什么想要的东西？"陆嘉言问。

谢舒眨了一下眼，摇头道："没有。"

"那边的特产是海鲜大礼包，上次我让陆佳佳带回来过，你当时很喜欢。"

他一提，瞬间勾起了谢舒的记忆。

那还是高中时候的事，陆佳佳和好友去南洋旅游，人家带的礼物都是珍珠首饰，偏偏陆嘉言要她帮忙带海鲜大礼包。

陆嘉言没有错过她脸上的任何表情变化，继续说："这次也带这个好不好？刚好端午前出差结束，你回来吃饭，可以让家里阿姨做。"

谢舒本来还是想说"不用"的，但一想在家里吃饭的也不止她一个人，话到嘴边转了几圈，最终只丢给他两个字："随你。"

陆嘉言还想说些什么，可手机忽然响了，是公司那边打来的电话，似乎是出了什么问题。

他挂断电话，又转头看向谢舒，表现得很纠结，说："公司有点儿事，我先过去一趟，那你自己路上开车小心。"

"嗯。"谢舒心里觉得莫名其妙，自己又没有要他送，是他一路跟过来的。

谢舒的车停在校门口。走出校门的时候，她突然被一个穿着牛仔外套、戴着棒球帽的小男生叫住。

"姐姐，可以借我一点儿钱吗？"小男生还举高手里的小皮包说，"我可以用美元跟你换。"

谢舒愣了几秒，在想这是什么骗钱新招数。

看着眼前这个大概只有十岁的小男生，她耐心地问："小朋友，你家人呢？"

不过对方没回答，反而指了指前面的路边，小声求助道："姐姐，可以先借给我一百块钱付车费吗？司机叔叔还等在那边。"

谢舒被他盯得一时心软，过去替他支付了车钱，回头就问："现在可以说了吧，你家里人呢？"

看小男生这身装扮，她怀疑道："你不会是离家出走吧？"

"我才没有离家出走，我是来找我哥哥的。"小男生指了指学校，说，"我哥哥在里面上大学。"

谢舒觉得他应该不是在撒谎，只是——

"学校现在不会随便让外面的人进去，你哥哥没跟你说吗？"她有些好笑地说。

小男生傻眼了。

谢舒问他："还记得你哥哥的电话号码吗？"

可她想，小朋友不一定会记哥哥的电话，又问："或者你家里其他人的电话号码。"

"我记得哥哥的电话号码！"

真记得？

谢舒狐疑地看他一眼，又直起身，一边领着他往校门口的保安亭走，一边说："保安叔叔那里有电话，你可以找他借一下手机打个电话。"

虽然旁边有保安在，不会出事，但她也不急着走了，看着小朋友摁数字键。

— 167 —

十一位数字的电话号码，这个小朋友只回忆起前面七位，于是重复念着这七个数字。

谢舒拿着手机，琢磨着要不直接报警算了，这么小的孩子身边竟然没有大人陪，也不知道他究竟是真的来找哥哥，还是确实是离家出走。

旁边的小男生一字一字地念着数字，谢舒鬼使神差地打开拨号键盘，跟着输入。

结果——

随着数字增多，界面上只剩下一个联系人。

谢舒看着屏幕，心道：不会这么巧吧？

"你哥哥叫什么？"她问。

忽然被打断思路，小男生撇撇嘴，想了一会儿才开口："他好像有两个名字。"

谢舒心里一"咯噔"。

"妈妈都叫他方景遇，可是哥哥说他不叫方景遇，他说他的名字是——"

"傅明遇。"

"傅明遇？"

小男生听到谢舒和自己一起念出这个名字，忽地睁大眼睛，惊讶极了。

而谢舒也已经点开联系人，直接将电话拨了过去。

杨子默和哥哥通完电话，然后跟着这个陌生的漂亮姐姐离开了学校门口。等坐上车以后，他才想起自己还不知道这个认识自己哥哥的姐姐叫什么。

他往前凑了凑，问："姐姐，我叫杨子默，请问你叫什么名字呀？"

这个年纪的小朋友最好动了，一开始谢舒也怕他不愿意好好坐着。不过现在见他乖乖坐在后排没有乱动，她脸上带着温和的笑容说："我叫谢舒。"

说完又给他解释是哪两个字。

杨子默歪头想了想，发出感叹："好熟悉的名字，我好像在哪里见过？"

谢舒目视前方专注路况，随口一问："在书本上吗？"

后排暂时没有回应，她也没注意。

这份沉默一直延续到车子驶进小区，杨子默忽然从座位上跳起来，大喊："我想起来了！"

　　他很是激动，把谢舒吓了一跳。她忙说："你要好好坐着哦。"

　　杨子默有些不好意思，挠了挠自己的脸，说："哦，我知道的。"

　　车子停下，他才继续说："我刚刚想起来在哪里看到过姐姐的名字了。"

　　谢舒倒没怎么好奇，一边下车，一边顺着他的话问："在哪里看到的呀？"

　　"在一张纸上。"

　　谢舒遥控锁了车，带着他去坐电梯。听到这个回答，她低头看他，疑惑道："纸上？"

　　杨子默点头，又回忆道："是好久以前看到的了，我都快忘记了。"

　　谢舒笑了笑，只以为他是在书里或文章里见过与自己名字相同的两个字。

　　小朋友的注意力很快就被其他事物吸引过去，看到谢舒摁下电梯数字键，想到马上要见到哥哥了，他兴奋地问："哥哥是住在这里吗？"

　　"是呀。"谢舒点头道，"马上就到了。"

　　电梯上升途中没有停留，很快就到达目的地楼层。

　　门虚掩着，谢舒先摁了一下门铃，然后才推开门进屋。

　　傅明遇没现身，但他的声音从厨房传过来："门没关，进来吧。"

　　来过几次后，谢舒对这里倒是熟悉些，知道拖鞋在哪儿。她想起没有适合小朋友的尺码，于是打开鞋柜拿出鞋套，对他说："你用这个吧！"

　　杨子默乖乖套上鞋套，跟着她走进屋里，也不再发出任何声音。

　　见他忽然拘谨起来，谢舒给他倒了一杯水，没说什么。

　　"姐姐。"他忽然小声地喊。

　　"嗯，怎么了？"谢舒原本要去厨房里看看什么情况，听到他叫自己，又停了下来。

　　杨子默眨了眨眼睛，满是好奇地问："你也住在这里吗？"

　　谢舒愣了一下，解释道："我是住这个小区，就在楼下。"

　　听到这个消息，他拖长尾音"哦"了一声，学着大人的腔调，颇有些遗憾地说："我还以为你和哥哥住在一起呢。"

谢舒："……"

谢舒在客厅开了适合小学生看的励志电影让杨子默看，然后进厨房帮忙，结果被傅明遇用两碟水果打发了出来。

她闻到汤的味道，其中还有海鲜自身的盐味，不禁感叹："好香啊！"

傅明遇笑了笑，说："还要一会儿，茶几的柜子里还有刚做的饼干，如果饿了可以先垫垫肚子。"

谢舒依言找出饼干，和水果一起放到茶几上，招呼杨子默自己吃。

手机里有消息跳出来，她低头回复。

杨子默在旁边默默啃着饼干，却没有什么心思看电视，一会儿偷偷看向厨房，一会儿又悄悄看坐在旁边的谢舒。

"准备吃饭吧。"傅明遇拉开厨房门，转身端出两道菜，黄金玉米粒和凉拌牛百叶。

还没走近，谢舒就先闻到了香菜与芝麻油的味道。她瞬间绽开笑容，真心夸赞："今天这顿晚餐也太丰盛了吧！"

傅明遇微笑道："第一次做，照着菜谱学的，还不知道味道怎么样。"

谢舒立即捧场："肯定不错！"

傅明遇转身又进了厨房，谢舒记起还有小朋友在，便带着他去洗手。

等她带着杨子默洗完手并擦干出来的时候，傅明遇已经把三份面端上桌了，餐具也已经摆好。

入座后，谢舒没先动筷。她低头看了看自己这碗海鲜明显加量的面条后，又抬头看向对面小碗的番茄炒蛋盖浇面，忍不住疑惑地问："他的怎么……"

傅明遇解释道："他对海鲜过敏，家里也没有其他新鲜食材，我就随便做了一个番茄炒蛋。"

杨子默似乎没想到哥哥还记得自己的忌口，圆溜溜的大眼睛里有惊讶，也有欣喜。他捧着这碗分量对他来说刚刚好的汤面，认真地道："我最喜欢番茄炒蛋了！"

傅明遇对他的表情变化没有任何反应，只是点了点头，说："那多吃点。"

谢舒将视线从他身上收回，又下意识地看了一眼埋头吃饭的小朋友，敏锐地察觉到了不对劲。

其实她在听到小男生自我介绍时，心里就产生过疑惑。

但谢舒有分寸感，对此类涉及隐私的问题保持沉默，只是随意说了些今天活动时的趣事活跃气氛。

吃完饭，谢舒没有留下来打扰，把空间留给了他们兄弟俩。

傅明遇热了一杯牛奶递给杨子默，轻声道："明天她会让人来接你回江城。"

这个"她"指的是二人的母亲。

杨子默一听他的话，立即噘起嘴，一脸"我不愿意"的表情。

"我不想回去，不想去国外念书，那里就只有我一个人，我想留在这里。"他不高兴地说。

杨子默是傅女士再婚后生的孩子，她和丈夫对孩子要求很严格，才小学就将他送出国学习了。

他去了一学期，在那边谁都不认识，语言也不通，还要遭受高年级学生的欺负，没有家人朋友可以依靠，连保姆阿姨都只会让他息事宁人别跟家里告状。他无处可说，所以趁着放假回国，离家出走来找哥哥，想逃避一切。

说是离家出走，其实傅女士早在杨子默出门的那一刻就知道他跑来清城了。

傅明遇说不出"她是为你好"这种话，抬手摸了摸他的脑袋，轻声道："那你有没有和她……"

他言语微顿，又道："和你妈妈说过你的想法？"

"说过了。"杨子默点了点头，说，"她说我要懂事一点儿、乖一点儿。"

他想起国外那些人一边用肮脏的语言骂他，还一边推搡他，有点儿委屈地说："可是我明明没有招惹他们，是他们来招我的！而且阿姨也总是骗人！"

傅明遇看着眼前的小朋友委屈难受的表情和毫不掩饰的情绪表达，忍不住想到自己的过去，想到自己小的时候。

他或许也有过这样委屈的时候，但他从不敢这样表达，因为他知道父母不会管。幸运的是，他的身后一直有外公在。

傅明遇不想去插手杨子默的事，但是眼前这种情况，他也做不到漠视。

等杨子默走进卧室后，他给傅女士打了电话。

母子俩很生疏，傅女士那边工作很忙，傅明遇没有说其他的事，只是提醒她应该多关注一下杨子默的校园生活，有时候也要听听他的想法。

至于之后她会不会做到，傅明遇不知道。

第二天有车来接杨子默，傅明遇送他上车，然后看着他眼巴巴地望着自己，不愿意离开。

傅明遇把提前准备好的写了自己电话号码的便笺递给他，说："有事情和家里说，也可以给我打电话。"

傅明遇把杨子默送走后并未停留，立即赶回研究院。

中午休息，谢舒将座椅往后靠了靠，问："你弟弟回去了？"

"嗯，他家里派人把他接回去了。"傅明遇说。

他家里，这三个字的信息量很大。谢舒挑眉，却没有继续八卦，转而把一份邮件发给傅明遇，说起工作上的事。

系列新品的研发工作已经收尾，马上要进入测试阶段，所以最近整个项目组都很忙。

这周日是端午节，众人加班加点到周六，才陆续下班回家准备过节。

谢舒发现沈娴给自己发了消息，问她什么时候回去。

她一边等电梯，一边低头打字回复。

傅明遇晚出来了一步，不过刚好赶上和她一部电梯。

谢舒忽然想起什么，又见电梯里没有其他人，就问他："你喜欢吃甜粽子还是咸粽子？"

傅明遇沉默地思考了好一会儿，答："甜粽。"

然后又将这个问题抛回给她。

谢舒弯眸笑了笑，立即回道："甜粽里我喜欢豆沙馅，咸粽里我喜欢咸蛋黄馅的。"

傅明遇想了想，语气有些迟疑："咸粽好吃吗？"

"你没有吃过咸粽子吗？"

面对她惊讶的神色，傅明遇摇了摇头，实诚地回答："没有。"

电梯到一楼，走往停车场的路上，谢舒还不忘和他介绍："咸蛋黄粽很好吃的！我觉得豆沙粽口感微凉，适合下午吃，而咸蛋黄粽最好热一下，味道会更好，适合当早餐。"

傅明遇认真地听着，还若有所思地点了点头，用心记下她的话。

谢舒注意到他的神色，眼珠子微转，笑着说："我明天要去沈姨家里，晚上会带些粽子回来，顺便拿给你尝一尝味道。"

傅明遇有点惊讶，还没等他说话，谢舒又连忙有些不好意思地补充："不过是我自己包的粽子，可能外表没有外面买的那么好看。"

傅明遇忍不住笑了笑，说："那一定很好吃。"

"那可不一定！"谢舒匆忙反驳。她对自己的手艺没有太大的信心，说，"应该就是正常的粽子味道。"

二人走到车前，但是傅明遇没有走去自己的车边，反而转身看向她。

谢舒下意识停在原地，疑惑地对上他的眼神。

她听到他温润的声音传来："我很期待。"

端午节包粽子是传统风俗，只是包粽子并不那么简单，煮起来也费时，所以如今大部分人都会选择直接买超市里的粽子回家。

谢舒小时候看母亲包过几次，后来到了陆家，沈娴会在端午节包粽子，她便也跟着一起。

阿姨已经准备好了糯米、粽叶，一盆糯米里拌了红豆与黑豆，另一盆糯米里混了酱料，旁边有一碟咸蛋黄。

家里人都喜欢吃甜粽，唯独谢舒咸甜都喜欢。沈娴了解她的口味，早早就让阿姨备好了两种口味。

今天有龙舟比赛，陆氏作为赞助商之一，陆父被邀请前去现场观看。

沈娴和谢舒还有家里的阿姨在客厅一边看龙舟比赛电视转播，一边包粽子。

有段时间没包过粽子了，谢舒手法生疏，跟着学了几遍才终于找到感觉。

咸粽与甜粽不能一锅煮，谢舒先包完咸蛋黄粽，让阿姨去厨房煮。

粽子出锅，满屋都是粽叶与糯米的香味。

下午，陆父先到家，陆嘉言快三点了才风尘仆仆地赶回来，将手里的一大袋东西递给阿姨。

袋子很沉，阿姨问："带了什么？"

"南洋的特产。"陆嘉言换了鞋进屋，说，"后面还有一箱，等会儿陈叔会拿进来。"

阿姨打开其中一个袋子瞅了一眼，看到里面的东西，顿时笑开，说："哎哟，是海鲜呀，都是小舒最喜欢吃的！"

谢舒其实早就听到了他进门的动静，闻言才望过去。

阿姨转身走向厨房，还笑着说："那我赶紧去让厨房加菜，今晚吃海鲜大餐。"

陆嘉言走过来，和父母打完招呼，就先去换了身衣服，然后下楼也坐到客厅里。

陆嘉言瞥见茶几上的空盘子，问："粽子都包完了？"

"上午就包好了，有小舒帮忙，可快了。"沈娴笑着答完，又转头问他，"你要不要先吃个粽子垫一垫？我们包了豆沙粽和咸蛋黄粽。"

陆嘉言微愣，道："还有咸蛋黄粽？"

沈娴很自然地答："小舒喜欢啊，只是以前家里不常做，你又不吃咸粽，所以每次给你准备的都是豆沙或红枣馅的甜粽。"

说话间，阿姨把一盘剥了粽叶切成均匀小块的豆沙粽端出来，放到陆嘉言面前的茶几上。

他道了谢，又让阿姨再拿一个咸粽。

沈娴问："你怎么也吃咸粽了？"

谢舒也下意识看了看他。

陆嘉言吃了块豆沙粽，坦然道："想试一下。"

— 174 —

沈娴拿着手机起身要走，离开时还不忘提醒他："粽子是糯米做的，你胃不好，不要多吃。"

"嗯。"他点头。

客厅里一下子就只剩下陆嘉言和谢舒。电视里放着电影，不断传出的对话让气氛稍稍缓和。

阿姨将切好的咸蛋黄粽端上来。与豆沙粽不同的是，这盘粽子的颜色明显要深一些。

陆嘉言吃了一块，却微微蹙眉，好似不习惯。

喜欢甜粽，还是喜欢咸粽，这与个人喜好相关。

谢舒捧着杯子喝水，余光注意到他的表情，就知道陆嘉言吃不惯咸粽。

看着他皱眉吃完两块，还要去吃第三块时，谢舒忍不住开口："不喜欢吃就不要勉强自己了。"

陆嘉言默默吃完才说："不是不喜欢，也不是勉强，只是还没有习惯。"

谢舒垂眸看着杯里的水，眼睫微颤，淡然道："可是你喜欢吃的是甜粽，又不是没有甜粽了，为什么要逼着自己去习惯吃咸粽呢？"

陆嘉言沉默着，没有回答，也不敢与她对视。

"陆嘉言。"谢舒直接喊了他的名字。

陆嘉言抬头看过去，然后听到她说："没必要的。"

电影正播到高潮部分，插曲响起，主角的对话声随之变轻。

陆嘉言张了张口，却艰难到发不出声音。好半晌，他才声音低哑地说："有必要的，我想去做，我也愿意去改。"

这一刻，谢舒看着他，好像不认识眼前的人一般。

这样的陆嘉言，这样愿意改变自己的陆嘉言，她反而觉得无比陌生。

可是，他要改的这些，不是她想要的。

"现在说这些又有什么用呢？"谢舒只是冷淡地回应。

这句话，也狠狠击在了陆嘉言的心上。

陆嘉言双手握拳，抿紧唇，竭力压制着情绪。

"我曾经也幻想过，如果你当初没有和宋博远创业，没有和他们有那么多的交集，那是不是很多事情都会不一样。"谢舒的神色更加平静，说，"但我知道，不会的。"

陆嘉言蓦然听到她这一段话，神色有一瞬间的愣怔，很快回道："我知道我们之间存在问题，或许不是那么容易就能解决，可是我已经在慢慢改了，为什么我们不能一起解决呢？"

谢舒看着眼前这个褪去少年意气，但依旧俊朗无比，又变得成熟稳重的男人。此时他没了往日的从容，红着眼睛，说到最后那一句话时声音都是微微颤抖的。

可是她没有心软，语气坚定又认真："因为，这些对我来说已经不重要了。"

谢舒起身离开。在这之后，她要么是陪沈娴说话，要么就去餐厅看晚餐准备得如何了，不再给陆嘉言说话的机会。

听了他的话，她就会忍不住反驳，可说多了不过是徒增烦恼，还不如避开，躲清净。

用完晚餐，谢舒让阿姨把她要带走的粽子提前包起来。

"我提前拿出来晾凉了，可以直接装在袋子里，不会闷坏。"阿姨笑着应下。

沈娴想起了什么，说："蛋黄粽都让小舒带走吧。"

虽然陆家没人吃咸粽，但以往沈娴也会包些咸蛋黄粽或者肉粽送好友。

谢舒闻言忙要拒绝，但沈娴笑着堵住她的话："你不是要送朋友吗？剩下的也没多少了，拿回去当早餐。"

上午聊天时谢舒提了一嘴，不过没说"朋友"是谁，沈娴以为是她实习的那家公司的同事或朋友。

谢舒解释："是送给住在我家附近的朋友，他也是一个人住，吃不了太多，粽子也放不了太久。"

阿姨一边装粽子，一边听着，点头道："也是，而且粽子也不能多吃。"

谢舒想了想，说："阿姨，帮我用保鲜盒分别装两个咸蛋黄粽和三个豆沙粽吧。"

这一份便是要送出去的。

阿姨心下了然，说："好，我挑几个好一点儿的，等会儿装好了放桌上。"

沈娴接了电话离开。

谢舒便也转身要走，结果刚走出去两步，又被一道声音叫住。

"这是要送给那个傅明遇的？"

陆嘉言不知道什么时候来的，倚着墙，站在暖色灯光下，整个人却散发着一股寒意。他眉头微蹙，直直地看着她。

"是。"谢舒承认。

陆嘉言的眼神刹那间染上一层暗色。

谢舒只觉得好笑，眉眼低敛，走过他身边时，又不疾不徐地留下一句话："我想送给谁是我的自由。"

谢舒提着那袋粽子离开时，陆嘉言也与父母道别，拿了车钥匙与她一起出门。

两辆车同时驶出大院，开了一段时间，开往东新区时，谢舒却发现本该开往另一个方向的车子还跟在她的车后面。

原以为是意外，可当她快到小区的时候，往后视镜里瞥了一眼，陆嘉言的车依旧跟着。

谢舒下意识皱眉，并不觉得这是巧合。

但最终，他只是在小区门口停下，并没有跟进来。

黑色轿车打着双闪灯，停在路边，像是在等人。

又或者，是在等人回头。

谢舒的余光注意着后视镜里那辆距离渐远的车，一直到转弯后看不见那辆车了，才收回注意力，神色也恢复平静。

到楼下时，谢舒没急着下车，而是先发了一条消息给傅明遇，问他在不在家，然后才提着袋子动身。

傅明遇："在的。"

傅明遇："你回来了？"

谢舒一只手提着袋子，另一只手打字回复："那我大概十分钟后过来。"

傅明遇："好。"

谢舒回家放了东西，没停留几分钟就坐电梯去到楼上。

傅明遇家的门还是虚掩着的，她推开时，他已经听到动静走了过来。

他稍稍侧身，一副要迎她进屋的姿态。

谢舒摆摆手，说："我就不进去了，有点儿晚了，等会儿还要回去洗漱。"

她又将手里装了两盒粽子的袋子递给他，解释道："一盒两个的是蛋黄粽，可以稍微热一下吃，这样口感会比较好，一盒三个的是豆沙粽。"

"好。"傅明遇一边认真地听她说，一边点头，脸上露出笑容，说，"正好可以当今晚的夜宵了。"

"夜宵？"谢舒轻声提醒，"晚上吃粽子不好消化。"

傅明遇点头应下："好，那我当明天的早餐。"

东西送到他的手里，谢舒想早点儿回家休息，就没有进屋，笑着和他道别："那我先走了。"

"稍等一下！"傅明遇却忽然叫住她。

谢舒不明所以地停下站在原地，看着他转身匆匆去了客厅，似乎是拿起了茶几上的某样东西。

"这是……"待他走近，谢舒也看清了他握在手里的物件是什么。

"端午安康。"傅明遇将香包递给她，顿了片刻，轻声解释道，"端午节也有戴香包的习俗，这是我今天做的，里面是中药香料。"

包粽子与戴香包都是端午节的传统习俗。

她送了他粽子，他便也准备了香包。

谢舒明白了他的意思。

不过她稍有迟疑，是因为忽然想到了香包的另一层含义。

端午节时，老人戴香包是为了防病健身，小孩佩香包是作为"护身符"，有避邪驱瘟之意，而青年人戴香包最讲究。

香囊在古代多是男女之间的定情信物，所以也不能怪谢舒多想。

谢舒抬头看着傅明遇，他的目光太过清澈，十分坦然，她又觉得是自己想偏了。

现在不是还有什么驱蚊香包之类的吗?

"是不喜欢这种香味吗?"傅明遇见她没有接过去,脸上还露出犹豫,他垂下眼,掩饰住了失落,声音低低的,"抱歉,是我没考虑周到。"

"不是。"谢舒心软了,觉得自己曲解了他的一番好意,急忙伸手接过,说,"我就是第一次收到这样的香包,有点儿惊讶。"

见她收下,他眼里满是笑意。

谢舒愣怔地盯着他看,差点儿以为是错觉。

她心中的情绪很奇怪,令她想不明白。她慌忙低头去看手里的这个小粽子香包,下缀的流苏从指间穿过,能闻到一股淡淡的清香。

"好香!"谢舒认真观察着香包,真心感叹,"而且做得好精致呀。"

傅明遇的目光落下来,眼底泛过若有似无的笑意,语气也不自觉变得更加柔和:"现在很少会有人随身佩戴香包了,可以把它挂在屋里,有驱蚊的功效。"

"好。"谢舒弯了弯双眸,应下来。

回到家里,她并没急着把香包挂起来,而是又低头闻了闻。

香包的香气并不浓郁,恬淡而清透,弥漫在室内,给人一种治愈又安神的感觉,无法忘怀。

谢舒一边好玩似的轻晃着香包,一边在屋里寻找,哪处可以挂这个。

她走到客厅,刚好发现有一处像是专门设计过用来悬挂东西的,便走过去仔细看了看。

那是一个花架子,不过上面除了两盆多肉就没有其他绿植了,空位都被谢舒用来放周边摆件了。

香包是橘红与孔雀蓝作底,周边点缀着金丝刺绣,又因是粽子形状,极有立体感。

此时它被挂到木架顶端,两旁是文创摆件,色彩相应,远远看去,这一处竟浑然天成。

谢舒越看越合心意,忍不住打开手机相机,挑选角度拍了几张照片。

她没有发朋友圈的习惯,拍的照片很多时候只是自己欣赏,不过这次又多了一个人分享快乐。

她挑了不同角度的两张照片发给傅明遇，问："好看吧？

"没想到香包和我的摆件这么配！"

谢舒又放大图片欣赏了一会儿，没发现自己嘴角的弧度全程上扬。

等手机的电量实在支撑不下去了，她才走回卧室，把手机放在床头柜上充电，然后抱着睡衣去洗漱了。

楼上，谢舒走后，傅明遇正要把粽子放进冰箱时，就接到了江城打来的电话。

是杨子默用傅女士的手机打来的，问傅明遇有没有吃粽子。

二人聊了好一会儿，杨子默忽然噤声了。傅明遇猜，他的手机大概是被人拿走了。

通话还在继续，傅明遇知道电话那头换了人，也知道那个人是谁。他轻声道："端午安康。"

沉默片刻，那边的人才回："你也是。"

傅女士没有和他多聊，或许是不知道该聊些什么，便为这通电话画下了一个句号："那我挂了，你早点儿休息。"

"好。"

平淡的对话，和往常一样。

从傅明遇有记忆起，他就是随外公一起生活。面对每年可能只见一次面的父母，他也曾想过维系亲情，但后来逐渐发现自己改变不了任何事情的发展。

他终于明白，有些事情注定只能维持现状。或许这样就已经很好了。

室内归于安静，傅明遇放下手机，靠着沙发，出神地看着前面的茶几，茶几上还有谢舒刚送来的粽子。

他收拾好情绪，起身拿着两盒粽子进厨房，从其中一盒里拿出一个粽子，又将两盒粽子放进冰箱保存。

傅明遇已经很久没有吃过粽子了。

过去端午节的时候，外公也会包粽子，做香包。后来外公离开了，他试着自己包粽子，但是失败了，就在店里买了一次，只是那些粽子都不是他喜欢的味道。

他喜欢什么样的味道？

其实他自己也不知道。

傅明遇将手里的豆沙粽剥开，放到盘子里，又撒了些白糖。

其实粽子的味道没有太大差别。

尽管沾了白糖的豆沙粽甜到发齁，但是他极其喜欢。

从厨房出来，傅明遇又去客厅收拾茶几上的布料与中药香料。等整理好这一切，他才坐回沙发上拿起手机。

新消息来自谢舒，他连忙点开来看。

他没想到她一回去就把香包挂上了，还寻了一个好位置。

傅明遇认真地看着屏幕上的图片与她发来的文字，好似怎么也欣赏不够，嘴角也不自知地轻勾着。

他也没忘记要回消息："嗯，很好看。"

谢舒刚护肤结束躺上床，拿过正充电的手机，就看到了傅明遇的回复。

她又想起挂在客厅的那个香包，那股香气仿佛刻在了她脑子里，让人难以忘怀，但给人的感觉很舒服。

谢舒捧着手机想了想，打字发过去："傅同学心灵手巧。"

她是真情实感地在夸人，之前他送来饼干、蛋糕，还请她吃了顿海鲜面，现在又解锁了一项新技能——缝制香包。

不过才两三个月，他就给了她好多次惊喜。

谢舒陷入回忆，眼里弥漫着笑意，嘴角上扬的弧度逐渐明显。

忽然，手机振动了一下，她连忙低头看，是傅明遇的回复："谢谢，那我继续努力。"

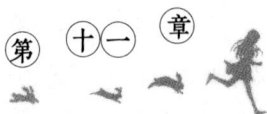

第 十 一 章

端午节过后是周三，正好有课。这天还是傅明遇开车，谢舒晚了两分钟才下楼。

她匆匆拉开车门上车，忙道歉："不好意思，我来晚了。"

"不晚，来得及。"傅明遇等她系好安全带后才启动车子。

谢舒从包里拿出两袋东西，是小小的奶黄包，还热乎着，看起来是刚蒸好就急急忙忙装进了袋子里，保鲜袋里都闷出了一层水珠。

"你吃早餐了吗？还吃得下吗？"她问完，然后把其中一袋递给傅明遇，说，"我早上蒸了奶黄包，这袋给你。"

傅明遇其实已经吃过早餐了，但还是从她手中接过奶黄包，笑着说："谢谢。"

谢舒捏了捏袋子里的奶黄包，拿出一个准备吃，说："也不知道好不好吃？"

她咬了一小口，然后评价："还不错。"

车子开出小区，接下来有一段好几千米的直行路。

谢舒低头拿第二个奶黄包时，余光注意到被傅明遇放在中间储物柜上的袋子，忽然意识到了什么，懊恼道："我忘记了，你开车就不方便吃早餐了。"

傅明遇双手握着方向盘，"嗯"了一声，只说："等会儿到了再吃。"

"那可能就冷了。"谢舒有些不忍。

四十分钟的路程，车里又没有保温盒，奶黄包装在塑料袋里冷得很快。

谢舒皱眉道："早知道我就用保温壶装了。"

傅明遇目光专注地看着前面的路况，听到她的话，又忍不住勾唇说："那我开快一点儿，争取趁它冷了之前到学校。"

谢舒低笑一声，吃了两口奶黄包，感觉有点儿噎。

"牛奶还是在前面的抽屉里。"

谢舒早上出门时顺手带了水杯，只不过身体比思维反应快，待她反应过来，已经习惯性地拉开了抽屉。

她讪讪一笑，又把抽屉关上。

傅明遇余光瞥见她的动作，疑惑道："怎么了？"

谢舒从包里拿出杯子，说："忽然想起我今天带了水。"

傅明遇问："不喝牛奶了吗？"

"这不是自己带了水嘛，我也不好意思再蹭你的牛奶呀。"谢舒半开玩笑地同他说。

"可是……"他停顿了两秒，轻声说，"这就是为你准备的。"

谢舒拧瓶盖的动作顿住，他的这句话在她脑海里炸开，又不断回响着。

她没想到他会忽然这么直白，一时间不知如何开口，支支吾吾道："哦，这样吗？"

"嗯。"傅明遇淡淡地说道。

"那我就收下了。"谢舒轻轻勾起唇，没有拒绝他的好意，心情反而因为自己的这个决定有些愉快。她说，"谢谢。"

开了车窗通风，早餐余留的味道也渐渐散去。

只是，谢舒敏感的嗅觉又闻到了另一种淡淡的香味。

她视线微移，很快便看到了车里的挂件。其中，那红底金丝刺绣的香袋格外显眼。

与傅明遇送给她的那个粽子香包不同，这个是香袋，没有香包那么立体。

谢舒盯着香袋看了好一会儿，总觉得这个香袋有几分眼熟，转头问他：

"这个也是你前两天做的吗？"

如果没有记错的话，之前车子里应该没有这个挂件。

"嗯，假期里做的，今天刚挂上去。"

注意到她盯着这个香袋看了好一会儿，傅明遇以为是有什么问题，问："香味是不是太浓？"

谢舒摇头，笑了笑，说："没有，香气淡淡的，这样挺好。"

见她喜欢，傅明遇将早就想好的话说出："我那儿还有一个，是孔雀蓝色，也适合挂车里。"

谢舒听懂了他的意思，愣怔片刻，反应过来后大大方方地应下："好啊，那我就收下了。"

香袋随着车子行驶小幅度地晃动起来，谢舒忍不住伸手轻轻碰了一下，眼睛笑得弯起来。

她轻声道："真好看。"

六月的天已经开始热了，直到太阳下山，热气才褪去，晚风渐渐变得微凉。教室里闷热，不少人都脱了外套。

下课离开时，谢舒才发现傅明遇将外套拿在手里，身上只穿了一件短袖。

她感觉到一阵凉风迎面吹来，忍不住疑惑道："现在穿短袖不会冷吗？"

"不会。"

说话间，二人走出教学楼。谢舒看着路上不少男生都是短袖短裤打扮，微挑眉，笑道："好吧，果然男生和女生对温度的敏感程度不同。"

二人在学校吃了晚饭才走，到小区后上楼分别回家。

几分钟后，谢舒刚进厨房准备烧水喝，房门又被敲响了。

她放下蓄满水的水壶去开门，看到门外是刚刚才分别的傅明遇，一脸茫然地问："怎么了？"

"说好要送你的。"傅明遇微笑着伸出手。

谢舒这才看到他手上的香袋，和早上在他的车里看到的那个挂件款式相似，只是颜色不同。

谢舒突然记起，他早上说了要送自己同款挂件。

她轻轻地"啊"了一声，咬住下唇，眼里闪过一丝惊喜。她从他手里接过香袋，说："上完一天的课，我差点儿忘了这个。"

见她脸上洋溢着欢喜，傅明遇心一软，目光不知不觉柔和下来。

"这个也好有特色呀！我很喜欢！"

谢舒的目光紧紧定在香袋上。这个香袋是孔雀蓝的布料做底，配以金丝云纹，线条纹饰古韵十足。

她爱不释手地轻轻摇晃着精致的香袋，然后抬头对傅明遇说："我明天就去挂上。"

"谢谢。"

忽然听到他的话，谢舒神色一愣，茫然地看向他，说："你怎么……"

傅明遇微笑着指了指她手上的香袋，说："替它说谢谢你的喜欢啊。"

谢舒微仰起头，看着他的眼睛。当确定他真的没有在开玩笑，而是很认真地说出这句话后，她下意识地跟着回复："不……不用谢？"

她话音刚落，两个人互相看着对方，然后一起忍不住笑出了声。

谢舒把香袋放到茶几上，然后去厨房给水壶摁下开关，准备烧些热水泡茶。

她坐回沙发上看到香袋，脑海里忽然闪过些什么，来不及抓住细究。

谢舒重新拿起香袋，再一次仔细观察，脑海中那个模糊的猜想越发清晰起来。

香袋，孔雀蓝香袋。

"不会吧……"她自言自语了一句，又倏地起身，拿着香袋走向书房。

书房本来是次卧，不过没有放床，谢舒索性直接改造了，用来放书和其他物品。她把从陆家带回来的东西都放进了书房里。

谢舒推开门径直去翻柜子，找出放在最底下的一个铁盒。

里面的东西摆放得很凌乱，她把被压在底下的那个香袋取出，将它与自己刚收到的这个香袋并排放到一起。

即使有些褪色，纹饰也不太一样，但是手工缝制的物品其实很好辨认。谢舒十分确定，这两个香袋是出自同一人之手。

但她没想到事情会如此巧。

五年前她在学校举办的活动上买下这个唯一的香袋，好像注定了五年后她会亲手从傅明遇手里接过一个新的。

她心里忽然生出一个疑惑：傅明遇知道五年前买下他的香袋的那个人是自己吗？

谢舒犹豫着，手指在通讯录上划动了一下又一下，然后，一不小心就拨出了电话。

那边傅明遇忽然接到她的电话，还有些惊讶，但声音已经不自知地放软了一分："怎么了？"

谢舒垂眸，指尖又忍不住去碰了碰香袋，布料摸着柔软细腻，很舒服。

"就是忽然想到一件事，想问问你。"她犹豫着说。

"嗯，什么事？"傅明遇柔声问。

"你以前……"她忽然停顿下来，电话那端的人耐心等着她接下来的话。

"是不是也做过这种香袋呀？"

傅明遇一开始没反应过来。

谢舒解释："就是跟你今天送我的差不多，孔雀蓝色的香袋。"

忽然，低低的笑声透过听筒传来，傅明遇说："你想起来了？"

"嗯，我看到了呀。"谢舒笑着将盒子放回抽屉，然后拿着相似的两个香袋走出卧室，坐到沙发上，说，"虽然这两个香袋还是有点儿不一样，但是我想，总不会真那么巧吧？"

傅明遇的语气有些惊讶："你还留着高中时候的那个？"

"当然，我都好好收着呢。"谢舒以为他不信，说，"等会儿拍张照给你看。"

她忽然想到了什么，微微出神。

傅明遇听她忽然沉默下来，喊了一声她的名字。

谢舒骤然回神，下意识就问："你那个时候是不是就已经知道谁买了你的香袋？"

不知为何，她莫名肯定。

傅明遇微愣了几秒，勾唇应下："是。"

谢舒低声呢喃："怪不得……"

她重新回忆起那天的经过，笑着说："其实那天我去逛了两次，我明明记得第一次没有看到这个香袋，但是第二次去的时候却看到了它。"

傅明遇也回想起那天。那是他唯一一次想做些什么，本来还犹豫不决，可是看到她要过来了，他还是把那个香袋递给同学摆了上去。

他深呼吸了一下，又轻声说："其实，我当时也只做了这一个。"

谢舒被他说得愣神，低头看了看手里的香袋，一时间心情微妙。

傅明遇忽然问："这么久过去，那个香袋的香气应该已经散尽了吧？"

谢舒眨了眨眼，听到他自然地岔开话题，心里松了一口气，忘掉那些奇奇怪怪的感觉。

"嗯，已经没什么香气了。"她闻了一下，答道。

"那要不要拿过来？可以按同样的配比，重新加一些香料。"傅明遇问她的意愿。

"还可以重新加吗？"谢舒觉得惊奇，因为香袋是缝制而成的，按理说是不能更换的。

她翻看了一下旧香袋，问："是要把它的封口拆了，再更换里面的香料吗？"

"对，等换上新的香料以后，再按原样缝起来。"傅明遇说。

谢舒思索片刻，却说："那算了。"

拆了以后重新缝起来，即使是按原样缝制，也不是原来的那个了。

她笑了笑，说："就这样也挺好的。"

智达研究中心携手清大研究院联合研发的 IN 系列新品首次公开研发进度，目前系列新品皆已进入测试阶段，预计在明年第一季度上市。

又因正值毕业季，企划部负责企业对外形象的宣传，于是借此机会拍了一部宣传片，不仅展现系列新品的研发过程，还大力宣传了研究院。

于晴在网上刷到了，拿着手机问谢舒："这就是你前两天说的，你们拍的那部宣传片？"

考试周前一周虽然还有课，但老师都留给学生们自主复习了。

谢舒正在刷题，闻言扭头看了一眼，有点儿惊讶地说："哎，这么快就发出来了？"

谢舒看到发视频的是蓝V官方号，顺嘴问了一句："你还关注了研究院的账号？"

"没，我在首页刷到的。"于晴确定手机已经静音后才播放起视频。

两分钟的宣传片没一会儿就看完了，重新将进度条拉回到某个时间节点后，她用手肘戳了戳谢舒，惊讶地道："你们也上镜了！"

谢舒听到于晴兴奋的语气，刚一转头，就见她将定格的画面放到了自己眼前。

作为研究院新品研发项目组中的成员，谢舒与傅明遇也有个一闪而过的镜头。

于晴将手捂在嘴边，压不住语气里的惊叹："你们竟然还穿白大褂！好飒呀！"

谢舒垂眸看着屏幕，也不知于晴是怎么把一秒钟的画面正好定格下来的。

画面里的背景是实验室，她和傅明遇正双眼茫然地看向镜头，旁边还有他们的同事。

谢舒记得，那天摄影师是突袭，自己当时正跟傅明遇说着事情，听到动静，二人都下意识转头看向镜头，于是就有了这一幕。

她忍不住勾起嘴角，解释道："那是实验服啦。"

"但是好好看啊！"于晴笑眯眯地收回手机，明目张胆地打趣道，"你看，你们穿着白大褂并肩站着，又默契地一起看向镜头，连蒙的表情都如出一辙，就很有偶像剧的画面感！"

"啊？"谢舒一蒙，视线又落回手机屏幕上，似乎是在认真辨识那画面是否如于晴所言。

然后她看向室友，一本正经地问："你近视度数是不是又高了？"

"你怎么知道？！"于晴面露惊讶，习惯性伸手扶了扶自己新配的眼镜。

谢舒没答。

但几秒钟后，于晴结合前后语境，终于意识到了谢舒这句问话的真实含义。她愤愤道："你可以质疑我的视力，但你不能质疑我的眼神！"

谢舒被于晴的话逗笑，轻抬下巴示意，说："行吧，不过不先考虑一下把题解了吗？"又提醒她，"快下课了。"

于晴无奈地将手机放一旁，抓起笔就埋头计算。

谢舒提醒了于晴，可自己反而没有心情去解题了。她忍不住抬头，视线落在侧前方的人身上。

傅明遇坐姿挺直，低头专注于书本，手上拿着笔在一旁的草稿纸上不断写着。

和在研究院办公时的样子很像，但又不一样。至于哪里不一样，谢舒也说不上来，反正都挺赏心悦目的。

大概是察觉到了视线，原本在认真解题的傅明遇停下写字的动作，慢慢转头，目光精准地与谢舒对视。

偷看被当事人现场抓包，谢舒先是愣住，然后满脸窘迫，脸颊开始发烫。

而当事人的脸上却没有任何惊讶与疑惑，他表情自然，还朝她浅浅地笑了笑。

谢舒的心跳突然漏了一拍，不敢与他对视。她转移视线，眼神飘向别处，最终落回到自己的书上。

下课休息十分钟，谢舒出去接了一杯水回来，就见室友们都在捧着手机看，屏幕上播着的都是研究院的那部宣传片。

谢舒问："怎么都在看这个？"

蒋菲菲头也没抬，笑着说："因为听说有你和傅明遇呀！"

"我'安利'的。"于晴抬头冲她眨眨眼。

"哦。"谢舒一脸茫然，坐下后终于反应过来，又转头看向于晴，只见她笑得一脸暧昧。

吃完晚饭，天色还早，谢舒便和室友一起绕着操场散步。

才走了一圈，蒋菲菲看到龚飞过来，毫不犹豫地跟姐妹拜拜，陪男朋友去了。

距离放假只有半个月了，阳光长跑已经截止，所以最近操场上的人不多。

提起放假，于晴立即兴致高昂，直接忽略掉必须经历的考试阶段，问道："暑假有想好去哪儿玩吗？"

另一个室友答："暑假太热了，人还多，不想出门。"

于晴表示赞同，不过话锋一转："但是，这可是我们最后一个暑假了哎！如果不考研、不当老师的话。"

她下意识就说出了倒装句，然后看向还没回答的谢舒。

谢舒歪了歪脑袋，说："我已经没有暑假了。"

"对哦。"两个室友恍然大悟。

于晴问："你就打算在研究院实习到毕业，然后留下？"

谢舒一顿，说："应该吧。"

室友道："那也挺好的，我之前看到过你们公司的招聘海报，待遇很不错。"

于晴点头说："毕竟那是智达和我们学校合作的公司哎！"

谢舒看向于晴，轻声问："那你呢？有什么打算吗？"

她知道另一个室友已经开始准备考研复习了。

"我还在犹豫是留在清城还是回老家。"于晴叹了一口气，说，"好难选哦，还会影响我对实习公司的选择。"

三个人聊着未来发展，忘了时间，直到操场边的路灯亮起，才发现已经六点多了。

而另一边，龚飞刚把女朋友送回宿舍，他似乎有什么想说的，把人送到楼下了还磨蹭着不肯道别。

蒋菲菲见他欲言又止的模样，问："怎么了？还有什么事要说吗？"

"就是……"

蒋菲菲晚上要看一场直播，虽然时间还没到，但见不得他拖拖拉拉，催促道："不说我就上去喽。"

龚飞扶额，表情无奈地问："就是，谢舒和傅明遇最近怎么样？"

感受到女朋友的目光一瞬间变得危险，他立即举双手表示清白，乖乖解释道："是陆嘉言叫我帮忙来打听一下。"

"啧。"蒋菲菲撇撇嘴，没好气道，"他问这些干吗？"

"你这不是明知故问嘛！他会问，那肯定是还想和谢舒复合呗！"

不然为什么要打听她和别人的关系进展。

"呵呵。"蒋菲菲勾了勾嘴角，冷冷地说，"早干吗去了，他这种行为放在小说里，是要被读者骂'迟来的深情比草贱'的！"

"这……这么严重吗？"龚飞一听惊呆了，又下意识帮室友说好话，"其实陆哥人挺好的，跟谢舒也挺般配！"

蒋菲菲一脸不赞同地说："谢舒现在和傅明遇挺好的，而且，我们都看得出来她现在要比以前更开心、轻松！"

她又提醒男朋友，不要再帮陆嘉言打听了，做这种事纯粹是吃力不讨好。

"他之前帮过我，我们又是室友，这次就当还个人情。"龚飞连连点头，表示就这一次。

龚飞知道这个答案不是陆嘉言想听的，于是没有立即告诉他，直到他打电话过来问。

龚飞拿着不停振动的手机走出教室接通，犹豫了几秒后，还是把话传过去："菲菲说，他们两个人关系挺好的。"

至于好到哪种程度，谁也不知道。

在很多人眼里，谢舒和傅明遇可能只是朋友，最多就是住得近且关系不错的朋友。

但是自认为最了解谢舒的陆嘉言，此时心里产生了危机感。从他看见傅明遇的第一眼开始，这种感觉其实就已经在他的心底埋下。之前他没有在意，而如今已强烈到让他心慌又害怕。

他的思绪第一次这么混乱，心情又无比烦躁。他随手将手机扔到桌上，然后对着电脑屏幕出神。

"咚咚咚。"敲门声响起，陆嘉言的眼神这才慢慢聚焦。

他抬手揉了揉眉心，然后摁下开锁键。

宋博远推门走进来，开口问："怎么锁门了？"

"嗯。"陆嘉言没有解释的意思，转而问他，"有什么事吗？"

宋博远指了指自己身后的人，在沙发上坐下，说："是嘉真的事，之前吃饭的时候不是和你提过一次吗？"

他们吃饭时大多是在聊工作上的事，陆嘉言早忘了有什么事是关于宋嘉真的。他下意识皱眉思索，但没想起来。

宋嘉真跟着坐下，一副不好意思的模样。她先看了看宋博远，好像才有勇气说出来："就是想请嘉言哥帮个忙。"

帮忙。

这个词在这一刻出现，令陆嘉言莫名想到了之前那些事，想起了谢舒说过的话。

"嘉言哥？"宋嘉真见他没回应，又唤了一声。

"嗯。"陆嘉言收回思绪，问，"什么事？"

宋嘉真咬着唇，问得小心翼翼："能不能请你假扮一下我的男朋友？"

陆嘉言皱眉，觉得她很奇怪。

宋嘉真解释："家里想让我和李浩东订婚，可是你知道李浩东那个人是什么品性，他一个月换一个女朋友就算了，之前出去玩还……还被抓过，我怎么可能和他在一起呢！"

陆嘉言听得一言难尽，看向宋博远，问："你没和你爸妈说李浩东是个什么样的人？"

宋嘉真的父亲和宋博远的父亲是两兄弟，但宋嘉真的父母早早就生病去世了，所以如今宋博远的父亲是宋家的掌权人。

"说了。"宋博远也是无奈至极，坦诚道，"但李浩东的外祖父家是陈家。"

陈家从政，陆嘉言瞬间懂了。

当下宋氏集团的事还没解决，他们病急乱投医，把陈家认成救命稻草了。

宋嘉真满眼期盼地望着他，恳求道："所以，嘉言哥能不能先假扮一下我的男朋友，伯父看在陆家的面子上，暂时就不会逼我了。"

陆嘉言还没表态，宋博远就先迫不及待地补充了一句："如果你答应，我可以把我持有的二分之一的公司股权转让给你。"

气氛一下子变得凝固。

宋嘉真面上不安，可心里自信，凭着哥哥与陆嘉言的情义，还有那部分股权，他怎么会不答应？

但宋博远看着好友的表情，心里忽然没底了。他不知道谢舒有没有和他说过什么，不知道他是不是知道什么了。

陆嘉言看着这两兄妹充满期待地等着自己回答的样子，心中有些恍然。他垂眸，淡淡地说："这个忙我帮不了。"

话音刚落，宋家兄妹的神情皆是惊讶与错愕，对他的回答难以置信。

宋博远将一句要出口的"为什么"硬生生地憋了回去，说："只是请你暂时假扮一下嘉真的男朋友，不会对外公开，单纯就是为了让我爸妈放弃联姻的想法而已。"

"是呀！"宋嘉真没想到这次陆嘉言会拒绝帮忙，有些急切地说，"只是先假扮一下而已。"

陆嘉言看着面前这两个人，脸上没有其他表情，但眼里情绪凝重。

他不知道自己什么时候给了他们错觉，让他们觉得自己会答应这样的要求。

"我相信还有其他的办法。"陆嘉言抿了抿唇，与宋嘉真对视一瞬，语气坚定，"但是这件事，我不可能帮忙。"

宋嘉真心一紧。陆嘉言那个眼神没有波澜，却仿佛能看透她心里的想法。

"什么事？"

"……请你假扮一下我的男朋友……家里想让我……"

"什么声音？"

"教室外面有人在说话？"

"是不是谁在偷偷看剧？"

"不像剧吧，这声音好耳熟……是不是在打电话？！"

前后几个学生叽叽喳喳，一时间好奇心上来，又张头探脑地四处寻找声音的来源。

龚飞本来也有些疑惑，可脑海中忽然闪过什么，倏地捂住口袋。

他的第一个反应：不会吧？！

第二个反应：完了！！

这天班主任临时通知要开期末考风考纪主题班会，在校的学生都要到场。

龚飞出去接了陆嘉言的电话，回来时见班会已经开始了。他急忙回座位，随手就把手机放进了口袋里。

他以为陆嘉言已经挂断电话，却不知道陆嘉言听了他说的消息后早没心思管手机，只随手一扔。

于是，陆嘉言那边的谈话直接传到了教室里。所幸声音不大，只有临近的几个同学听到了。

龚飞慌慌张张地拿出手机，周围还在寻找那奇怪声音的同学看过来，也发现那对话声随着他拿手机的动作突然变大了。

"是谁呀？"

"没谁。"龚飞什么都不敢透露，迅速挂断电话，然后又把手机放回口袋里。

但坐他旁边的男生眼尖，只趁这一会儿工夫就看到了屏幕上的名字。

"陆嘉言？怪不得声音那么熟悉。"男生惊讶，又瞥了一眼讲台，见老师没注意到自己这边，他又继续嘀咕，"那个女声也很熟悉。"

男生想了想，突然叫了两声："是不是宋……"

前桌的女生扭头凑过来，一脸"我就知道"的表情，压低了声音说："肯定是，我就说之前宋嘉真对陆嘉言的态度很不对劲！"

另一个人也道："是呀，她很多事的做法都超出了朋友的界限。陆嘉言不是在和机械学院的谢舒谈恋爱吗？偏偏宋嘉真还要故意凑上去，啧。"

女生撇了撇嘴，说："就她那点儿小心思，谁看不出来。"

"偏偏男生看不出来呀！"

"哪里是看不出来，明显就是他们自我蒙蔽，给别人跨越底线的机会！"

有男生不服气，小声说："不能一棒子打死所有男生吧！"

女生敷衍地点头道："行、行、行。"

龚飞和室友却抓住了另一个重点，问："你们怎么知道陆嘉言和谢舒在谈恋爱？"

女生翻了一个白眼，说："是个人都能看得出来好吗！"

龚飞和室友："……"

他们的对话引起了周围不少人的注意，此时纷纷点头，又竖起耳朵接着听八卦。

蒋菲菲私下把陆嘉言叫龚飞过来打听近况的事发消息告诉谢舒，最后又加了一句："我怎么感觉他对你还念念不忘呢？"

看到消息，谢舒下意识皱起眉头，也自动忽略了最后那条消息。她回复："不用管他。"

蒋菲菲很快就回："嗯，我也和龚飞说了，不准再帮他打听了！"

傅明遇放下文件，抬头看到对面的谢舒一脸严肃地看着手机，眉头微皱，神色不愉。

他双眸微动，最终还是没有出声打扰她，又重新拿起文件看起来。

"抱歉，刚刚回了一个消息。"谢舒放下手机，敛去眼底的情绪，表情恢复自然，问傅明遇，"你看完觉得怎么样？"

傅明遇点了点头，将笔记本屏幕转向她，起身坐到她旁边说："可以，就是有几处……"

两个人都迅速进入正常工作状态，半个小时后才结束讨论。

他们从会议室出来，走到办公室，却发现同事消失了大半。

谢舒看了一眼腕表，距离下班还有两个小时，好奇地问："下午有什么活动吗？怎么人都不见了？"

李工头也没抬，一只手摁着键盘，一只手握着鼠标在画图，搭话道："帮忙搬下午茶去了。"

谢舒"哦"了一声，拿着文件转身去找组长。不过组长办公室里也空无一人。

"组长也去帮忙搬下午茶了？"她出来问。

同事道："组长都去开会了，应该是要说团建的事。"

说话间下午茶送到了，办公室里一下子热闹起来。大家分了奶茶与甜点，一边吃吃喝喝，一边闲聊起来。

谢舒拿到的是巧克力蛋糕。她先舀了一勺吃，蛋糕口感湿润软绵，但是奶油偏甜，她只吃了两口就放下勺子，捧着果茶喝起来。

傅明遇注意到她的动作，问："不好吃吗？"

"太甜了。"谢舒忽然又想起什么，脸上笑意明显，声音却轻了几分，像是在说悄悄话，"没有你做的甜点好吃，我喜欢你做的那个巧克力蛋糕。"

傅明遇目光微闪，勾了勾嘴角，说："那晚上回去再做给你吃。"

谢舒闻言心动，不过想到自己手里捧着的是什么，又无奈地摇了摇头，道："今天不了，再吃下去摄糖量要超标啦！"

傅明遇微笑颔首表示明白。只是下一秒，他就将自己那份蛋糕推过去，试探性地问："要不要试试柠檬慕斯？这个应该不会过于甜腻。"

谢舒没有立刻回答，反而看着漂亮的柠檬慕斯问："你不吃吗？"

"甜点对我来说不是必需品。"傅明遇平淡地说。

谢舒觉得哪里不对，疑惑地看着他说："那你烘焙的饼干、蛋糕……"

"那算是兴趣爱好。"傅明遇的话也不算撒谎。

谢舒缓缓点了点头，看了一眼桌上的慕斯，又慢吞吞地抬起头，小声提议道："那要不我们一人一半？"

她指了指自己桌上的巧克力蛋糕，表情有几分不好意思地说："如果你不介意的话，我的也可以分你一半。"

"好啊。"傅明遇回答得毫不迟疑。他去洗了水果刀，然后将两份蛋糕切分好。

这边二人的动静引起了注意，有几个年轻同事看过来，说："小舒、小傅，你们别说悄悄话了，快过来一起给我们团建素拓出出主意。"

谢舒握着勺子抬起头，向看过来的大伙儿露出一个笑，问："组长，团建是什么时候呀？"

"下个月月初。"组长说，"具体日期还没确定，领导们也都想找个不那么热的日子。"

听到这儿，同事们纷纷接话——

"现在才六月就热得不行了，更别说七月了，最高温肯定都在三十摄氏度以上。"

"这么热的天可千万别去登山哪！百分百是要中暑的！"

"我看智达其他公司每年的团建都是户外拓展，但人家都选在春秋，我们怎么就定在夏天了！"

"如果是室内还好些，有空调最好了！玩玩游戏、看看电影，团建也有趣。"

"那不如选在咱们楼下活动室喽，那地方也大，还有投影！"

"只有吃吃喝喝玩玩，那就不叫'素拓'了呀！"

见同事们讨论得热火朝天，谢舒抿唇笑着，低头继续享受柠檬慕斯。

她悄悄抬头看向傅明遇，结果猝不及防对上他的目光。

傅明遇笑了笑，问："怎么了？"

谢舒："……"

她其实就是在吃柠檬慕斯的时候想到这本来是傅明遇的，潜意识驱动她抬了一下头。

她胡乱扯了一个话题："你觉得团建是去室内好玩，还是室外呀？"

"我之前没参加过团建，所以可能给不出答案。"傅明遇反而将问题抛回给她，"你觉得呢？"

听到他说从来没有参加过团建，谢舒有几分惊讶，不过神色很快放松下来，介绍道："我们大一刚加入学生会的时候都要参加团建素拓，不熟悉的十来个人组成一队，然后学长学姐会在学校各个地方设点，我们需要前往完成每个地点的游戏项目。"

"那好玩吗？"傅明遇问。

谢舒有几分迟疑，然后诚实地说："那个时候只觉得那些团队游戏都好难！"

傅明遇被她的表情逗笑，说："不过听起来好像挺有意义的？"

谢舒没有否认。她忽然想到一个问题，说："我们七月的第一周是考试周，不知道会不会和团建的时间撞上？"

傅明遇也想到了这个问题，说："如果时间撞上的话……"

谢舒双眸一亮，小声说："如果时间撞上了，那我们就不用去了！"

见她这么兴奋，傅明遇的话有些说不出来了，慢吞吞地说："但是，也存在另一种可能。"

研究院可能会根据学校那边的时间做出调整，把团建日期安排在考试周之后。

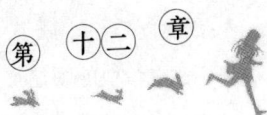

第 十 二 章

研究院把团建时间定在了七月第二周的周末，地点在清城的度假庄园。这次团建旨在体验与享受，也取消了素拓活动。

听到没有了素拓，大家也都忘了要抱怨周末被占用，先松了一口气，然后纷纷讨论起那个度假庄园的好玩之处。

连一向很少参与话题讨论的李工这次也点了点头，附和道："可以，这次终于不折腾了。"

李工毕业后就进入了智达研发中心，今年年初才调到这边。他前几年都参加了智达传统的素拓活动，对此深有体会。

谢舒听到团建时间，第一反应就是回头看向座位后面的傅明遇，小声道："真被你猜中了。"

他上次就说研究院大概率会把时间安排在考试周之后，因为研究院里还是有不少清大师生在参与项目，负责人肯定会考虑到一点。

有位同事去年去过庄园，她说里面可以钓鱼、采摘草莓，还有温室植物园、观星台等。

傅明遇笑了笑，说："听起来是一次很有趣的团建。"

谢舒也去过庄园，不过那时是参加沈娴某位朋友女儿的订婚派对，现场的布置很有欧洲庄园的风格。她想了想，说："这次应该就是去享受放松的。"

"那我已经开始期待了。"傅明遇笑道。

谢舒看到他眼里满是笑意，也不自觉地笑起来："我也很期待。"

不过在愉快的团建时光到来之前，他们还得先经历四天六场期末考试。

周一有两门考试，谢舒中午回了宿舍休息。下午去教学楼的路上，她刚好遇到了同去考试的电信学生会的某位部长。

两个学院之前合作了心理月活动，所以谢舒认得对方，对上视线时，对她微笑着点了点头。

原以为这样就算打过招呼了，结果对方忽然上前两步，与谢舒并肩一起走，还说："谢舒，我问你点儿事情。"

谢舒点头道："嗯，什么事情？"

女生问："你认识宋嘉真吧？"

"嗯，我知道她是你们学院的。"

"那你知道她喜欢谁吗？"那女生意味深长地问。

谢舒沉默下来，片刻后礼貌地笑了笑。

女生别具深意的目光落在谢舒脸上，见她什么也不说，只好笑着道："我就八卦一下啦。"

谢舒一路微笑着保持沉默。走到教学楼下，她指了指另一个方向，说："我先走了，准备考试了。"

女生见问不出什么，但其实也懂了，挥了挥手说："好，考试加油。"

路上的这个小插曲，谢舒没有与任何一个人说。她觉得没必要，转头就抛到了脑后。

最后一门考完出来的时候，所有人脸上都是轻松和欣喜。

谢舒和室友一边下楼，一边聊到放假后的安排。

"你们真不跟我一起去溪南玩吗？"于晴又一次发出邀请，"那边可是有名的世外桃源哎。冬暖夏凉，很好玩的！"

可惜同寝室另外三个人在七八月份都各自有事要忙。

于晴噘着嘴，遗憾地叹气。

到了教学楼外，室友们要回宿舍收拾行李回家，谢舒挥手与她们道别。

等谢舒身边的人都走了，跟在她身后一直不远不近保持着一米距离的傅明遇这时才走上前，与她并肩，问："那我们就直接回去了吗？"

谢舒眼珠子微转，想了想，却问："现在几点了？"

"三点十二分。"

"那时间还早呢。"

谢舒往前走一步，两个人站到了阳光下，有些晃眼。

她连忙抬手挡了挡光，双眸微眯起来，说："既然都在市中心了，要不去逛一逛吧，顺便吃完晚饭再回去，也省得点外卖了。"

谢舒没听见傅明遇回答，转头正要看他。忽然，她头上覆下一片阴影。她下意识抬头看，是傅明遇撑起了伞。

她惊讶道："你带伞了呀。"

傅明遇点头，说："嗯，一直放在包里。"

他又说："走吧。"

"啊？"谢舒还在抬头看他的太阳伞，一时没反应过来。

傅明遇道："去恒星广场还是去哪儿？"

"哦。"谢舒跟上他的步伐，回答他刚刚的问题，"去近一点儿的吧，就东商务区好了。"

她忽然又想到什么高兴的事情，笑起来眉眼弯弯，一边走一边说："最近是暑期档，有不少喜剧片上映，有几部我看预告片还挺有趣的。"

时间还早，她提议看一部喜剧片来消磨时光。

傅明遇当然不会有任何意见，谢舒才刚一提，他就打开手机购票软件看哪个场次适合了。

二人坐上车，谢舒系好安全带，见傅明遇捧着手机看得认真，也凑过去瞄了一眼，说："我们到那边大概只要十多分钟，半个小时之后有场次吗？"

"有。"傅明遇点开三点五十五分那个场次的电影选座页面，然后把手机递给她说，"你来选，我先开车。"

谢舒动作自然地接过，垂眸看到屏幕上只有两个位子已售。

空位很多，没什么好挑的，她勾了两个并排的位子，然后征询他的意见："那我们就选最佳观影位吧，怎么样？"

傅明遇点头道："好。"

得到他的回答，谢舒直接拿着手机进入下一步购票操作。输完密码，界面却提示错误，她愣了半秒才想起来，这不是自己的手机，一时间无奈又好笑。

傅明遇瞥见她的表情，问："怎么了？"

"我刚刚还以为这是我的手机，直接就输了密码，我还在想它怎么会提示我密码错误呢！"谢舒把自己的手机从包里拿出来对比了一下，两部手机是一个牌子系列，外壳也都是纯黑的，怪不得会认错。

傅明遇刚好把车开到校门口停下，前面还有两辆车，需要排队等一下。

傅明遇转头就见谢舒正举着两部手机找不同。她的眼睛稍稍睁大，眉梢扬起，多了几分灵动。

他被她这个认真又可爱的举动逗笑，调侃道："那是我手机的错，要不我现在换个密码？"

"啊？"谢舒愣愣地抬头看过来，见他眼里是抑不住的笑意，忽然反应过来他是在打趣自己，表情顿时变得无奈，可下一秒又忍不住笑了。

突然，一部手机振动起来，屏幕也变成了来电界面，上面显示"杨子默"。谢舒差点儿又忘记这不是自己的手机，连忙递给傅明遇，还说："有电话。"

这个时候车前的队伍动了，傅明遇只匆匆瞥了一眼来电提示，手缓缓转动方向盘，跟上前面的车辆。

他稍稍偏头对她说："先帮我接听一下，打电话的是上次你见过的那个男孩子。"

"哦，好。"谢舒其实刚刚看到来电显示的时候就认出来了。

她按下接听键，电话刚接通，对面的小朋友就先喊了一声"哥哥"。

谢舒不自觉地放柔了声音："你好啊，杨子默，你哥哥现在在开车，所以我帮他接一下你的电话，我是……"

她还没自我介绍完，那边的杨子默就立即接话道："我知道，你是和哥哥住在一起的谢舒姐姐！"

谢舒接通后就顺手开了免提，结果没想到他会如此语出惊人。

她听完瞬间就感觉浑身发热，脸颊烫得尤其明显。她赶紧闭了闭眼平复情绪，内心十分想逃避如此尴尬的局面。

谢舒突然听到一声浅浅的笑声，下意识偏过头，发现傅明遇脸上笑意明显，没有一丝尴尬的神色。

果然还是他心态好……

谢舒忽略心里的尴尬，敷衍过去这个话题："嗯，我们只是住在一栋楼里。"

为避免杨子默再说出什么令自己尴尬的话来，谢舒立即问："你找哥哥是有事要说吗？现在他听着呢，你可以直接和他说哦。"

"哦。"一提到哥哥，杨子默就乖了很多。

"哥哥，我现在在你们学校门口，妈妈说你放假了，我可以来找你玩几天。"

"你在清城大学的校门口？！"谢舒的手已经摁下车窗按钮，偏头张望。

"没有看到人呀？"她脸上露出疑惑的神色。

傅明遇问："你现在是不是在校门右边的入口处？"

"嗯！"

半分钟后。

杨子默乖乖地坐上后座，把书包放好后，还给自己系上了安全带。

前后不过十分钟，"二人世界"就这么没了，但车子还是继续开往东商务区。

得知杨子默这次不是离家出走，而是被他母亲派人送来之后，傅明遇没有再问其他的事。

路上，谢舒为了缓和气氛，时不时转头和杨子默聊几句，一不小心就透露了他们原本计划是要去看电影的事。

杨子默懂事地问："那我可不可以和你们一起呀？我也好久没有在电影

院看电影了。"

谢舒下意识就想答应，不过又想起人家哥哥还在，她一口答应下来，要是傅明遇不想答应可怎么办。于是她迟疑了一下，转头看向身边的人。

察觉到她的目光，傅明遇稍稍偏头，朝她笑了笑，说："你决定就好。"

谢舒眨了眨眼，转头跟坐在后座的杨子默说："你想看哪一部电影？"

杨子默在后排把二人的互动全看在眼里，顿时明白了做决定的人是谁。他一听到这个问题，就学着哥哥的话重复："姐姐，你决定就好！"

谢舒没立即决定下来，而是先打开手机查了一下他们本来要看的那部电影里有没有不适合儿童看的剧情。

她翻了不少网友的评论，思索道："网上说这部喜剧挺适合大人带小孩一起看的，那我们就还是看这部吧？"

杨子默忙不迭地点头道："好啊，好啊！"

三楼电影院。

这一场次只有五个人订了票，但直到电影开场，另外两个人都没有进影厅。

所以，一年半载没来过影院不知情况的杨子默看着空无一人的电影厅非常惊讶，问："我们是包场了吗？"

三个人并排坐，按照走进来的顺序，他坐在哥哥姐姐中间。

谢舒给杨子默解释："今天是工作日，所以出来看电影的人比较少。"

他似懂非懂地"哦"了一声。

等主题曲过后，另外两个人才姗姗来迟，在前排找到座位坐下。

杨子默看到前面那两个来晚了的大人，像是发现了什么，忽然扭头对谢舒说："还是有人来看电影的。"

谢舒看着大银幕，闻言瞥了一眼前面举止亲昵的男女生，抬起手比了一个嘘声的动作，轻声解释道："人家是出来约会呀。"

杨子默歪着脑袋想了想，转头看了看哥哥，然后又看向谢舒，认真地发问："那你们也是出来约会的吗？"

小朋友总是对身边的事物很好奇，谢舒如今深有体会。但她不理解的是，为什么每次尴尬的总是自己？

杨子默好奇的表情与求知的眼神让谢舒窘迫到词穷，脸上只能挤出一个尴尬又不失礼貌的笑容。

幸好某人还知道要解围。

"电影开始了。"傅明遇轻轻拍了一下弟弟的后背，只一句淡淡的提醒，却成功地让他乖乖自动静音，终于不再纠结奇奇怪怪的问题了。

同时，傅明遇还示意他跟自己换了位子。

谢舒惊讶地看着傅明遇在自己身边坐下。因为电影背景音很响，他特意转头倾身过来轻声解释："怕他打扰了你看电影。"

他突然凑近，谢舒先是愣了一下，轻眨了一下眼答了一句："哦，好。"

两个小时的电影散场后，杨子默跑去洗手间，谢舒和傅明遇慢悠悠地往外走。

谢舒忽然开口："你是不是没有和家里说你在实习的事情？"

要是知道傅明遇暑假在实习工作，他母亲又怎么会把杨子默送过来？

"嗯。"傅明遇点头。他也意外杨子默的出现，但只说，"刚好明天是周末，就让他在这里玩两天再回去吧。"

谢舒闻言笑了笑，忽然想到杨子默在车后座偷瞄哥哥的画面，他小脸上的表情分明是欣喜雀跃。

她轻声感叹："他很喜欢你呀。"

"嗯？"傅明遇静默片刻，思索道，"如果这个'喜欢'指的是他会听我的话，那应该是的。不过，这难道不是因为他更怕我吗？"

听到这个疑问，谢舒忍不住抬头看向他，笑着反驳："那是懂事呀，小朋友的喜欢是藏不住的。"

她歪着脑袋想了想，肯定地道："不然，他也不会这么开心地过来找你了。"

"那可能……"傅明遇实话实说，"是因为我不会要求他写作业吧。"

谢舒忍俊不禁，看到不远处的杨子默正奔向这边，话题一转，说起等会儿的晚餐。

"那说好的，我来请哦。"见傅明遇要开口，她眉梢轻扬，抢先道，"不要和我抢。"

三个人走出影院，往二楼的餐厅走去。

现在已经快六点了，正值晚餐时间，商场里很热闹，有许多人来来往往。

谢舒看着商场过道两边的各种餐厅，一时间眼花缭乱，选择困难症犯了，问他们："晚上想吃什么？"

"中餐。"回答这两个字的是杨子默。

"好。"谢舒抿唇笑了笑，又看向傅明遇，期待他给出一个明确的答案。

结果却听到他说："你想吃什么？"

很好，问题又被抛回来了。

谢舒环视一周，根据在场三人的喜好和忌口忽略了西餐厅和海鲜之类的自助餐。最后，她带着二人拐入一家名为"清城府"的当地特色餐厅。

江城与清城距离近，所以两地人的口味其实差不多。只不过清城菜偏甜口，连红烧排骨都是糖醋口味，更不用说可乐鸡翅了。

而小孩子大多都爱吃甜的，所以这一顿下来，常年在国外吃面包、牛排的杨子默简直爱上了清城菜。

谢舒起身去结账，杨子默抬头看向旁边的哥哥，表情认真，小声说："哥哥，我知道你为什么这么喜欢清城了。"

傅明遇不知道他怎么会忽然说这种话。

"因为清城的菜真的好好吃呀！"

"哦……"听到是这个答案，傅明遇忽然就笑了，心想，小孩子就是小孩子，这么容易满足。

他没有出声反驳，但表情却是明晃晃地告诉杨子默，他不是因为这个理由喜欢清城。

"还有，我还没说完呢。"杨子默迫不及待地接上话，声音也不自觉地恢复了正常音量，"因为清城还有谢舒姐姐在！"

傅明遇偏过头，抬起头认真地看了他一眼。

有时候傅明遇觉得杨子默被养得过于天真烂漫了，受了欺负也不知道和家里说。但有时候又觉得，他其实什么都懂。

谢舒正巧掀开帘子进来，见兄弟俩看着对方，却沉默着没说话。

她打破僵局，笑着说："今天商场里有套圈活动，小票可以兑换次数，等会儿我们顺便去一楼看看吧。"

小朋友都对此类活动很感兴趣，等到了一楼后，杨子默就自告奋勇去兑换套环。

活动地点在商场正中央，外面围了一圈人，地上摆着各种奖品。

奖品大致可以分为三类：第一类是距离套圈点最近的，有纸巾、钥匙挂件等小物件以及零食大礼包；第二类就是距离稍远些的，有毛绒玩偶、乐高，还有各种生活用品；而第三类，也是套中难度最大的，奖品都是知名品牌的榨汁机、豆浆机等，数量不多，但是由于距离太远，目前还没有被套中的。

参加套圈活动的人在排队，场地旁还围了一圈观众。虽然他们没有参与其中，但好像比参加的人都要激动，参与者套中了奖品，全场就都是欢呼声，没套中与奖品擦肩而过的，观众们也跟着遗憾。

杨子默拿着换来的套环跑到他们面前，犹豫一秒后，还是递给了谢舒。

谢舒没接，微笑道："你们玩吧。"

杨子默却没收回手，转而又递给哥哥。

傅明遇看着他手里的套环默了默，想到了什么，从他手里拿走两个。

杨子默一脸迷茫地看着手里剩下的三个套环，有些不解哥哥为什么没有全拿走。

傅明遇带着谢舒过去排队，然后说："看看想要什么，你自己套。"

杨子默点头："哦，好。"

其实，他是觉得哥哥套中的概率更大。

但是——

杨子默抬头看了一眼正和谢舒姐姐说话的哥哥，很有眼力见儿地选择不说话，自力更生。

现在正套圈的这位穿西装的男士很厉害，一套一个准，现场持续欢呼，谢舒也看得津津有味。

"有喜欢的吗？"

忽然听到傅明遇的声音，谢舒下意识回望了他一眼，又看向场内，脸上绽开浅浅的笑容，说："我觉得都挺好的。"

活动场内有一个终极大奖在最远的角落，发挥稳定的西装男士连续朝那儿扔了两个，却都没中。

"真可惜呀……"

最后一投与终极大奖擦边而过，西装男士最终没有把终极大奖抱回家。

谢舒远远地望了一眼，终极大奖处放着一块牌子，没有显示奖品是什么。她好奇，问工作人员："那个终极大奖是什么呀？"

对方答："只有套中了以后才知道终极大奖是什么。"

"那不就是拆盲盒？"

"您放心，肯定是个惊喜，价值不会小于现场任何一样奖品的。"

谢舒笑了笑，看着这么远的距离，问她："是不是还没有人套中过那个？"

很多人都渴望拿到最大奖，可惜实力与运气缺一不可。

"是。"工作人员点头道，"但我们的奖品也不会重复的。"

傅明遇静静地站在一旁，也顺着她的目光看过去，若有所思。

排队的人不少，但进度很快，没一会儿就轮到了他们。

工作人员指了指地上画的大圈，说："要在这个范围内扔，否则不算。"说完，他就退到一旁。

杨子默先上，选择了距离最近的奖品。他的运气与手法都不错，扔了三个圈，套中了一包纸巾和一包薯片。

"哇！"

"小朋友是高手嘛！"

"三中二，这运气不错呀！"

旁边传来观众的欢呼与夸奖。

杨子默被夸得不好意思，腼腆地低头笑。

谢舒也朝他竖起大拇指，微笑道："收获满满哦！"

她夸完弟弟，也不忘转头去看哥哥的情况。

傅明遇目视前方，眼睛微眯了眯，看起来势在必得。

只是谢舒也不知道他会投哪个，一时间还有些期待。

等那个套圈远远地飞出去，稳稳地落在终极大奖旁边的地面后，她神色一愣，惊讶地转头看他。

就差一点点。

现场惋惜声不断，傅明遇没有受到旁人影响，专注前方，像是在计算和回忆着什么，神色淡定如常。

然后，他在众人的目光下将手里唯一的套圈投掷了出去。

看似是轻轻一掷，但这次，粉色的套圈从其他奖品上方掠过，稳稳当当地套中了全场的终极大奖。

现场安静了数秒，除了傅明遇，此时其他人脸上都是难以置信的神色。

套圈活动持续了一天，工作人员也是第一次见到有人套中终极大奖。

为了不影响剩下的顾客参与活动，立即有工作人员过来把他们带到旁边领奖。

印着"终极大奖"四个大字的纸牌被递过来，谢舒下意识看向傅明遇，谁知对方也正看向她。

两个人对视一眼，她先开口："你套中的，打开看看是什么？"

傅明遇点头接过，把纸牌拿在手里翻看了一下，然后撕开上面一层的贴纸。

谢舒看着他的动作，看到那层贴纸被撕下后纸面上逐个露出来的字，她跟着缓缓读出："明岛两天两夜家庭游。"

傅明遇看到这行字也微微一愣，与谢舒对视一眼，看向工作人员道："这是？"

"恭喜您，这是我们合作的旅行社赞助的免费家庭游，包吃、包住、包机票。"工作人员拿着平板电脑调出旅游详情页面，细细与他说起景点和住宿酒店等。

刚刚带他们过来的女工作人员就站在谢舒旁边。她满眼羡慕地对谢舒说：

"你男朋友也太厉害了吧！"

谢舒没想到会听到这样的感叹，笑容微僵，只觉得脸颊发烫，表情都有些不自在。她有些尴尬地说："我们不是……"

她一时间都不好意思说出"情侣"两个字。

那女生惊讶地"啊"了一声，忙说"抱歉，误会了"。但她脸上没有错认情侣的尴尬，反而满眼好奇地看着他们。

谢舒朝那个女生笑了笑，视线稍稍上移，见傅明遇还在旁边认真地听工作人员介绍，猜测他刚刚应该没有注意到这边的对话。

她浅浅地松了一口气，但不知为何，心里又隐隐有奇怪的感觉。

这个终极大奖的兑换券不可换现金，也不可转让，等登记好办完手续，快八点了三个人才从商场离开。

因为中奖的事，大家都挺高兴的，其中最兴奋的还是杨子默。他把自己套中的奖品送给谢舒，谢舒当然不会厚着脸皮拿小朋友的东西，于是二人上演了一番你推我还。

傅明遇安静地听着二人对话。直到遇到红灯停下车，他稍稍转身，把堆在驾驶座和副驾驶座中间储物柜上的一包薯片塞回杨子默怀里。

"好了，好好坐车，不要动了。"他说。

杨子默抱着薯片，后背乖乖靠上座椅椅背，小声问："姐姐，你真的不吃薯片吗？"

谢舒见事情解决，便顺着点了点头。

杨子默又看向开车的人，轻轻地喊了一声"哥哥"。

傅明遇听到后应了一声："嗯，怎么了？"

杨子默想起这晚的终极大奖，好奇地问："那你们打算什么时候去旅游呀？暑假吗？"

谢舒其实也挺好奇的。不过听到这个问题，她的第一反应是疑惑，为什么要用"你们"？

傅明遇转了一下方向盘，等车辆进入直行道后，像是才反应过来，回了一句："不确定，要看时间。"

杨子默好奇地说："可暑假不是放假了吗？"

闻言，傅明遇与谢舒都沉默下来。过了几秒，他才说："要上班。"

"暑假还要上班呀？"杨子默有些可惜。

傅明遇："嗯。"

谢舒倒是想了想，说："两天两夜，如果放在五一、元旦这样的小长假里，其实刚刚好。"

杨子默遗憾道："但是五一和元旦我都不在国内，那就不能跟你们一起出去玩了。"

傅明遇说："你是未成年人，最好还是在监护人的陪同下出游。"

兄弟俩都沉默下来，谢舒感觉到气氛有些不太对劲，轻咳了一声，开口转移话题。

回到小区，谢舒先走出电梯口，又转身和二人挥了挥手。

杨子默也学着她的动作，乖巧地挥手道别："姐姐再见。"

谢舒又下意识抬头看向旁边的男人。

傅明遇手里正拎着杨子默的书包，见她看过来，微微颔首，温润的声音响起："早点儿休息，晚安。"

电梯门缓缓合上，谢舒还站在原地，过了一会儿后才缓过神转身回家。

她脸上笑容未褪，连脚步都不自觉地轻快起来。

无论是下午的电影还是后来的晚餐，她都很开心。

回到楼上，傅明遇先让杨子默去洗漱，然后自己和母亲打电话。

杨子默洗漱完，从浴室出来找哥哥。

傅明遇正在厨房，见他过来，把一杯加热过的牛奶递给他，问："明天想去哪儿？"

杨子默手里捧着牛奶杯，愣愣地抬头看他。

傅明遇没有催，耐心等着他的回答。

十几秒后，杨子默垂下眼，摇摇脑袋说："我不知道。"

"暑假里，周一到周五我要去上班，所以照顾不了你。周末可以休息，明天和后天刚好可以陪你逛逛清城。下周一上午，你妈妈说了会派人过来接你。"

傅明遇不确定杨子默能不能理解自己的意思，但他还是把所有该说的都解释了。

杨子默有点儿失落，但还是懂事地点了点头。

第二天，吃完早餐出门，杨子默没有问去哪儿。到了楼下的停车场，见只有他们两个人，他问哥哥："谢舒姐姐不跟我们一起吗？"

傅明遇手搭在车门把手上，顿了顿，才说："嗯，她也有自己的事情。"

"哦。"杨子默点了点头，拉开车门上车。

上午傅明遇带着他去了清城藏书楼，中午在附近商场找了家餐厅吃饭。

下午天气炎热，甚至能看到热浪翻涌。在征询过杨子默的意见后，傅明遇取消了去室外游乐园的计划，但一时间又没有下一步行动。

两个人走在商场里，忽然旁边有个穿着玩偶服的人过来发传单。

宣传单配色是蓝色与黄色，上面印刷的字体也很有童趣。

杨子默是被宣传单的颜色给吸引住的，接过后念出上面最明显的标题"少年儿童绘画展览"。

玩偶服里的工作人员是个小姐姐，见他好像有兴趣，于是半蹲下身，和他说："这是我们办的少年儿童画展，里面的画都是小朋友亲手画的。画展就在二楼最东侧的童心画坊，不收门票的，如果有兴趣，家长可以带孩子去看一看。"

最后一句话她是对傅明遇说的。

傅明遇见杨子默双手捏着宣传单，脸上表情看起来好像还挺感兴趣的，于是问："想去看吗？"

杨子默没立即回答，像是认真想了想，然后才点了点头。

傅明遇接过他手里的宣传单看了一眼，说："那走吧。"

电梯至二楼。

路上还能看到不少小朋友都拿着杨子默手里同款的宣传单，好像还有什么纪念品，他们应该是刚看完画展出来。

傅明遇看着前面，找那个画坊，忽然感觉衣摆被拉了一下，低头看去。

杨子默往前面一家餐厅那边指了指，小声说："那里，是谢舒姐姐吗？"

傅明遇顺着他的目光看过去。

那是一家小众西餐厅，暖橘色的灯光将餐桌照亮，营造出一种温馨浪漫的氛围。谢舒就坐在餐厅靠窗的位子，看着对面在说话的男人。

傅明遇视线稍稍偏转，看清她对面的人是谁后，足足愣了两秒。

"哥哥，要去打个招呼吗？"身边的杨子默又伸手拉了拉他的衣服。

"不了。"傅明遇垂下双眸，轻声道，"姐姐现在有事情在忙，我们先去看画展。"

杨子默点了点头。他感觉哥哥的情绪好像一下子变了，于是路上也不再开口说话。

等进了展厅，杨子默很快就被五颜六色的画和画里的故事吸引了注意力。只是傅明遇却始终忘不了刚刚看到的画面。

"我在这里等你。"他没有继续往里走，对跟着工作人员的杨子默说了一句。

"好，那我看完了出来找哥哥。"杨子默应了一声。

旁边休息区的沙发小马扎五颜六色的，一看就是给孩子坐的。傅明遇没过去坐，找了一个不挡路的角落休息。

他拿出手机，下意识地打开聊天界面，盯着对话框看了半天。

和谢舒的上一次对话就在昨天晚上，他问她清城有什么好玩的适合带小朋友去的地方。

谢舒给他推荐了两三个地点，然后，他就顺着这个话题问她要不要一起。

谢舒回："明天和朋友约好了吃饭。

"你们玩得开心呀！"

他忍不住去想，约她的那个朋友是陆嘉言吗？更不敢去想其他有可能的事。

即使傅明遇清楚了解谢舒的性格与选择，即使知道她不会回头，但他还是怕，怕那万分之一的可能性，也怕自己又一次晚了一步。

他心中涌起一阵强烈的酸涩，紧紧地握着手机，看着屏幕。

许久之后，他点开对话框，发了一条消息过去："刚刚子默说好像看到你了？"

"叮"的一声，忽然响起的新消息提示音打破了这里的平静。

谢舒拿起手机看了一眼，发现是傅明遇发来的。等看完内容，她眼里闪过一丝惊讶。

她回复："你们也在中心商场吗？我在这边二楼。"

傅明遇很快就回："嗯，这边二楼有儿童画展，我带他过来看看。"

谢舒："哦，那真巧。"

对面的陆嘉言看着谢舒拿起手机，不知道看到了什么，下一秒她脸上的神色变得温和起来，与刚刚她面对自己时的冷淡完全不同。

"小舒。"陆嘉言不得不出声。

谢舒微皱了一下眉，放下手机，重新抬起头，认真地看着他说："你要说的事已经说完了，现在可以请你离开了吗？"

这天是陆佳佳约谢舒下午去逛街，说发现中心商场有一家挺不错的西餐厅，于是她们中午就约在这里吃饭。

结果用完午餐，陆佳佳去洗手间的时候，陆嘉言忽然出现了。

他把宋家两兄妹请他帮忙假扮宋嘉真男朋友一事完整地说了，还强调："我没有答应他们。"

谢舒听到这个答案，眨了眨眼，说："哦。"

见她的态度如此平静，陆嘉言自嘲地笑了一下，问："你是不是以为我会答应？"

谢舒勾了一下嘴角，坦白道："是啊。"

她想，宋博远应该是想用"假扮"二字说服他，当然，应该也用上了他们的兄弟交情。

"这样离谱滑稽的事情，我不可能答应。"陆嘉言克制地说。

谢舒低头笑了一声，然后抬头看向他，脸上已经没有什么表情，平淡地说："陆嘉言，那是你的选择。"

　　"你不开心吗？"

　　"我为什么要开心？又或者要不开心？"

　　陆嘉言哽住，心里忽然不安起来。

　　下一秒，他就听到谢舒说："你现在的决定，都与我无关。"

　　谢舒的语气与心情都很平静。因为在这一刻，她终于发现自己真正释然了，也终于不会再因他的任何行为而心神不宁了。

第十三章

陆佳佳回来看到陆嘉言坐在自己的位子上，诧异道："你怎么会在这儿？"

她忽然想到了什么，毫不留情地抬起手就在陆嘉言背上重重一拍，怒道："臭小子，你跟踪我们！"

陆嘉言结结实实挨下这一掌，然后没否认也没承认，只说："这家餐厅是我朋友开的。"

他坐着不动，没有要走的意思。

谢舒感受到对面那道炙热的目光，却不想给予他任何回应。她转头看向陆佳佳，说："你好了？那我们走吧。"

陆佳佳微微迟疑，看了一眼陆嘉言，然后朝谢舒点了点头，说："走吧，我们散步过去，时间也差不多了。"

珠宝展安排在商场附近的酒店三楼，走路五分钟就到了。

她们拿上包起身就走。

陆嘉言也要跟着，这次谢舒还没开口，陆佳佳就先出声提醒他："这个展是要邀请函的，你跟着我们也没用，即使到门口了也进不去。"

陆嘉言闻言拿出手机，打算托人拿邀请函。

谢舒转过视线看向别处，眉头微蹙，一时间心里烦闷得很。

走到展厅门口，陆佳佳签完到要叫谢舒一起进去，但谢舒轻轻拍了一下她的胳膊，示意："你先进去。"

陆佳佳看了看她，又看了看陆嘉言，明白了，说："行，我在里面等你。"

陆嘉言看出谢舒是有话要和自己说，只是他刚走上前，又被她叫到旁边的角落。

谢舒不想再让他跟下去，直接问："你到底想做什么？"

陆嘉言目光定定地看着她，说："我想重新追你。"

"那我拒绝。"谢舒毫不犹豫地回答。她的眼神没有任何波动，没有惊讶也没有感动，直言道，"你的行为让我觉得困扰，所以也请你停止这种追求。"

她如此直白的话让陆嘉言愣了一下，几秒后才反应过来，神色无奈地说："你就不能把我当成一个普通的追求者吗？"

"不能。"谢舒这次依旧没有丝毫迟疑，想也不想，立即就回了这两个字。

"谈恋爱应该是一件让两个人都开心的事，而我们之间发生了太多不开心的事。那些不愉快的过去，即使我不在意了、忘了，也不代表我能再次接受你。"

谢舒从来没有想过逃避他，此时此刻，反而极为冷静地说："我不喜欢拖拖拉拉，也不想再跟你纠缠不清。陆嘉言，我们之间不可能了，这就是我的答案。"

他们的性格，注定了两人之间不会出现那种歇斯底里的画面。

而看着眼前如此果断的谢舒，陆嘉言的脑海里不合时宜地想起了往事。

中考之前，谢家还没出事，而那时候他和谢舒的关系一般。两个人同校不同班，见面机会很少。有一次，他撞见一个男生向她表白，当时她也是这样直白又有礼地拒绝。

那会儿，他只当是看了一场戏。而今天，他成了戏中求而不得的那个人。

陆嘉言似乎听进去了谢舒的话，没有再跟着她们。

陆佳佳进了展厅后就在看门口附近展出的首饰，谢舒走近叫她，她一回头就看到门口的陆嘉言正眼巴巴地望着谢舒。

她还挺好奇谢舒跟他说了什么，能让他脸上露出这样受伤的表情。

谢舒没有提刚才的事，与陆佳佳聊起展厅的珠宝首饰来。但因为陆嘉言的出现，她看展的好心情还是被影响了。

陆佳佳订下了一对耳环和一条项链，和工作人员叮嘱完，转过身找谢舒。

见好友兴致缺缺，陆佳佳笑着问："都没有喜欢的吗？"

谢舒笑了笑，说："我比较喜欢欣赏。"

"那带回家慢慢欣赏呀！"

谢舒摇头道："买下来也没什么机会戴，我的工作不适合戴这些。"

陆佳佳却不赞同地说："我们今天出来约会看展，不就可以戴吗？"

谢舒随意地瞥了一眼旁边的展柜，里面是一副耳环，设计简约，但价格不简单。

她也知道陆佳佳是好意，笑了笑，说："我那儿又不是没有首饰了，太多了也戴不过来，放着没什么用。"

谢舒挽过她的手，岔开了话题："走吧，我们再去里面看看，你不是说要给阿姨买生日礼物吗？"

"对，这件大事可不能忘！"

谢舒到小区的时候，时间已经过了七点。

下午从珠宝展出来，谢舒本打算回去，结果陆佳佳临时起意，拉着她回自己的餐厅吃晚饭。

厨师给二人准备了牛排和意面，因为天热，谢舒胃口不好，没吃多少。

下车的时候，手机有新消息进来的提醒，谢舒打开来看。

傅明遇："新出炉的橙子蒸蛋。"

他还配了图，香橙被放在瓷碗里，看起来像是特意选了位置拍的，滤镜和构图都很吸引人。

谢舒放大图片，看着屏幕笑了起来。她瞬间就明白了他的意思，但偏偏又忍不住问："这是要请我试吃吗？"

消息才发过去没几秒，谢舒一边往里走，一边等回复，不料对方直接打了电话过来。

看着屏幕上忽然跳出的来电提醒标志，谢舒微愣，然后摁下接听。

傅明遇说："你回来了？"

谢舒走到电梯口，碍于旁边有其他住户，将说话的声音放轻了些："嗯，刚到楼下。"

"要不要直接过来？橙子蒸蛋也刚刚从烤箱里拿出来。"傅明遇说。

谢舒沉默了一秒，故意说："可是，我吃过晚饭了。"

"那这不正好是饭后甜点？"

他话音刚落，谢舒还没说什么，就先听到那边的杨子默应和了两声"是呀"。

"有道理哦。"谢舒走进电梯，摁下楼层数。

傅明遇低声轻笑，说："来吧，刚好做了三个橙子，请你帮忙一起解决。"

温和的声音透过听筒钻入耳间，谢舒难以拒绝这美好的邀请。

直到电梯停下，门缓缓打开，她才轻轻回了一声："好。"

餐桌上整齐地摆放着三份漂亮的橙子蒸蛋，谢舒看到后有些惊讶，下意识问："你们怎么还没吃？"

杨子默已经先坐好了，闻言立即回答："等你呀！"

傅明遇从厨房出来，将勺子分给二人，解释道："拍照片的时候才从烤箱里拿出来，刚刚太烫了，现在放凉了，味道应该会好一些。"

杨子默已经迫不及待地开动起来。

"好香呀！"谢舒先闻到浓浓的橙香，仔细闻还能嗅到隐藏在橙香之中的蛋香和奶香。

"是不是还加了牛奶？"

"嗯。"傅明遇看着她说，"试一下口感如何？"

谢舒点了点头，拿掉装饰用的橙子顶部，迫不及待地尝了一口。

嫩滑的蒸蛋仿佛入口即化，又带着橙子的清香，清甜不腻。

谢舒忘记了傅明遇的问题，不过她微弯着眼睛享受美食的表情，已经给了他最好的回答。

杨子默也被这道甜品俘获了心，连吃了三口才缓下速度。他看看哥哥，又悄悄看了看谢舒姐，忽然说："姐姐，我和哥哥下午看到你了。"

谢舒闻言抬起头，笑着说："嗯，是呀，我今天也和朋友去了中心商场。"

小朋友"哦"了一声，转头看向傅明遇说："哥哥，我想去客厅看电视。"

傅明遇点头，指了指他碗里的橙子蒸蛋，说："吃完就去洗漱，九点睡觉。"

"知道了。"杨子默应了一声，迫不及待地捧着碗离开。

少了一个人，再加上客厅那边的电视声音传来，衬托得餐厅的气氛更加安静。

傅明遇忽然开口："中午……"他只说了两个字，就没说下去了。

谢舒茫然地抬头，与他短暂地对视后，他又垂下眼。

"中午怎么了？"她心里疑惑。

话一出口，谢舒脑海中灵光一闪，忽然想到，傅明遇发消息过来时，好像正好是陆嘉言在餐厅和自己说宋家两兄妹找他的事。

"中午在餐厅看到了你和他。"说出这话时，傅明遇紧紧地捏着勺子。

谢舒立刻明白了傅明遇说的"他"是陆嘉言。她眨了眨眼，说："哦，我跟朋友约了在那家餐厅吃饭，他是忽然出现的，说有事情和我说。"

她也不知道为什么，下意识简单地解释了一下。

"哦，这样啊。"傅明遇心里松了一口气，脸上的表情也随之发生变化，眼里的紧张褪去，重新浮现笑意。

谢舒没有错过他脸上的表情变化，看着他眼底泛过愉悦，这一瞬间，总感觉有什么要从心里破土而出。

她眼睫一颤，连带着呼吸都放轻了些，看着他，鬼使神差地问了一句："我怎么感觉，听到这个答案，你好像很庆幸的样子？"

问完，看着因为这话而愣住的傅明遇，谢舒也愣了一下。

她意识到自己这个问题好像超越了什么界限，或许，她不应该多问这一句的。

只是那一瞬间，是本能反应。

谢舒匆匆低头，舀了一勺蒸蛋塞进嘴里，压下心里那些奇奇怪怪的情绪，想用沉默转移这个话题。

这一刻，她迫切地希望他听不懂，或者以为自己只是开个玩笑，但是又希望他……

　　她移开了视线，也因此错过了对面那人看过来的充满笑意与热烈的目光。

　　他轻声应道："嗯，是啊。"

　　嗯？！他在"嗯"什么？！

　　躲不过，谢舒只好抬头看他。

　　见傅明遇大大方方地接受自己的目光，她反而不好意思起来。

　　碗里的橙子蒸蛋已经解决完毕，谢舒放下勺子起身，急着走，还说："谢谢款待，那我先走了。"

　　傅明遇也跟出来送她，两个人没坐电梯，一起走向楼梯通道。

　　"你不问我为什么吗？"伴随着他的声音，声控灯亮起。

　　楼梯间很安静。

　　下楼，拐个弯儿，很快就到了她家门口。

　　谢舒打开门进屋，然后转身，看向把自己送到门口的男人。

　　傅明遇垂眸，对上她的视线，微笑着说："早点儿休息，明天见。"

　　但是谢舒没有给出回复，而是站在原地，紧握着门把手，直勾勾地盯着他。

　　她想了一路要不要问，心情复杂地徘徊到现在。因为她知道，这个问题超乎了朋友的界限，也很可能会打破他们之间的平衡。

　　谢舒也不是傻子，就算之前没有往那方面想过，但今晚，她一句玩笑，换来他一句极其认真的回答，有些事情已经无法忽略了。

　　还有这沉默的一段路，气氛微妙，似乎有什么在悄然无声地发生变化。

　　谢舒忽然明白了，但是仍旧下意识想继续假装不知道，所以前两次才会以转移话题和保持沉默的方式来躲避。

　　直到刚才，她听到傅明遇笑着跟她说"明天见"。

　　明天见，是很温柔的一句话。

　　是期待，是欣喜，也是迫不及待。

　　谢舒在这一刻忽然意识到，自己好像也挺期待明天见的。

　　期待明天和他的见面。

　　这种心情，让她忽然不想把刚才的问题忽略过去。

谢舒看着他的眼睛，特别认真地问："为什么？"

"因为……"傅明遇话说了一半，又忽然停下。

"因为什么？"谢舒屏住呼吸，心跳得很快。

傅明遇目不转睛地看着她。这一刻，他心里无比紧张，但是目光坦然又坚定。

"因为，我喜欢你。"

意料之中的答案，但是听到的那一秒，谢舒还是觉得像是在做梦，心跳仿佛漏了一拍。

她愣怔地看着他，一时间不知道该如何回应。

傅明遇垂了垂眸，眼底浅浅浮现一丝温柔，然后微笑着看向她说："不是朋友之间的喜欢，是想要和你在一起的喜欢，想跟你共度余生的喜欢。"

谢舒眉眼微动，终于缓过神来，也终于意识到自己应该说些什么。

可说些什么呢？

"有点太突然了，也太快了。"她垂下眸，轻声说着话，脸颊不由自主地发烫。

傅明遇见她移开视线，眼里涌上淡淡的失落，但看她的眼神仍是温柔的。他轻声说："抱歉，是我心急了。"

其实，他是想慢慢来的，但是他又不想错过今天的机会。

他只是想把自己的喜欢告诉她。

"你不用说抱歉。"谢舒轻轻摇了摇头。

她抬头，对上他的眼睛，认真地道："我就是有点儿惊讶，但是，好像也很开心。"

说完，谢舒仿佛能听到自己怦怦的心跳声。她的心在动摇，或许在她不知道的时候就已经向他靠近了。

在她这里，情感永远要比理智直接。

傅明遇却像是没有反应过来，眼神茫然，随之幻化成欣喜。

即使谢舒只是说了一句"我好像也很开心"，却也令他突然之间没有真实感。

对谢舒来说，傅明遇的表白和喜欢太突然了。

但是对于傅明遇来说，这是多年之后，上天给他的一个机会。

傅明遇深呼吸了一下，平复着紧张又激动的情绪，看向她的眼里带着光。

"你说'好像也很开心'，那是不是也代表着，你有一点点喜欢我？"他问得小心翼翼，声音很轻。

迟疑两秒，谢舒还是点了头。

惊喜来得太突然，傅明遇看着她，眼里有几分错愕，但还没来得及转变为惊喜，就又听到她说："嗯，但是我现在还没有恋爱的想法。"

谢舒分得清自己对傅明遇的喜欢是什么样的喜欢。和他相处的时候，她很轻松，也很开心，但是，还没到那种让她重燃恋爱之心的程度。

也可能是因为她从来没有想过傅明遇会喜欢她。

声控灯适时熄灭，两个人静静地在黑暗中注视着对方，气氛有些微妙，谢舒连呼吸都下意识放得很浅。

傅明遇主动问："那我可以追你吗？"

这个问题……

谢舒眨了眨眼，却没有回答。

大概在八个小时前，有人问过她类似的问题，那时候的她第一反应是拒绝。

而此时此刻，她却期待他接下来的话。

走廊昏黄的灯光又亮起，傅明遇站在光里，看向谢舒的双眸温柔至极，浅笑道："我想多努力一些，能让你再多喜欢我一点点。"

"只要一点点吗？"谢舒歪了一下头，眼里带着笑意说，"其实，你可以贪心一点儿。"

傅明遇先是一愣，以为自己幻听了。听懂后，他的心里只剩下一种感觉——

她怎么这么好……

傅明遇的唇微微动了动，望着她轻声问："那我今晚可以贪心地要一个'晚安'吗？"

谢舒不习惯和异性用"晚安"来道别，因为她一直觉得"晚安"的含义与其他有道别意义的词语不同，所以每一次傅明遇得到的回复都是"明天见"。

谢舒故意问："你不喜欢'明天见'吗？"

傅明遇低头笑了笑，得寸进尺道："那可以贪心地两个都要吗？"

"好。"谢舒眉梢微扬，笑起来双眸弯弯。

"那么，晚安，明天见。"

第二天，谢舒八点多才醒。她洗漱完，换好衣服走出卧室准备去找点儿吃的时，才看到十分钟前傅明遇给自己发了一条消息。

傅明遇："起了吗？"

厨房的冰箱里有之前买的速冻食品，谢舒随手拿了一袋饺子放到流理台上，然后空出手打字。

谢舒："起了。"

谢舒："你们今天去哪儿玩？"

傅明遇："海洋馆，还没出发。"

海洋馆，谢舒回想了一下，好像是前天自己给他推荐的，那是清城中小学生必去的春游秋游之地。

过了两秒，他又发过来一行字："我刚做好早餐，要不要上来一起吃点儿？"

谢舒下意识看了一眼旁边的虾仁水饺，这可是她亲自挑选购买的最爱的味道，可现在，好像没有一点儿想吃它的想法了。

她笑着，忍不住在心里感叹了一句"善变"，又果断应下："好呀。"

放下手机，谢舒把那袋饺子重新放回冰箱里，然后回屋扎了头发就出门。

早上乘电梯的住户很多，几乎每一层都要停靠，她不想等，直接走楼梯上去。

傅明遇的房门还是虚掩状态，谢舒自觉换了鞋走进去，大方地问："早上吃什么？"

她刚问完，傅明遇就端着两个盘子从厨房出来。

"蟹黄包和豆沙包。"他放下盘子，笑着回答，"还有皮蛋瘦肉粥。"

浓浓的粥香味从厨房飘过来，谢舒抬头对上他的目光，也笑了笑，说："我闻到香味了。"

她跟着傅明遇进厨房，声音软绵绵地说："好饿呀。"

傅明遇把粥盛出来，却不让她拿，说："有点儿烫。"

"哦。"什么都不用拿，谢舒只好又空手跟着他出来。

两个人坐下吃早餐，谢舒正要问起杨子默的时候，他刚好从房间里出来。

打完招呼，他就安静地吃起自己那份早餐来。

用完早餐，谢舒并没急着回楼下，傅明遇去收拾厨房，她就站在边上，两个人有一搭没一搭地聊着。

说到他们等会儿要去的海洋馆，谢舒回忆道："小学时学校组织秋游去过一次，好像会有固定时间的演出，我就记得里面的水母很好看，很适合拍照。"

傅明遇转过身，见她说到这些时脸上笑意明显，看起来是一段美好的记忆。

他目光柔和下来，看着她，慢悠悠地问："那要不要一起去？"

这个邀请有点儿突然，谢舒愣了一下，才说："我下午有事。"

傅明遇点了点头，说："那下次一起去？"

谢舒没想到他这么快就想到下次，笑着应下："好啊。"

离开的时候，谢舒笑着祝他们玩得开心，心里却感觉有些遗憾。她前两天就答应了沈娴，这天下午要陪沈娴参加一个姐妹的聚会。

下午，谢舒直接开车到沈娴发给她的地点，有侍者过来带她上了二楼。

谢舒原本以为只是沈娴的姐妹聚会，但是等她到了二楼玫瑰厅，还没往里走，就发现情况有些不太对。

宴会厅里摆上了精致的下午茶，年轻的男女在沙发区谈笑风生。

过来参加聚会的年轻人不多，分散在不同位子，谢舒环视四周，却没有看到沈娴。

她叫住一位侍者，微笑道："阿姨她们不在这边吗？"

侍者将谢舒领到宴会厅最里侧，走近后，才发现这里是一道门。他先轻轻敲了两下，然后才替她将门移开。

屋里的人都适时地止住话，回头看向门口，见谢舒来了，沈娴笑着朝她招手。

"沈姨。"谢舒走到她身边，然后又一一叫了人，举止得体。

"很久没见小舒了，最近在忙什么呢？这两个月都没在家看见你了。"说这话的是周乐，她与沈娴关系好，以往去陆家做客时常常见到谢舒。

谢舒微笑道："最近在实习，所以住在公司附近。"

几个人又夸了两句，话题在沈娴拉着谢舒去拿甜点的时候结束。

谢舒挑了一个蜜桃芝士挞，但心里还记着刚才在外面看到的情形，轻声问："沈姨，外面这是……"

沈娴笑道："这不是刚好周末吗？就让你们出来聚聚，多认识些朋友。"

谢舒懂了。但是，沈娴为什么要叫她，而不是陆嘉言呢？

"嘉言向来不喜欢这种场合，不愿意过来。"沈娴解释了一句，又补充道，"你要是不喜欢，也不用出去应付他们，陪我在这里坐会儿就好了，晚点儿我们回家吃饭。"

谢舒点了点头，什么也没说。

但是她不参与话题，不代表别人不会拉上她。

旁边的阿姨见她沉默着，捂嘴笑着说："小舒可真乖呀，愿意坐这儿听我们几个聊天。"

谢舒故作腼腆地笑了笑。

阿姨又问："小舒有男朋友了吗？"

话题跳跃得太快，谢舒愣了愣，摇头说："暂时还没有。"

"那刚好，今天这么好的机会，可以多认识些朋友。"对面那位阿姨双手合十，笑着说，"我们这儿可都是知根知底的。"

谢舒还是第一次遇到这种情况，沈娴见她一脸尴尬地笑着，正要开口打圆场，就听到她说："谢谢阿姨，但是，我已经有喜欢的人了。"

谢舒如此直白，沈娴有些惊讶地转头看向她，眼底浮动着复杂的情绪。

旁人一看，沈娴的表情显然也是不知情，于是又有人打趣："看来小舒瞒得很严哦，娴姐都不知道呢！"

谢舒闻言也看向沈娴，与她对视一眼，有些不好意思。

沈娴的脸上除了笑，再没有其他表情，抬手轻轻握了握她的手，温柔地说："你喜欢就好。"

下午四点多散场，谢舒这才拿出手机看了一眼通知。大部分消息是无意义的推送，不过傅明遇给她发了近十条消息。

谢舒跟着人群走进电梯，顺手点开跟他的聊天框。

令她意外的是，他发来的都是在海洋馆拍摄的照片，有五彩缤纷的水母，也有白鲸与海豚，还有穿梭在珊瑚中的各种小鱼……

她低头看着屏幕里的照片，认真地一张张看过去。

谢舒："照片看起来好漂亮！"

谢舒："玩得开心吗？"

傅明遇："杨子默说玩得很开心。"

谢舒："那你呢？"

傅明遇："如果是下一次，应该会更开心。"

谢舒看着消息愣了一下，几秒后，想到早上他向自己发出的"下次一起去"的邀请。她忽然明白了他的意思，眨了眨眼，脸上的笑意止不住，连带着心情也愉悦起来。

她一时间又不知道应该回复点儿什么，想了想，索性直接点开表情栏。

谢舒："转圈圈 .jpg。"

晚餐后，谢舒和沈娴到公园里散步。

夏夜微风凉爽，树梢轻晃，还有几个孩子在附近玩捉迷藏。

两个人聊着天，绕着公园走了一圈，不知不觉回到了院子门口。

盛夏的蝉鸣声忽远忽近，谢舒挽着沈娴的胳膊，仰起头看了看夜幕中的漫天星辰。

"小舒。"沈娴忽然轻轻叫了谢舒一声。

谢舒将视线从夜幕中收回，转头和她对视。

沈娴看着她，微微笑开，忽然说道："其实，我一直以为你会和嘉言在一起。"

她的声音一如既往的温柔，但这句话却仿佛在谢舒的脑海中炸开了。

谢舒表情微滞，缓了一会儿，却不知道该说些什么。

"您是不是……"早就知道。

她没有将话说完，但沈娴却点了点头。

"抱歉。"谢舒下意识的反应是道歉。

"为什么要和我道歉呢？"沈娴牵起她的手，安抚性地拍了拍她的手背，说，"喜欢一个人是一件多么美好的事，表达喜欢也是每个人的人生必修课。"

他们总以为自己掩饰得很好，但是喜欢与爱，又怎么能藏得住呢……

沈娴当初察觉到谢舒和陆嘉言之间的关系发生变化时，第一反应是惊喜。

沈娴很喜欢谢舒，也心疼这个孩子遭遇的一切，所以当初才会让陆嘉言多照顾她。

在得知谢舒和陆嘉言在一起的时候，沈娴也是真心为他们高兴。

而现在——

"我只是有些遗憾，你没能和嘉言继续走下去。"

沈娴以为她们会成为一家人，也很期待她们成为一家人。

只是，事情已经到了如今这一步，有些话也已经没必要说了，终究成了遗憾与过去。

沈娴停下脚步，微笑地看着谢舒。她的眼中是长辈对晚辈的爱与关怀。

"小舒，我相信你的选择。"

谢舒没想到会听到这样一句话，简简单单，却又如此温柔与包容。

她的眼眶顿时红了起来，心里的某处被柔软填满，又泛起一阵温暖的涟漪。

这一晚，谢舒离开陆家时，沈娴出来送她。

谢舒走了几步，又忽然转身跑回来，轻轻拥抱住沈娴。她的心里有些酸涩，又有些感动。

"沈姨，谢谢您，真的很谢谢您。"

这两声"谢谢"里，包含太多难以言喻的情绪。

送谢舒离开后，沈娴回到屋里。看到陆嘉言呆呆地坐着，她一点儿也不惊讶。

她知道，也看到了陆嘉言就在门后，他听到了自己和谢舒的对话。

沈娴没有叫他，反而绕开他，打算上楼去。

但是陆嘉言却开口叫住了她："妈，"他问，"你知道我和小舒在一起的事情？"

沈娴看着儿子，没有提那些已经过去了的事情，现在看来，走不出来的是陆嘉言。

她轻叹一声，说："嘉言，你太理智，又太犹豫了。"

即使不知道陆嘉言当初是怎么和谢舒讨论的，但沈娴太懂他了，他会理智地分析公开感情后的利弊，会一次次犹豫要不要和他们说。

"你们在一起，其实我跟你爸都很开心。当然，最重要的还是你们互相喜欢。"沈娴还想说些什么，却又觉得没必要了。

说得再多，只不过是把心里的遗憾加深。

陆嘉言闭了闭眼，这段时间，难受与懊悔这两种情绪不断折磨着他。如今母亲的这段话落在耳畔，浓浓的悔意更是如排山倒海般朝他涌来。

"我只是……"

"在一份平等的感情里，安全感很重要。"沈娴神色无奈地说出她看透的真相，"女孩子想要的是真实行动，而不是空口承诺。"

"嘉言，你没有做到。"沈娴说完最后一句，转身上楼。

陆嘉言还保持着那个坐姿，一动不动，耳边不断回响着母亲的那些话。

他最终疲惫地闭上双眼，神情落寞。

你没有做到。

所以，你失去了她。

他喃喃自语："所以，我失去了她。"

从陆家回来后，谢舒把车停到小区里，并没有急着上楼，而是选择在庭院的藤架下悠闲地散步。

在这个有些迷茫的阶段，沈娴的话很突然，但是好像又出现得刚刚好。

和陆嘉言的过去，谢舒已经放下了，却也正是沈娴的这段话，让她得知了完整的过去，曾经的难受和不甘在此刻烟消云散，也让她将这段感情真正地画上句号。

喜欢是本能，喜欢一个人是一件很美好的事。

她没有忘记喜欢是什么感觉，也没有遗失心动的感觉。

谢舒也相信自己的选择。

时间快到九点，藤架下散步聊天的人渐渐走光了，谢舒也准备回去了。结果她刚一转身，就看到不远处站在那边路口的人。

她有一丝意外，但下一秒就弯眸笑起来，走向傅明遇，说，"你怎么在这儿？"

"去便利店买点儿东西。"傅明遇手里拎着一个袋子，又看着她的眼睛，说，"过来的时候看到背影觉得是你，刚想叫你，没想到你就先转身了。"

"刚刚散了一会儿步，快九点了，要准备回去了。"

"怎么这么晚了还在散步？"

两个人说着话，一起走向楼里。

谢舒忽然觉得胳膊有些痒，忍不住抬手挠了挠。

傅明遇注意到她的动作，问："被蚊子叮了？"

"可能吧，我明明戴了驱蚊扣的。"谢舒小声嘀咕，低头去看。

果然，她手臂上已经有了一个小红包，她皮肤白，有一点点红疙瘩就格外明显。

谢舒招蚊子，每年夏天都要被叮几个包，已经习惯了，道："没事，就一个小包，过两天就好了。"

傅明遇稍稍低头，认真看了看说："这个季节的蚊子毒性大，还是要涂

— 230 —

点儿药膏的。"

谢舒又低头瞥了一眼。

虽然她也听说过很多个被毒蚊虫咬了之后去医院的病例，但是，她这还没有指甲盖大的蚊子包，也已经严重到要涂药膏了吗？

电梯转眼就到了楼层，谢舒刚要走出去，就听到傅明遇说："我那儿有药膏，等会儿我拿下来。"

谢舒下意识没拒绝，歪了一下头，说："那我把门开着。"

傅明遇却说："不用。"

谢舒有些诧异和不解地看着他。

"晚上不安全，五分钟后我过来按门铃。"傅明遇说。

谢舒了然应下："好。"

过了一会儿，门铃响起。

谢舒下意识先去看了一眼挂钟的时间，才过去开门。

"刚好五分钟。"她看向门外的人，眉眼微弯。

傅明遇手里拎着个小袋子，语气随意："嗯，掐着秒表过来的，不能迟到。"

他难得开玩笑，谢舒很配合地笑了起来。

谢舒倒了一杯水给他，然后在旁边的单人沙发上坐下。她见袋子被放到了茶几上，里面看起来不止一支药膏，便顺手翻了翻。

除了两三管软膏和棉签，还有一小罐青草膏。

"怎么这么多？"谢舒问。

"放着有备无患。"傅明遇取出里面的棉签和一管软膏，示意她伸手，"我看看怎么样了？"

"可能你要是晚来几分钟，它就已经自己消退了。"谢舒坐过去，抬起右手，歪头看了一眼。

傅明遇低头检查，用棉签蘸着药膏，往小红点上轻轻涂抹。

谢舒下意识抬头，偷偷瞄了一眼旁边的男人，他无论是神态还是动作都很认真，小心翼翼的样子像是在修复宝物一样。

等他扔了棉签收起药膏，谢舒笑了一声，实在忍不住了才说："要是再涂下去，我都怀疑我不是被蚊子咬了。"

傅明遇笑着，把药膏放回去的时候，顺手点了一点儿青草膏，说："这个是防烫伤的，据说也有驱蚊的效果，不知道你喜不喜欢这种味道。"

"好。"谢舒拿起那罐小巧玲珑的青草膏。

她先打量了一眼外观，然后打开盖子，青草膏的味道并不难闻，反而给人一种清清凉凉的感觉。

"闻起来很舒服。"她评价道。

傅明遇又介绍了其他两管药膏的用途。

谢舒往袋子里看了一眼，都是没拆封过的药膏。她疑惑道："你不会是把你家的药都带过来了吧？"

"我有个小药箱，这些是日常可能会需要的药，拿过来给你备用。"他稍稍停顿了一下才说，"不过，希望不会用到。"

谢舒微愣，又低头笑了笑，应下："嗯。"

时间不早了，傅明遇起身离开，谢舒去送他。

但是到了门口，两个人又看着对方，谁也不动。

谢舒在这无声的对视里先败下阵来。她脸颊微烫，表情有些不自然，想笑又不好意思笑。

她问："干吗？怎么不走了？"

傅明遇笑了笑，问："是不是忘了点儿什么？"

谢舒倚着门框拧眉思忖，一副记不起来了的样子说："忘了什么吗？"

"早点儿休息。"他的语调低缓，看着她的目光里半是无奈半是宠溺，"晚安，明天见。"

谢舒不逗他了，轻轻笑了笑，说："嗯，晚安。"

道别之后，谢舒没有去洗漱，而是回到客厅拿起手机，然后站在落地窗前，盯着夜景又开始出神。

她想，明明是昨天才开始的事……但是这句晚安，她怎么就这么自然地说出了口呢？

她不知道是什么时候开始情愫暗生的，或许是互相了解之后，在某个瞬间，她对他的感情就不再是普通朋友那么简单了。

在她自己都不知道的时候，心动就开始了。

谢舒捂了一下胸口，感觉像是有一阵风吹过似的，温热的异样感觉迟迟退散不去。

傅明遇回到楼上时，应该去睡觉的杨子默却还坐在客厅等他。

他问："怎么没去睡？"

杨子默站起来，下意识挺直背说："等你回来。"

傅明遇点了点头，看时间快十点了，跟他说："去睡吧，明天还要早起。"

杨子默慢吞吞地往房间走，又见哥哥脸上挂着浅笑，心情很好的样子，他按捺不住心里的好奇，多问了一句："哥哥，你是不是喜欢谢舒姐姐？"

傅明遇正走向自己房间，闻言停下脚步，转头看了一眼还没他肩膀高的杨子默。

他的眼神有几分探究，随后大方又坦然地应下："嗯。"

"那你以后是会一直留在清城吗？因为谢舒姐姐在这儿？"

傅明遇没有迟疑，点了点头。

杨子默没有再开口问什么，兄弟俩站在各自的房门前，没有对视，也没有对话。

"因为这里有她，也因为这里是清城。"傅明遇留下这句话后就进了房间。

杨子默思考了很久，有些明白，又有些不明白。但他清楚地知道，哥哥一定很喜欢清城，也很喜欢谢舒姐姐。

因为，哥哥说这句话的时候，眼神很温柔，很坚定，还有光。

第 十四 章

这一周的时间过得特别快。

一眨眼便到了周五的下班时间，谢舒做完手上的工作就收拾东西准备下班。她拿着包起身，习惯性地往后看了一眼。

位子空着，人不在。

她眨了眨眼，这才想起来，周三起傅明遇就被教授借去学校实验室帮忙了。

平时的工作日下班后，他们会在食堂吃完饭再一起回去，这两天他突然不在，谢舒还有些不习惯。

这天是周五，食堂的人更少了。谢舒点了一份手打面，厨师说要等五分钟，她就在附近找了一个位子，拿出手机刷了刷新闻消磨时间。

汤面刚出锅，还很烫，谢舒吃两口就看一眼手机，视线一直没从手机屏幕上挪开。

"在看什么？这么认真。"

听到熟悉的声音，谢舒蓦地抬头，一时间没反应过来，呆愣愣地看着来人。

傅明遇对上她的目光，被她这愣怔的模样逗笑了。

谢舒这时还左手拿着手机，右手拿着筷子，他的手稍稍向前一伸，她的手机轻轻松松就被抽出，被他放到旁边。

谢舒刚回过神来，又听到他的温馨提醒："吃饭的时候好好吃饭，不要看手机。"

谢舒笑了起来，说："我这不是一个人太无聊了嘛。"

她又问："对了，你怎么现在回研究院了？吃饭了吗？"

"还没吃。"

傅明遇摇头，还想说点儿什么，但谢舒一听他没吃饭，立即催他："那你先去买饭，今天的菜挺少的，晚点儿就什么都没了。"

等他打完饭回来，二人又和平时一样，面对面坐着，低头吃饭。

吃饭时也没有聊太多，但是和刚刚一个人吃饭的感觉不同，谢舒现在完全不觉得无聊。

走出食堂，想起刚刚那个问题，她问："是因为明天就是周末，老师给你们放假吗？今天结束得这么早。"

"嗯。"傅明遇点头，"就剩下一些收尾工作了，他们团队里有其他人会负责。而且我们明天就团建了，陈老让我回来准备一下。"

提起团建，谢舒的眼睛倏地一亮，兴奋道："我看天气预报显示明天是多云，气温也没有今天这么高，刚好适合我们出去玩。"

"明天是不是九点在门口集合？"

"嗯。"谢舒点头。集合时间比平时上班时间晚，她说，"早上还可以多睡一会儿。"

走到停车场，傅明遇忽然提议："明天开我的车过来吧。"

谢舒愣了一下，说："好啊。"

傅明遇顺着这个话题，又说："那明天早上你先上来吃早饭，然后我们一起下去。"

谢舒走到车前，悄悄弯了弯嘴角，假装很纠结道："可是，我已经买了面包当早餐哎！"

说完，她解锁开门上车，但一回头，发现傅明遇没去自己的车那儿，反而跟到她的车边。

"那我把我的早餐分你一半，你也把你的早餐分我一半好了。"傅明遇煞有介事地说。

谢舒眨了眨眼，没想到是这个回答，没忍住笑着"哦"了一声，然后挥手示意他回去："好了，先开车回去吧。"

但他没有动，反而说："等会儿来我家。"

谢舒疑惑道："嗯？"

傅明遇说："我路上买了一些水果，切了一起吃。"

谢舒将手搭在方向盘上，想了想说："有什么？"

傅明遇答："水蜜桃、凤梨，还有提子。"

"我喜欢吃脆的桃子。"

"嗯，我问过店家了，挑的是脆的。"傅明遇眼神温柔地看着她。

正好合她的口味。

谢舒低笑，又朝他挥挥手，说："好啊，那我等会儿再过去找你。"

"嗯。"傅明遇往后退了一步，目光灼灼地看着她。

谢舒见他动作慢悠悠的，又被看得不好意思，只好催他："你快点儿呀。"

"好。"傅明遇应了下来，尾音微微勾起，带上温柔。

谢舒与他对视两秒，又迅速移开视线。她觉得刚刚那一瞬间，自己的心跳好似漏了一拍。

就一个字，怎么偏偏她听出了一点儿不一样的感觉呢？

谢舒到楼上的时候，傅明遇还在厨房。他身边的两个盘子，一个已经装满了切好的水蜜桃。

谢舒看他动作娴熟地切凤梨，调侃道："你今天买水果的时候，是不是还在水果店偷师了？"

"嗯？"傅明遇一时不解。

谢舒笑道："夸你厉害呢。"

傅明遇明白过来，笑了笑。他手上的动作没停，将整个凤梨竖着对半切开，然后一半切块，削皮，再切小块，整个过程流畅又漂亮。

"你先尝一下桃子甜不甜。"他跟谢舒说。

"好。"谢舒拿起叉子扎了一块。

桃子脆甜爽口，是她喜欢的。

她弯了弯眸，又拿了一块，还不忘评价："清脆甜口，很好吃。"

傅明遇将手套摘下，端起两盘水果走向客厅。

谢舒跟在他身后，吃到喜欢的水果，心情很不错。

"你怎么想到买脆的桃子呀？"她有些好奇地问，"很多人都喜欢软一点儿、甜一点儿的水蜜桃。"

就连网上推文宣传某地水蜜桃上市，也是用"香甜""软糯""多汁"等词语来形容。

两个人在沙发上坐下，傅明遇放下水果，拿遥控器开了电视，笑着说："我也喜欢脆一点儿的桃子。"又问她，"看电影吗？还是综艺？"

"都可以。"谢舒不挑。

傅明遇找了一部老片重温，是喜剧。

跳过片头，进入正片，他放下遥控器，顺手拿了一块凤梨。

谢舒转头看着他试吃，然后问："甜吗？"

傅明遇点头道："你试一下。"

看他的表情很含蓄，谢舒心存怀疑，这凤梨到底甜不甜？

她扎起一块，还没吃呢，凤梨汁就差点儿滴到她的衣服上，傅明遇迅速抽了一张纸巾在她的手下垫着。

谢舒接过纸，顺口道了一声谢，然后才尝凤梨。

"哎！"意外的脆甜多汁，她惊讶地挑了一下眉，说，"挺好吃的呀！"

傅明遇再次点头："嗯。"

谢舒没忍住笑，小声吐槽："可是你刚才的表情……我还以为味道一般般。"

傅明遇闻言愣了一下，失笑道："要是不好吃，就不拿给你了。"

谢舒看着前面的电影，明明开头讲了什么内容她完全没看进去，但看着无厘头的喜剧，心情就是很好，嘴角也忍不住上扬。

她把那块凤梨吃完，然后才轻轻地"哦"了一声。

电影结束时，茶几上的两盘水果也都被他们解决完了。

傅明遇本来还想去把剩下的半个凤梨也切了，再洗点儿提子，但谢舒想到明天要开一个多小时的车，提议把水果带到路上吃。

傅明遇送她下楼，又让她稍等一下，然后去拿了那袋提子出来，说："这个不用切，你随时可以吃。"

谢舒盯着那袋水果看了两秒，忽然说："可是我懒得洗。"

傅明遇愣了两秒明白过来，眼里的茫然很快转化为笑意，说："那先放我这儿，你后天过来的时候再吃。"

似是为了应和她那句话，他特意补充一句："我来洗。"

谢舒转身往外走，悄悄勾了勾嘴角，又小声说："我可没说后天要过来。"

"那明天来吗？"傅明遇极其自然地接话，"也可以呀，只是明天团建回来，应该会有点儿晚了。"

谢舒："……"

他们还是选择走下去，刚进楼梯间，声控灯就忽地亮起。

谢舒进屋，但没有关门。她转过身看向他，表情有些不好意思，声音不自觉地放轻了一点儿："那我还是后天去吧。"

"好。"

暖色灯光落在傅明遇身上，衬托出他的温柔气质。他说完"晚安"，没有多留，又转身回了楼上。

谢舒的手搭在门把手上，微微偏头倚着门，望着傅明遇的背影，脸上是浅浅的笑。直到看不见了，她才慢悠悠地关了门。

第二天，所有人在研究院门口集合。

大巴车来了一辆，是其他部门的，谢舒所在的项目组的那辆车还没到。

旁边，同事忽然想起自己落了东西在办公室，忙说："小舒，陪我上去一趟吧？"

谢舒迟疑半秒，点头道："哦，好。"

等二人再从楼上下来时，大巴车已经到了，大家都在排队上车。

傅明遇站在队伍最后面，手里拎着的袋子里是早上准备的水果，那还是谢舒亲手装的。

谢舒和同事聊着天走过去，又抬头与傅明遇对视了一眼。

他们一前一后站着，对视后，又从容地移开视线，没有对话，但气氛莫名和谐。

快轮到她们上车了，身边的同事忽然问："小舒，你晕车吗？要不和我一起坐前排吧？"

谢舒先踏上台阶，下意识抬头去看座位，但先对上了傅明遇的目光。

他也听到了对方邀请她的话，转身看着她，眼里的愉悦一点点褪去。

谢舒觉得，那双每次看向自己时都明亮又温柔的眼睛，这一刻好似蒙上了一层失落的灰色。

就只是一个座位呀……谢舒心道。

但她的心蓦地一软，冷静被抛到脑后，转身对跟上来的同事说："玲玲姐，我不晕车的，你坐前面吧。"

女同事"啊"了一声，等看见前面还走在过道上的傅明遇时，她忽然意识到了什么，连连点头，笑着说："好、好、好，你们去后面吧。"

谢舒低头笑了笑，自动忽视已经落座的同事们意味深长的眼神和善意的笑声。

后排的空位很多，傅明遇走了两步，正要回头问谢舒想坐窗边还是靠过道，谢舒感觉到有同事八卦地向后张望，没等他开口就自觉地往里坐了。

车子启动，开往度假庄园。

这一路走高速也要一个多小时，不少同事都选择坐在位子上闭眼休息。

刺眼的阳光从前排窗户投射过来，傅明遇起身过去拉上窗帘，又轻声问谢舒："要先补个觉吗？"

"昨晚睡得挺好的，现在不困。"谢舒摇头，又问他，"你要睡会儿吗？"

傅明遇也摇头，取出蓝牙耳机，说："那听会儿歌吧。"

等谢舒接过那只耳机，他又自然地把手机也递了过来，说："你来选，我拿水果。"

"哦。"

谢舒直接找到眼熟的 App 标志，打开，但卡在了找歌这一步。她没有特

— 239 —

别喜欢的歌。

她想了想，还是小声地征询他的意见："有没有想听的？没有我就随便挑个歌单播放了。"

"好。"

傅明遇把水果放到折叠餐桌上，打开保鲜盒的盖子，是切放整齐的凤梨和红提，中间的隔板将两者分开。

谢舒坐大巴车的经历不多，以往她要么在车上补觉，要么刷手机，一眨眼时间就过去了。

但今天——

听着歌，吃一口水果，看看窗外的风景，然后再与身边人轻轻聊上一两句。

时间过得很慢，又好像很快。

夏日的庄园，阳光洒落在每个角落。

庄园内的休闲娱乐设施很多，还有专门烧烤、垂钓的地方。午后和朋友喝茶聊天，听着音乐，也格外惬意。

谢舒安静地坐在一旁听着同事们聊天。她拿过旁边的果汁喝了一口，然后抬头看了一眼外面的天空。

今天的天气不错，不是烈日当空，蔚蓝的天与层层白云混搭在一起，是很清新的色彩。

"要不要出去走一走？"不知何时，傅明遇走了过来。

谢舒惊讶地看向他。

她刚刚才觉得这天气不热，很适合出去玩，没想到他这会儿就过来找她了。

谢舒一时没应声，傅明遇浅笑着，继续说："那边有个玻璃花房，去看看吗？"

"好啊。"

在同事们别有深意的笑容中，谢舒捧着果汁，大大方方地起身，和他一起慢悠悠地走出休闲区。

走到室外，谢舒走了两步发现傅明遇没有跟上，停下来正要往后看，忽然，头顶一片阴影落下。

她微微仰头，看向打着伞站到自己身边的傅明遇，惊讶地说："你什么时候带的伞？我都没发现。"

"放在包里。"傅明遇说，"虽然今天没什么太阳，但还是有紫外线的。"

"那你的包会不会很重？"谢舒就是想到今天出来会走动，所以特地只背了一个斜挎小包，小到只能放手机。

傅明遇笑了，说："这点儿重量我还是能承受的。"

"但是背久了，肩膀那里会不舒服吧？"谢舒皱着眉说。

"那你这是……"心疼我吗？

傅明遇弯眸笑着，声音下意识地放轻，但还是觉得这话有些唐突，又咽了回去。

等了几秒没听到后面的话，谢舒不明所以，疑惑地看向他问："什么？"

"没什么。"傅明遇摇了摇头，说，"我们慢慢走过去吧。"

从休闲区到玻璃花房有段距离，中间还要走过一片小树林，漫步于绿荫之下，路旁还有摄影师在拍摄风景与人。

走过这片小树林时，身后不远处的摄影师忽然跑过来，叫住二人，说："不好意思，刚刚我抓拍到的这一幕，一不小心把两位的身影也拍进了照片里。"

他调出照片放到两个人面前，激动地表示本来是想删除这张照片的，但是越看越不舍得，觉得这张图里风景与人像完美融合在一起，意境又非常符合他这次参加的一个摄影比赛的主题。

他说明这是学校摄影社的一个比赛，询问道："如果你们不介意，我可以留下这张照片去参赛吗？"

傅明遇没有回答，而是看向谢舒。

两个人对视一眼，谢舒明白了他的意思。

她收回视线，看向面前年轻的男子，有些疑惑地问道："但是，现在不是已经放暑假了吗？你们学校还在开展摄影比赛吗？"

"是的，作品提交截止时间在九月份。哦，对，忘了说了，我是清城大学的学生。"

"清大？"谢舒十分惊讶。

这么巧。

男子却误以为她这语气是不信，转头要从包里拿学生证给二人看。

"哎，不用拿了。"谢舒出声制止他的动作，又说回刚刚的话题，"如果只是用来参加学校比赛的话，那你就用这张照片吧，反正我们入镜的也只是背影。"

"好，太谢谢了！"一听照片可以保留下来，男子开心激动得难以自已。他掏出手机，感激地说，"那我加一下两位的联系方式吧？"

"加我的吧。"这次，傅明遇先一步开口。

谢舒下意识地抬头看向他。

傅明遇拿出手机，看着对方扫完码，然后又很快收回手机。

跟那位同校的摄影师道别后，二人继续往前走。

谢舒想到刚刚那一幕，说："加个联系方式而已，你怎么这么积极？"

傅明遇笑了笑，没回答她的问题，而是说："那张照片还挺好看的，我觉得可以用来做手机壁纸。"

他又补充一句："绿色护眼，对吧？"

"刚刚我没看清楚照片。"谢舒听出他话里的深意，忍不住勾了勾嘴角，但偏偏不如他意，故意转移话题。

"他说回去会把原图发给我们。"傅明遇稍稍转头，看着她的侧颜，轻轻笑了一声，说，"到时候我发给你，然后慢慢看？"

谢舒撇了撇嘴，说："我不要。"

她突然的拒绝让傅明遇一愣。他神色茫然，还有几分无措，以为是自己刚刚惹她不快了，小声问："为什么？"

谢舒见他神色转变如此复杂，就知道他一定是想偏了。

"你不是说要做壁纸吗？"她看着前面的风景，脸上笑意不减地说，"那你直接把壁纸发给我好了。"

"好。"傅明遇没想到是这个答案，目光亮了亮。

前面是河滩、草坪，还有风车，进来时介绍人就说过附近是婚纱摄影打卡点。

穿过草坪，又来到一片小树林，而玻璃花房就置于林中。

与其他地方的花房不同，庄园里的这个花房布置非常简约，没有花里胡哨的长桌椅凳，也没有满地鲜花的那种浪漫场景，花房里摆放着的是各样品种的多肉。

谢舒第一次见到满屋子的多肉植物，不免有些新奇，被形状漂亮的多肉吸引了。

而被忘记的某人静静地陪在一旁，慢悠悠地逛着。

那股新鲜劲儿很快过去，两个人也重新走回了门口。谢舒想问他待会儿去哪儿，一回头，就对上他的视线。

傅明遇忽然说："我在阳台种了两盆多肉，虽然品种没有这边的特别，但是也挺好看的。"

"嗯？"谢舒疑惑，怎么突然说起这个？

傅明遇试探性地问道："你喜欢的话，我把多肉拿到楼下来？"

谢舒忽然明白，他大概误以为她喜欢多肉植物，其实她就是一时的新奇罢了。

不过她没有点明，而是顺着他的话往下接："但是我没有养过多肉，不知道怎么养。"

"通风就好，多肉喜欢干燥温暖一点儿的环境。"

"就这么简单？"

"当然没有那么简单。"傅明遇笑了笑，不疾不徐道，"需要浇水、除虫的时候，我过来照顾它们。"

谢舒无语到想笑。

所以，养在他家和养在她家有什么区别吗？

哦，还是有的。

她眼里渐渐溢出笑意，说："随你呀，反正你来照顾。"

回去时，二人换了另一条路，选择了无人的杉树公路漫步。

太阳还藏在云层之后，天气温暖，闲适惬意。

雨滴突然从天而降，打破了平静。

不远处，还在拍外景的新人与摄影师匆匆跑向附近的木屋避雨。

谢舒听到雨水打在伞面的声音，看着杉树在风雨中摇晃，有些怅然地说："怎么忽然下雨了？"

下一秒，她又抬头看向身边的人，笑着感叹："幸好我们带伞了。"

"嗯。"傅明遇轻轻地应了一声，不动声色地将伞面偏向她那边。

这场雨来得猝不及防，所有人都狼狈地跑回了室内。

唯有杉树林中的那二人，同撑一把伞，慢悠悠地从雨中走来。

回到休闲区，刚一进门，服务员就将毛巾递了过来。

"谢谢。"谢舒微笑，顺手接过两卷毛巾，将其中一卷递给晚一步进来的傅明遇。

风吹雨斜，她身上没有淋湿，只是手臂沾上了雨水，风一吹，带来一股凉意。

"我们这边有吹风机，先生要不要去吹一下衣服？"服务员建议道。

谢舒抬头一看，傅明遇身上淋湿了一大片，只是一路上因为站位原因，她都没有发现。

她立即问服务员："吹风机在哪儿？"

对方指了指不远处的一个小房间，那是专门的休息室。

谢舒回头催傅明遇："你快去吹一下，湿衣服穿着容易感冒的。"

傅明遇并没有急着走，而是先问她："你有没有淋湿？"

"我？"谢舒又看了看自己的衣服，说，"我没有。"

结果傅明遇伸出手，谢舒顺着他手指的方面看过去，发现是自己的裤腿，浅色牛仔裤湿了之后格外明显。

"就一点点，这么热的天马上就自然干了。"谢舒说。

"那也要吹干。"傅明遇语气坚定，然后又转头看向服务员，问："这边有姜茶吗？"

服务员说："有的，可以安排后厨给您准备。"

谢舒一听，心生警惕，问："你要喝姜茶吗？我不喝。"

傅明遇继续问: "能不能多加点儿红糖?"

服务员见多了顾客们奇奇怪怪的要求,一点儿也不意外,自然地答应: "当然可以。"

走到休息室的时候,谢舒还皱着眉吐槽:"姜茶真的很难喝!又辣又苦。"

傅明遇轻声安抚: "加了红糖就不会辣了。"

谢舒抿唇不语。这也就是骗骗小孩的话,她才不会信。

傅明遇拿起吹风机,说:"先过来。"

谢舒下意识就走了两步,等反应过来,傅明遇已经蹲下来,打开吹风机,"呼呼"的声音瞬间充斥整个房间。

冷气十足的房间,她的小腿处却被暖气包围,暖烘烘的,很舒服。

傅明遇低着头,神色认真,手腕不断左右晃动,热气被均匀地分布到每一处。

大功率吹风机的声音很大,但是谢舒自动屏蔽了这些杂乱的声音。她低头看着他,心里那股异样的感觉忽然又冒了出来。

这一秒,谢舒忽然明白那种异样的感觉到底是什么了。

两杯红糖姜茶被直接送到了休息室。

傅明遇又倒了一杯温水,放在一旁。

谢舒看了那两杯红糖姜茶,没动。虽然空气中的姜味极淡,但是只要有一丝姜味,她就难以接受,还是不想喝。

傅明遇也没有说什么要她一起喝姜茶的话,而是拿起自己的那一杯。

谢舒盯着他的动作,忍不住问:"怎么样?比姜茶好喝吗?"

"加了红糖,有甜味。"

"很甜吗?"

傅明遇看出她的意图,试探性地问:"要不试一下?"

谢舒稍稍犹豫片刻,拿起杯子,将杯壁缓缓靠近嘴边,轻轻地抿了一口。

"可以接受吗?"傅明遇轻声问道。

谢舒双手捧着杯子,红糖的甜味压不住姜的辛辣,令她微微皱了一下眉,摇了摇头。

傅明遇伸手拿过她手里的那杯姜茶，说："不能接受那就不喝了。"

姜茶被他放回茶几上，他又拿起旁边那杯温水递到她手中。

原来这杯水是给她准备的。

谢舒愣怔片刻，拿着温水杯，垂眸笑了一下，轻声解释："我不喜欢姜的味道。"

她稍微停顿，然后说："有点儿辣，又有点儿苦。我也不喜欢太辣的味道。"

傅明遇听得很认真。他并不是刻意想着要做某些事，而是很自然地把她的话都记在了心里。

二人坐了没一会儿，门再次被推开，谢舒看到服务员手里又端着个杯子进来，有些奇怪。

对方把杯子放下，看到杯子里又是褐色的液体后，谢舒以为又是红糖姜茶，提醒道："我们这边已经有姜茶了，是不是送错了？"

服务员微笑着回答："这杯是红枣红糖水。"

面对谢舒迷茫的眼神，她又多提了一句："是这位先生点的。"

说完她"功成身退"，顺手关了门，把空间留给两个人。

谢舒惊讶地看向傅明遇，放下手里的温水杯，端起新拿来的红糖水。她低头仔细闻了闻，是红枣的香味，还有淡淡的红糖味。

"你怎么想到点这个？"她有些惊讶地问。

"怕你不喜欢姜茶的味道，所以就另外点了一份。"

谢舒没想到他会细心到提前准备好，浅浅勾唇，问："那你是什么时候点的？"

明明回来之后两个人就在一个屋里，她也没见他出去找服务员……

傅明遇难得迟疑了一下，说："在我吹衣服的时候。"

吹衣服的时候？

下一秒，谢舒忽然就想起刚才的情况——

他的衣服湿了大半，只能把上衣脱下来吹。

谢舒不好意思看，转过身坐到沙发上，还再三表示不会回头。

吹风机"呼呼"地响着，她单手托着下巴，望着前面某一处，努力不去想那些奇奇怪怪的画面。

但可能房间里的冷气忽然供应不足，吹风机的热风仿佛一股脑儿地从那边传过来，她脸颊莫名发烫，整个人都热起来。

她似乎也忘记了，其实她当时完全可以选择走出休息室，去外面等他的。

"我放吹风机的时候发现旁边有份菜单，就扫码点了这个。"傅明遇的声音又将她拉回现实。

谢舒垂眸望着手里的红糖水，端起来轻抿一口。

傅明遇轻声问："这个要比姜茶好喝吧？"

"那不是应该的吗？"谢舒努了一下嘴，认真道，"没有比姜茶更难喝的茶了吧？"

傅明遇笑了笑，还是顺着她的话应下："嗯，是。"

谢舒听到他的笑声，也不由自主地笑起来，又掩饰般垂眸，捧着杯子喝了一口红糖水。

"好甜哪。"她小声感叹了一句，语气像是嫌弃。

但是她没有放下杯子，离开时，那杯红糖水还是被喝完了大半。

团建结束，所有人都先坐车回公司。下车后，同事们三三两两地走向停车场。

谢舒下车才走了几步路，小腹就开始隐隐作痛，熟悉的感觉让她顿时觉得事情不妙。

"等等。"她顾不得其他，拽了一下傅明遇的袖子，又很快松手，丢下一句话就转身往研究院跑，"你先去开车，我等会儿过来。"

旁边同行的组长正和傅明遇说着工作上的事，见到这情形，不由得微微愣住。他反应过来，笑着伸手拍了拍傅明遇的肩膀，道："你和小舒最近相处得不错啊！"

话题有些跳跃，傅明遇微笑着应下，又下意识回头，神色担忧地看了好几眼谢舒的背影。

组长也是从年轻时候过来的，看到这一幕，干脆道："行，那我先走了，剩下的不急，周一再说。"

傅明遇和组长道别，没往停车场走，而是在原地拿出手机。他的手指在屏幕上滑动，想了想还是没打字，但他心里惦记着，索性转身往回走。

谢舒揉着肚子从洗手间出来，虽然有点儿不舒服，但应该是下午喝了冷饮又淋了雨的原因。

不是生理期，她不由自主地松了一口气，刚庆幸了一下，走过拐角，又被站在门口的男人吓到。

"你怎么在这儿！"谢舒下意识后退了一步，清亮的双眸微微睁大，说，"你不是去停车场了吗？"

"我过来看看。"傅明遇自觉地拿过她的小包背上，然后伸手，作势要扶她，还问，"走得动吗？要不要扶你？"

"我没有那么虚弱。"谢舒连忙挥了挥手，说，"走啦，先回去。"

她的动作稍微大了一点儿，刚好碰到了傅明遇伸过来的手。

他轻轻地碰了碰她的手背，皱眉问："怎么这么凉？"

"可能是刚刚在车上被空调吹的。"

傅明遇的手掌宽大温热，覆盖住谢舒的手，阵阵暖意袭来。

"你的手好暖和！"谢舒感叹了一声，然后自然地垂下手，却没有将手收回来。

傅明遇有意配合她的速度，放慢脚步，两个人悠悠地走向停车场。

上车后，傅明遇先把空调的温度上调，然后转头看向旁边。谢舒系上安全带后就靠着椅背不动了，脸上没有什么表情。

他想把风向调一下，忽然倾身过去。

谢舒被他的动作吓了一跳，下意识往后靠了靠，蒙蒙地问："怎么了？"

"调一下出风口。"傅明遇伸手往外调了一下她位子前面的空调出风口，不让风口正对着她。

他坐回去，又问她："会不会太冷？"

谢舒在旁边看着他的动作，慢了两秒才明白过来他这是在做什么。她摇

— 248 —

了摇头，说："不冷了。"

但是傅明遇已经从后排拿了一个袋子到前排，谢舒看到他从袋子里拿出了毛毯，惊讶地挑了一下眉，然后伸手接过，一边铺开毛毯盖到身上，一边问他："你车上怎么还有这个？"

"一直放在后面备用的，冷的时候可以盖。"一切都安排好了，傅明遇这才启动车子，开出停车场。

"我之前怎么没看到？"谢舒手里摸着柔软的毛毯，歪着脑袋仔细想了想，忽然反应过来。

她好像一直坐在副驾驶座，就没有坐过后座，那也怪不得没有发现了。

傅明遇开车出了园区大门，余光瞥见她忽然弯眸笑起来。虽然不知道她为什么笑得这么开心，但他也跟着笑，又问："晚上想吃什么？"

谢舒摇头，看了一眼时间。

快六点了，想到这天的运动量，她提议道："有点儿晚了，要不在外面随便吃点儿？"

傅明遇却摇头说："现在跟平时的下班时间差不多，回去做两道菜也很快的。刚好等会儿要经过超市，可以顺路买些菜。"

到超市门口，他停下车，解开安全带问她："有什么要买的吗？"

"啊？"谢舒被他的问题问蒙了。

"你在车里等我吧。"傅明遇笑着说，"大概十分钟我就出来。"

谢舒也不想动，找了一个舒服的坐姿窝在座位上，点了点头，说："好，我没有什么要买的。"

她转头看着车窗外，等傅明遇走进超市，看不见他的身影后，才收回视线。

忽然想到了什么，她打开手机的秒表，摁下中间的按钮，计时开始。

车内，谢舒盯着手机界面上不断变化的数字，像是在出神，又像是在认真思考着什么。

在屏幕上的时间跳到"10:01.00"的那一刻，后座的车门被拉开，谢舒下意识地直起身回头去看，手指也摁下了屏幕上的暂停键。

傅明遇坐回驾驶座，系上安全带，抬头就见她双眸明亮地望着自己。他先是心跳漏了一拍，然后才疑惑地问："怎么了吗？"

谢舒拿起手机在他眼前晃了晃，笑道："很准时哦！"

"我有看时间。"傅明遇笑着承认，"但是没想到会这么巧，正好十分钟吗？"

谢舒点头道："是呀，你开门的时候我暂停的。"又问他，"这么快就出来了，买了些什么呀？"

"把明天的菜也一起买了，蔬菜、肉和海鲜都有。"

"那你想好晚上吃什么了吗？"谢舒歪头靠到车窗上，结果下一秒车子开过一道减速带，她猝不及防磕了一下脑袋。

"哎哟！"

"没事吧？"傅明遇也听到了那一下声音，紧张地看了她一眼，问，"疼不疼？"

谢舒换了坐姿，抬手揉着脑袋，连忙说："没事，没事，我不疼，你好好开车。"

"真不疼？"

"真不疼。"

傅明遇没再问，谢舒也以为事情就这么过去了。等下车的时候，他没去提那一大袋菜，反而绕过车头先来看她。

他仔细看了看，才放下心来："嗯，没有肿起来。"

谢舒无奈道："就轻轻撞一下而已，我又不像小孩那么脆弱。"

"是我刚刚开车太快了。"傅明遇忽然自我检讨。

"没有开得很快呀，不是你的原因啦。"谢舒扯了一下他的衣摆，赶紧转移话题，"待会儿我先回去一趟，过会儿再上楼找你。"

傅明遇拎起那袋菜，点头应下："好，我先去准备。"

谢舒回去换了一身宽松的衣服上楼，傅明遇在厨房洗菜，见她进来，微微笑了笑，说："你去坐会儿，电视我已经打开了，遥控器就在茶几上。"

谢舒身体有些不舒服，就没客气，走到沙发坐下。电视里放着综艺，但她的心思明显不在综艺上。

傅明遇端着杯子过来的时候，就看到她在发呆，那双漂亮的眼睛盯着前方一眨也不眨。

在谢舒看过来的时候，他及时收回视线，浅笑道："你先看会儿电视，晚饭很快就做好。"

"哦，好。"谢舒靠在沙发上，看到他送来的是熟悉的红糖水，愣了几秒，然后转头看向已经走进厨房的傅明遇。

谢舒忽然想起下午在庄园里的那杯红糖水。

明明以前的她总是喝不惯红糖水，怎么偏偏遇到他之后，就好像……觉得也没有那么难接受了？

也可能那会儿和他说话转移了注意力，让她下意识就忘了去纠结好不好喝、喜不喜欢。

她有点儿想明白了，又有点儿不明白。

而这个时候，傅明遇拉开玻璃门，端着两个汤碗走出厨房，说："可以吃饭了。"

谢舒慢吞吞地挪到餐桌边，发现晚餐是一人一碗番茄虾仁面，中间配一盘小青菜。

这个色彩搭配勾起了她的食欲，而且也都是她喜欢的蔬菜和海鲜。

吃完晚饭，谢舒觉得有点儿困了，就没有再留下来坐会儿，起身回去。

傅明遇送她下楼，说："晚上空调温度不要调太低，如果有什么不舒服就打电话给我。"

"嗯，我知道的。"谢舒点头应下，又想到他白天淋了雨，问，"你有没有不舒服？"

在她关切的眼神里，傅明遇微笑着回答："我没事，没有不舒服的地方。"

走到半路，谢舒的手机铃声忽然响起。

是沈娴的电话，谢舒没有回避，直接摁下接听键。

下一秒，沈娴急切的声音从手机那头传来："小舒，嘉言突然晕倒进医院了。"

　　陆嘉言在家晕倒，从楼梯上摔下去，而陆父出差去了邻省，现在沈娴一个人在医院等消息。

　　谢舒愣怔地听完情况，直到电话挂断，她还保持着把手机放在耳边的姿势。

　　缓了半秒，她回神，下意识抬头看向眼前的男人。

　　傅明遇就站在她旁边，也听到了刚刚的对话。他看到谢舒眼里的迷茫与犹豫，轻声问："要去医院看看吗？"

　　谢舒缓缓点了点头。

　　沈娴这个时候打电话过来，代表她现在需要自己的陪伴，于情于理，谢舒想，她都要过去一趟。

　　只是她又迟疑不决。

　　安静了几秒后，谢舒垂眸，小声问："你能陪我去吗？"

　　"好。"傅明遇不忍也不会拒绝她。

　　二人匆匆赶到医院，沈娴看到谢舒，顿时像是有了依靠般拉住她的手。

　　即使看到谢舒身边跟了一个陌生男人，沈娴也没有心思去问什么。

　　陆嘉言是身体过于疲劳才会晕倒，不巧的是，他晕倒的时候刚好在下楼，于是整个人从楼梯上摔了下去。但万幸的是，他只是右手摔骨折了。

谢舒陪着沈娴坐在手术室外，等医生出来讲明情况，确定除了骨折他没有其他病之后，沈娴这才真正松了一口气。

听到医生说手术大概还要一个小时，谢舒拿出手机看了一眼时间，已经快十点了。她转头看向身边的人，小声问："你要先回去吗？很晚了。"

"没事。"傅明遇摇头，低声说，"和你一起回去。"

谢舒微微抬头，对上他的眼神，浅浅笑了一下，点头道："嗯。"

时间一分一秒过去。

沈娴偶尔和谢舒说两句陆嘉言的近况，抱怨他太不顾及自己身体，更多的时候都是在自言自语。

谢舒没有随便接话，而是安安静静地做一个倾听者。

夜晚的医院似乎比白天更加冷清。

谢舒只坐了一会儿，就被冷气吹得有些不舒服。她伸手轻轻揉着肚子，想要缓解难受。

"我出去一趟。"傅明遇忽然凑过去一些，在她耳边说，"马上就回来。"

他身上的气息一下子传入鼻间，谢舒下意识转过头，目光追随着他的背影，停留了好几秒。

"小舒。"

直到听见沈娴叫自己，谢舒才连忙转头收回视线。

沈娴问："他就是你之前说的你喜欢的人？"

谢舒毫不迟疑地点了点头，应下："嗯。"

沈娴看着她，脸上露出今晚的第一个笑容，由衷地为她高兴："真好。"

谢舒不好意思地笑了笑，没有说话。

大概十分钟后，傅明遇回来了，手里提着一个塑料袋，看起来是去楼下便利超市买了东西。

他把矿泉水给谢舒和沈娴，然后又拿出一个热水袋塞到谢舒怀里，低声说："里面是刚灌的热水。"

谢舒下意识抱住了这个毛茸茸的热水袋，瞬间感受到了暖意，只觉浑身舒服。

她不由自主地笑起来，又顾忌着时间和地点不对，收了笑意，倾身过去，压低了声音对他说："谢谢。"

等手术结束，找的陪护也在一边候着了，沈娴就让他们赶紧回去休息。

十一点多了，谢舒也早就困了，但还是和她说："沈姨，那有事您再打电话给我。"

"好。"沈娴微笑着应道，又张开双臂抱了抱她，说，"小舒，今晚谢谢你。"

谢舒不好意思地说："我也没帮上什么忙。"

沈娴摇头，又笑着拍了拍她的肩膀，道："好了，快回去睡觉吧。"

"好。"谢舒乖巧地点头，"沈姨，您也早点儿休息。"

从医院出来，坐到车上，终于闻不到消毒水的味道了。谢舒懒懒地靠着椅背，看着窗外一闪而过的人与景，默默抱紧了怀里的热水袋。

她看起来很困了，但是一直都没有睡着。

傅明遇还是先送她到楼下。

但这次说完晚安，谢舒并没有直接转身进屋，而是拉了一下他的衣服。她小声呢喃："等一下。"

傅明遇看她一脸困倦迷糊的样子，不自觉地放柔了声音："先去睡吧，有什么话，等明天睡醒了再说。"

谢舒却坚定地摇了摇头："虽然很困，但是有些话，我还是想现在说。"

深夜，感性似乎占了主导地位。

谢舒想了一路，不是在犹豫说与不说，而是在想该怎么开口。

"好，你说，我听着。"傅明遇轻声道。

他低下头，眼里泛过一阵柔软，等着谢舒继续往下说。

"我上高中之后，就一直住在陆家，无论是沈姨、陆叔叔，还是陆嘉言，他们都帮了我很多，很照顾我。可以说，他们和我就像是亲人一样。"说到这里，她稍微停顿了一下，又道，"因为我和陆家的关系，所以注定了我和陆嘉言不可能老死不相往来……就像今晚这样的情况。"

谢舒抬起头，和傅明遇对视的瞬间，难得有些紧张起来。

"我不知道你会不会介意……所以我觉得应该提前说清楚，不然对你不公平。"

两个人的目光在空中相遇，此处安静得能清晰地听到对方的呼吸声。

谢舒的心神忽地一晃。他迟迟没有开口，只是看着自己，令她有些不知所措。

在对视中，时间好像过了很久很久，但其实只不过短短几秒。

傅明遇目光坚定，眼神也很温柔，说："我一直觉得，喜欢分不同程度。"

但是，这话好像和谢舒刚刚说的事没有什么关联。

谢舒没有反应过来，愣怔地看着他。

然后，她听见他轻声说："而我喜欢你，从喜欢你这个人，到喜欢你的全部，我想我的喜欢已经到了后者的程度。"

谢舒听懂了他的意思，垂下双眸，轻声呢喃："所以……"

谢舒不喜欢误会，也不想感情里存在隐瞒和猜忌。她会在这个时候将自己和陆家的关系告诉傅明遇，也是因为她不想再犹豫纠结下去了。

感情是一件很简单的事，是两个人互相表达喜欢。而现在，她愿意，也很开心地去回应他的喜欢。

傅明遇上前一步，两个人的距离变得很近很近。

静默片刻，他伸手轻轻抱住她。

谢舒没有躲闪，也没有动。下一秒，耳边传来他的低语："我很抱歉，是我来得太晚。但是，我愿意陪着你，无论是面对过去，还是面对未来。"

谢舒埋头靠在他怀里，沉默了两秒，轻声问："这是你的承诺吗？"

"那你愿意来监督我的承诺吗？"傅明遇小心翼翼地环紧了她的腰肢，不敢用力，又不愿松手。

谢舒闭上眼，沉重而紧张的情绪早已消失，心情是轻松、喜悦的，还有她期盼已久的安定在心中填满。

此时，她的心里仿佛有道声音在不断跟她说：勇敢地去喜欢吧，也再勇敢地相信一次吧。

傅明遇等待着谢舒的答案。

他能感觉到这段时间谢舒的变化，能感觉到她在向自己走近。但是，他仍然那么忐忑、紧张。

他没有先等来她的回复，而是感受到她伸手向外扯了扯他的衣服。

傅明遇不舍，却还是慢慢松开了手。

谢舒的手还攥着他的衣服，抬起头，目不转睛地看着他的眼睛。

像是认真地思考了他的这个问题，片刻后，她点了点头，应了："嗯。"

大概是等得太久了，忽然得到惊喜的回复，傅明遇还没反应过来，愣了愣神。他低着头，不自觉地放轻声音，小心翼翼地开口问："你的意思是……"

他有些不确定，忽然不敢说下去了。

谢舒看着他，忍不住弯了眉眼，嘴角上扬的弧度也格外明显。

"我的意思是……"她稍做停顿，反客为主道，"你要不要和我在一起？"

傅明遇还是用那专注的眼神看着她，好似才从那狂喜和震惊中回过神来。他的眼神变得比刚才更加明亮，然后重重地点了点头。

谢舒看着他神色的变化，心情是前所未有的开心与明朗。

"我愿意。"傅明遇牵起她的手腕，缓缓轻呼一口气。他压低了声音，但语气里藏不住笑意，"能和你在一起，是我的荣幸。"

谢舒眨了眨眼，握住他的手，十指相扣。她的脸上是轻松又灿烂的笑，双眸微弯，仿佛闪烁着星光。

"也是我的荣幸。"她这样说。

傅明遇将谢舒拥入怀中，手臂悄悄地收紧了些。

他的怀抱温暖而坚定，而这一次，谢舒在他怀里闷声笑了笑，然后抬手搂住他的腰。

是回应他的拥抱，也是回应他的喜欢。

刚确定关系的小情侣总是那么黏糊。

说完晚安，傅明遇又舍不得放谢舒走。他低下头，克制着满心的欢喜，在她的额头上落下一个温柔至极的吻。

谢舒感受到他温热的气息，脸颊不由自主地发烫。她羞涩着，却没有躲避他的目光。

"晚安，男朋友。"她眨了眨眼，眼睛弯了弯，又说，"早点儿睡，不要失眠。"

最后那四个字她念得很慢，又夹杂着细碎的笑意，很难让人相信她不是故意的。

傅明遇无奈地笑着，又极认真地说道："就算失眠了，明天我也会准时起来准备早餐。"

"明天我要睡到自然醒。"谢舒打了一个哈欠，困意重新袭来。但她还不忘提醒，"不准打电话过来叫我起床哦。"

傅明遇问："不吃早餐了？"

"我要睡足八小时。"谢舒想了想说，"到时候就当吃早午餐吧。"

"行。"傅明遇自然答应下来，又捏了捏她的手心，然后才依依不舍地松开，叮嘱她，"回去洗漱，好好睡觉，明天见。"

谢舒"嗯"了一声，困倦地点了点头，转身进屋后和他挥挥手，然后才关上门。

傅明遇站在原地好一会儿，看着关上的门，还是感觉有几分不真实。

被谢舒一语说中，他回到楼上后根本没有一点儿睡意，完全睡不着。

他洗漱完，跑到阳台上吹风，试图清醒一下。可看着寂静的夜色，他什么都想不起来，满脑子全是她。

和楼上高兴得睡不着的某人不一样，谢舒这一觉睡得很安稳，也很满足。

她起来洗漱收拾完已经九点多，然后去了楼上。

傅明遇过来开门的时候还系着围裙，谢舒以为他是在准备早饭，结果到了厨房才发现，早餐已经做好放在保温锅里了。

她惊讶道："这么早就已经做好了？"

"嗯。"傅明遇应了一声，把紫薯和流沙包夹到盘子里端出去。

谢舒也已经熟门熟路地转身去拿碗盛稀饭了。

见桌上摆着的是一人份的量，她径直伸手拉住和自己擦肩而过的人，转头问："你已经吃好了？"

傅明遇迟疑了半秒，点头道："起来的时候吃过了。"

谢舒没松手，直接拉着他在自己旁边坐下，似是漫不经心地随口一问："你早上几点起的？"

她说话时松开了拉住他的手，伸手去拿勺子。

傅明遇定定地看着她，手指松开又悄悄收紧，有些贪恋刚刚触碰到的柔软。

谢舒没听见他的回答，一边小口吃着流沙包，一边偏头看向他。

傅明遇这才答："没看时间。"

谢舒缓缓皱了一下眉，看向他。这一眼不知看出什么来了，她稍稍转身，认真地看着他的眼睛，试探着开口："你不会一晚没睡吧？"

她又抬起手，凑近到他的眼睛下方，轻声感叹："你眼睛下面多了两个黑眼圈。"

虽然黑眼圈很淡，但是在他脸上格外明显。

傅明遇没找借口，诚实地说："高兴了一晚上，睡不着。"

昨晚他躺在床上，即使强迫自己闭上眼也一直睡不着。后来看外面的天渐渐亮了，他索性起来去晨跑了一圈，然后一边待着今天的见面，一边准备早午餐。

听他说完，谢舒愣了一下，失笑道："那你要不要现在去补个觉？"

傅明遇摇头，眼底光芒晃动，嘴角扬起弧度，说："不想睡。"

顿了顿，他有些脸红，轻声说："想看着你。"

谢舒一下子被他的话击中心脏，一阵酥麻感传来。

她不好意思地笑着，收回了跟他对视的目光，有些羞涩地说："可是，你这样看着，我吃不下去了！"

她伸手掰了小半个流沙包给他，劝他："要不要再吃点儿？"

"好。"傅明遇笑着接过，说，"吃完了锅里还有。"

谢舒摇头道："够了，现在都快十点了，等会儿午饭会吃不下了。"

"那我们晚点儿再吃。"说话间，傅明遇戴上一次性手套拿起餐盘里的两截小紫薯开始剥皮。

"好！"谢舒答应着，又像想到什么似的说，"你等会儿也先休息一下，我们看点儿电影或者连续剧吧。"

说完，她不自觉就加快了吃饭的节奏。

傅明遇应了一声"好"。看她嘴角沾上了一点紫薯，他脱去手套，拿了纸巾轻轻帮她擦去，温柔地笑着说："慢点儿吃。"

"这个紫薯还挺好吃的。"

"嗯。"傅明遇看了她一会儿，然后问，"这次怎么不分我一点儿了？"

"可里面不是还有吗？"谢舒稍稍抬起手，把手里本就分量不多的紫薯给他看，说，"你还要抢我手里这点儿吃的吗？"

"我觉得，你的看起来比较好吃。"

看他回答得这么自然坦荡，谢舒忍不住笑了一声，说："那我也不会让给你的。"

二人说笑着吃完早饭，傅明遇整理了餐盘放回厨房，谢舒则去客厅随便挑了一部片子播放。

傅明遇切了水果出来，只见客厅里一片昏暗，只有电视屏幕亮着光。

谢舒正拿遥控器调节音量，他放下水果后挨着她坐下，找了个话题："怎么把窗帘拉上了？"

谢舒按下快进键跳过前面的片头，然后放下遥控器，对着他笑了笑，说："营造看电影的氛围呀。"

傅明遇"嗯"了一声，又问："选了什么电影？"

谢舒报了名字，是外国片，问："你看过吗？"

傅明遇摇头道："没看过。"

"我也没看过，那刚好一起看。"

"好。"

电影是关于人与动物之间的温情故事，刚开始有些无聊，但进入正题后，剧情就逐渐精彩起来。谢舒也忘了旁边还有个男朋友，看得有点儿入迷。

电影播到高潮时背景音乐声忽然变得很响，她转身去拿遥控器调低音量，然后放下。

靠回沙发的时候，谢舒无意中往旁边瞥了一眼，身边的人已经闭上了眼。

她愣怔了一下，听着他细微绵长的呼吸声，回过神，拿起遥控器，将电影静音了。

然后，她又稍稍转过头，视线落在他的脸上，定定地看了几秒。

不知道傅明遇是什么时候睡过去的，但他牵着她的手，没有半点儿放开的意思。

忽然，谢舒的心被不知名但无比柔软的情绪填满。她深呼吸了一下，然后捂住自己的眼睛，无声地笑了起来。

电影里的时间过得很快，现实里的时间也不知不觉溜走。

傅明遇醒来的时候，电影也快要结束了。他半梦半醒，比往常要大胆许多，歪着脑袋靠到谢舒肩上，又伸手环住她，稍一用力就将人搂进了怀里。

他身上的气息仿佛瞬间将谢舒温柔地包裹起来。她的心跳有些加快，却又舍不得从他的怀抱里离开。

她稍稍抬头，见他又闭上眼睛，于是声音轻柔地问："醒了？"

"嗯。"意识回笼，傅明遇终于想起来他现在不是在梦里，那么，怀里的人也是真实的。

他缓缓睁开眼，眼里闪过一丝难以置信，抱着她的手却没有松开。

傅明遇低头，正好对上谢舒笑弯的眼睛。

谢舒故意逗他："不是说不困吗？怎么电影刚开始就睡着了？"

傅明遇无辜地看着她，声音很轻，还有些刚醒来的喑哑："抱歉，一不小心就睡过去了。"

说完，他反而将头凑过去，轻轻靠到她的肩上。

谢舒感受到他的动作，并不抵触他的靠近，柔声问："要不要再睡会儿？"

"不了。"傅明遇继续收紧手臂搂着她，在她耳边低语，"电影后面好看吗？"

谢舒迟疑了一下，说："还行。"

后半段讲了什么，她根本没有看进去。

或者说，发现他睡着之后，她就没心思一个人看下去了。看无声的电影，还不如欣赏男朋友的睡颜。

两个人在沙发上腻歪到十二点，聊着没有营养的无聊话题，但是偏偏二人脸上的笑意都收不住。

吃完午饭，谢舒忽然想起昨晚的事，看了一眼男朋友，先问他："你下午要不要补觉？"

"嗯？"傅明遇不知道她怎么提起这个，笑着捏了捏她的手心，玩笑着问，"陪我午睡吗？"

谢舒好笑道："我才没空陪你。"

然后，她收了笑意，认真地说："我想等会儿再去医院一趟。"

傅明遇点了点头，了然道："那我不睡了，和你一起去。"

谢舒还是担心他的身体。

他安抚道："只是偶尔一次熬夜，没关系的。"

"那等会儿我开车。"见他不解地看着自己，谢舒笑着说，"下午最容易困了，我怕你等会儿车开着开着就睡着了。"

"不会。"傅明遇很是坚定地摇头。

"嗯。"谢舒点头，脸上带笑，敷衍他道，"那也是我来开车。"

傅明遇心里也清楚她这是关心自己，笑着妥协："好，你来开。"

两点多，谢舒回楼下换衣服，傅明遇跟着她起来，说是顺便一起下去。

"好啊。"她点头，便等他一起。

两个人前后脚出门。

傅明遇关好门却没有转身就走，而是又打开智能门锁的滑盖，输了密码。

"怎么了？"谢舒听到门锁的动静，有些不明所以，还以为是智能锁有什么问题。

傅明遇又在键盘上摁了两下，然后才对她说："好了，把手指放上面，录入一下指纹。"

录指纹？

谢舒终于反应过来，又像是没反应过来，发出一声："啊？"

接下来她全程是蒙的，被他带着录入三次指纹，然后验证成功。

走进楼梯，她才想到问："怎么忽然就加上我的指纹了？"

傅明遇牵着她，另一只手去摁楼层数字，说："下次上来的时候就不用等我了，可以直接开门进来。"

谢舒笑了笑，说："这样不太好吧？"

"哪里不太好？"

"我怕看到什么不该看的。"

傅明遇皱了一下眉，大概没想出来什么，果断回道："没有什么不能给你看的。"

谢舒没想到他这么坦然，眉梢微挑，拖长尾音"哦"了一声。

回到楼下，打开滑盖解锁时，她忽然想起什么，转头问身边的人："那礼尚往来，我家的锁是不是应该也得加上你的指纹？"

"不急。"

听到傅明遇的答案，谢舒有些惊讶，转头看着他。

傅明遇笑着揉了揉她的头发，柔声说："你要提高一点儿安全意识呀。"

然后他主动解释："我们现在才刚确定关系，你怎么就能把家里的密码告诉我呢？还要加上我的指纹。"

是呀，那你刚刚是在做什么呢？

谢舒勾了一下嘴角，有些无语，又有些好笑。

她推开门往里走，傅明遇跟在后面关了门。

他止步在卧室外，在她要关卧室门前，他开口说："等你觉得什么时候合适了，再加上我的。"

等合适的时间吗？

谢舒握着门把手，转身，目光落在他的身上。

她想了想，随后眉眼微弯，说："嗯。"

去医院前，谢舒打电话给沈娴，隐约听到电话那头有其他人的声音。应该也是去看望陆嘉言的，声音有些耳熟，但她没有多想。

"等等。"马上就要转道开进医院时，傅明遇忽然出声让她在旁边停一下。

谢舒把车停到路边的临时停车位上，问："怎么了？"

"探望病人总不能空着手吧。"傅明遇解开安全带，又看向她说，"我去买就好了，你在车上坐着。"

谢舒点头，转头看到路边都是鲜花水果店。她降下车窗，向还没走远的傅明遇招了招手，然后慢悠悠地说："我等你。"

到达医院，他们戴上口罩后走进住院大楼。

这个时间点，住院部里进出的大多是来看望病人的家属或朋友，他们走过大厅，谢舒还在低头看手机里沈娴发过来的病房信息。

"在 15 楼 8 号房。"说完，她随手将手机放回兜里。

走到电梯口，傅明遇拉着她到另一边，说："单层要坐这边。"

说完他就要松开手，不过谢舒反而钩住他的手指，抬头笑着与他对视一眼，握住了他的手。

电梯到了一楼。

门缓缓打开，里面的声音先传出来："那你说怎么办？我不会为了你们牺牲我的幸福的！"

那道带着怒意的女声有些耳熟，谢舒下意识望过去。

对方戴着口罩，但她还是认出了是谁。

宋嘉真刚在陆嘉言那儿撞了南墙，又和哥哥吵了两句，心里正憋着气，谁知又在踏出电梯的时候和她最不想看到的人正面遇上了。

宋博远原本正无奈地看着妹妹，结果看到她停下，目光直直地看着电梯门口，他便也顺着她的视线看过去。

有些意外，却又在意料之中。看到对方出现在这里，双方都是这个想法。

宋博远愣怔片刻，大概是想到了之前的事，表情有些不自然，所幸口罩遮住了他大半张脸。

他开口："你也来看嘉言吗？"

"嗯。"谢舒不打算与他们闲聊，淡淡地应了一声，就打算走进电梯。

宋嘉真紧紧地盯着谢舒，盯着她和傅明遇交握着的手。她脚下像生了根似的一动不动，还是宋博远伸手把她拉出了电梯。

二人到达病房门口，正好遇到出来的沈娴。看到谢舒过来，她脸上重新挂起笑容。

谢舒问了陆嘉言的病情。

沈娴表情轻松，不再像昨晚那般严肃、担忧，说："他现在能吃能喝，身体也没什么问题，就是右手暂时动不了而已。"

傅明遇落后一步，跟在二人身后。

沈娴注意到他手里的果篮，又笑着看向谢舒，说："和朋友一起过来看他，怎么还买了东西？这边什么都给他准备好了。"

"一点点心意。"谢舒真诚地说，"祝哥哥早日康复。"

陆嘉言住的是高级套间，走过客厅，里面才是病房。

门开时，陆嘉言以为是刚走的那兄妹俩又回来了，他将眉头皱得很紧，透出几许烦躁。

但下一秒，听到那熟悉温柔的说话声，陆嘉言先是愣了半秒，然后脑海里仿佛一个雷炸响，他心跳加速，不敢相信地朝门口看去。

谢舒来了。想到这儿，他嘴角已经不自觉地上扬，连手上的痛都没感觉了。

只是——

陆嘉言听见她说了那两个字，哥哥。

然后，他看着谢舒走进来，身后还跟了一个他并不陌生的男人。

陆嘉言脸上的笑容瞬间僵住。他静坐在床上，视线紧紧地盯着谢舒。

谢舒先与傅明遇对视一眼，然后拿过果篮，放到病床旁边，又把刚刚说过的话对着陆嘉言重复了一遍："祝哥哥早日康复。"

她话里的客气和疏离，像是一颗炸弹在陆嘉言心里炸开，震得他忍不住握紧拳头。

看着她脸上真切的微笑，又想到她和傅明遇对视时，那双清亮的眸子里自然而然流露出来的笑意，陆嘉言的心重重地刺痛了一下。

因为，他也曾拥有过那样笑容灿烂的谢舒。

她本该是他的。

陆嘉言没有开口说话，就这样盯着她，压抑着心底的情绪。

还是沈娴出来缓和气氛，柔声道："小舒，和朋友一起坐会儿吧。"

谢舒其实不想多留。陆嘉言的视线过于直接，场面本就尴尬，但是沈娴先开口了，她又不好再拒绝。

傅明遇似乎看穿了她的心思，悄悄握住她的手，轻声道："我陪着你。"

谢舒下意识转头望向他。在他温柔关切的眼神里，她忽然就舒服了很多。

沈娴也注意到两个人的对视，从这小小的互动就能看出来，他们之间的关系明显已经超越了朋友。

没过多久，护士送药过来，谢舒便也起身告辞。

她进来后，总共就看了陆嘉言两次。

一次是走进病房的时候，她那会儿说"祝哥哥早日康复"；一次就是现在，她要离开，视线也终于舍得落到他身上了。

陆嘉言静坐在病床上，看着这样陌生又熟悉的谢舒。

"那我们先走了。"谢舒只是朝他微微颔首，平静地说完这句话。

陆嘉言没有错过她脸上一丝一毫的表情变化。可是他又不得不承认，自己在她脸上找不出除了平静以外的任何情绪。

她表现得那么平静自然，没有心疼，也没有恨。他在她眼中，好像真的成了一个陌生人。

"早日康复。"

突然的一道声音把陆嘉言拉回神。他抬头，看向谢舒身边的那个男人。

傅明遇只是看了他一眼，便转身离开。

那一瞬间，陆嘉言忽然发现，他们看向自己的眼神和表情是那么相似，都是那么不在意。

骨折的手隐隐作痛，可都不及他的心痛半分。他的整颗心仿佛都绞起来了，又像是千百次被刀割过，疼痛难忍。

可是，没有人会与他共情。

病房外，沈娴回头对上谢舒的目光。

谢舒拉了拉身边的人，眼神微微害羞，但神色认真地介绍道："沈姨，这是我男朋友，傅明遇。"

傅明遇礼貌地鞠了一躬，说："沈姨，您好。"

"你好。"沈娴微笑着夸了他两句，又看向谢舒道："这两天也辛苦你和小傅了，好好的一个周末，倒是打扰你们约会了。"

"不辛苦，我们也只是过来了两趟，哥哥没事就好。"谢舒看着沈娴，又关心道，"昨天那么晚才结束手术，您也要好好休息，身体最重要。"

"好，我知道。"沈娴听着她的话，心里特别熨帖，嘱咐他们，"那你们也回去吧，有空一起回家吃饭。"

谢舒没想到沈娴会加上后面那句话，回家吃饭的话，这进度有些快了吧？

她下意识转头看了一眼傅明遇。而他正好也在看着她，眼里满含期待地等她的回复。

这话不好接，谢舒迟疑两秒，轻轻地"嗯"了一声。

跟沈娴告别后，二人走到电梯口，电梯里罕见地没人。

谢舒拉着傅明遇的手小幅度地摇晃了几下，然后仰起头看着他说："谢谢你陪我来。"

她已经放下了过去，但是要来见陆嘉言，真正面对过去的时候，还是下意识想逃避。

只是今天不一样，有他陪着自己，那点儿烦闷在她尚未察觉时就已经烟消云散了。

傅明遇大概没想到她会说这个，低头看着她的脸，看她眉眼弯弯，在灯光的映衬下，眼里仿佛闪着星星。

这一刻，他忽然想抱抱她。

他是这样想的，也这样做了。

傅明遇伸手抱了抱谢舒，温柔地说："应该是我谢谢你给了我这个机会，愿意让我陪你过来。"

谢舒的手依然紧紧攥着他的。她目光微闪，半认真半开玩笑道："我怎么总觉得，我们像是谈了很久的恋爱了？"

傅明遇愣了一下，发出一声："嗯？"

面对他疑惑的眼神，谢舒歪头想了想，却只说出了两个字："感觉。"

电梯到达一楼，傅明遇握着她的手走出来。他的声音从口罩里透出，显得有些低沉，但语气里带着的笑意藏不住："那不正说明了，我们很熟悉彼此。"

不是反问，也不是疑问，而是肯定的陈述句。

谢舒缓缓点头。

"但是……"她转头看向傅明遇，问，"相比之下，我是不是还不够了解你？"

话音落下，傅明遇并没有立刻回答。

给予的回应是握着谢舒的那只手又紧了些。

"不急。"傅明遇顿了顿，低头看着她，轻声道，"我们还有很长很长的时间，你可以慢慢了解我。"

第 十六 章

从住院部到停车场，有一条直通的路。

路的尽头也是停车场的入口，那儿站了一个人。

谢舒和傅明遇聊着天走过去，无意间往旁边瞥了一眼，视线只在那人身上停留了一秒。

可对方却上前一步，拦住二人，说："谢舒，我们聊聊。"

宋嘉真杵在路口那么久，就是为了堵她。

谢舒脸上的笑意褪去，淡淡地说："我想我们没有聊的必要吧。"

宋嘉真听到她的话，忽然笑了一声，也不顾傅明遇还在场，直接就开口："我真的好嫉妒你呀，为什么那些我想要的东西，你总是轻而易举就能得到？"

谢舒静静地看着她。片刻后，她从包里拿出钥匙递给傅明遇，说："你帮我把车开过来吧。"

傅明遇接过钥匙，看了一眼前面的这个女生，眼神里流露出几分警惕。

宋嘉真勾了勾嘴角，说："我可不会傻到做犯法的事。"

谢舒知道他是担心自己，轻轻握了一下他的手，安慰道："没事。"

傅明遇沉默了几秒，点头道："那我看着。"

他会答应下来，也是因为车就停在前面那一排，没有遮挡物，能让他时刻关注这边的动静。如果有异常，他也能迅速赶到她的身边。

谢舒不知道宋嘉真想说什么，但是她不想再继续跟宋家的人纠缠下去，正好趁今天都说清楚好了。

只是下一秒宋嘉真说出来的话，让谢舒的脸色瞬间沉了下来。

"谢舒，我们都没有了爸妈。"宋嘉真直勾勾地盯着她，愤愤不平地说，"可是为什么你就能被陆家收养！陆叔叔和沈阿姨仍旧宠着你，陆嘉言又喜欢你，连你二叔都不跟你争家产，甚至把智达都留给了你。"

"而我呢，我爸妈劳心劳力地撑起整个宋氏，到头来白白给他人做了嫁衣，我现在还要为了他们去嫁给一个那样恶心的人。

"为什么呀……谢舒，为什么你就好像什么都没有失去一样，还得到了那么多人的爱和喜欢。而我什么都没有，就连宋博远对我的好，也不过是他自己内疚……没有人真心为我着想过。"

宋嘉真说着说着就红了眼，将满腹的不甘都表达了出来。她的嫉妒好像都有了理由。

谢舒看着宋嘉真，神色很平静。可是，只有她自己知道，听到这些话的时候，她不是在庆幸自己幸运，心里更多的还是难受。

"你又怎么知道我愿意拥有这些呢？"谢舒深吸一口气，极力克制自己的情绪，可话说出口的时候，声音仍是微微颤抖的，"我可以不要这一切，只要我爸妈回来。"

宋嘉真被她说得一愣，却也忍不住开口："我也想我爸妈回来！"

"可是我们都很清楚，这个愿望永远都不可能实现了。"

谢舒说完这句话后，二人沉默了很久。

宋嘉真站在原地，脑海里一半是在抱怨老天爷不公平，一半是想到了曾经宠爱自己的父母。

父母为她取名为"嘉真"，虽说那时取这个"嘉"字是为了与陆家长子相同，但"嘉真"二字的寓意也是父母对她的期盼——做一个善良、真诚、幸福的人。

可是，父母相继离世也是她美梦破碎的开始。

宋嘉真回忆着过去，出神了一瞬间，又很快被谢舒的声音拉回。

谢舒的语气很平静："我不明白你现在来和我说这些是什么意思，只是为了和我比惨吗？可是有必要吗？"

宋嘉真张了张口，说不出理由来。

"还是，你只是想为你以前做的那些事找一个借口？"谢舒直截了当地戳破了宋嘉真心里隐秘的想法。

傅明遇已经把车开了过来，就停在旁边。

谢舒也没有继续和宋嘉真说下去的想法。只是在离开前，她还是回头望了一眼，说："想要什么，就该光明正大、坦坦荡荡地去争取。"

光明正大，坦坦荡荡。这八个字落在宋嘉真耳中，仿佛化成了一把木锤，在一下又一下地敲醒她。

宋嘉真手指握紧，抬头看向转身离开的谢舒，无力地喊："我也只是想争取我的幸福而已。"

她一直都知道这个借口有多苍白无力，可是，她又不得不用这个理由来安慰自己。

谢舒没有回头，也没有对她的这句话做出任何回答。

过去在她这里已经画上了句号，无关紧要的人，她不想再花心思去想，也没有时间去劝解开导别人。

上车，拉过安全带，谢舒忽然想起今天应该是她开车的。

可傅明遇已经发动车子驶出了停车场。他似乎知道她在想什么，说："我开回去吧。"

谢舒缓缓应了一声，系好安全带，抬起头，视线落在前方。

她似乎是在出神，没有提及刚刚的对话，傅明遇也认真开车，没打扰她。

大概是车里太安静了，空气中淡淡的香气又好像有安神的作用，谢舒出神地想着事，迷迷糊糊睡着了。

不过因为是在车上，她睡得不沉，车子停到楼下的时候她就醒了过来，但一时间不想动，靠在椅背上昏昏欲睡。

傅明遇下车绕到谢舒那边，拉开车门，轻声道："抱你上去好不好？"

他探身过去替她解开安全带，二人离得极近。

谢舒瞬间感受到来自他身上的气息，格外浓烈又滚烫。她立刻清醒不少，但整个人还是懒洋洋的，声音里还透着一股刚醒来的倦意："不好吧，会不会有人看到？"

傅明遇回头看了一眼外面，确定现在没有人之后，转身轻松地将她抱起来，说："没事，现在外面没有人。"

"哦。"谢舒也不想动，由着他抱起自己走进楼里。

傅明遇抱着谢舒走得很稳，她几乎没有感觉到颠簸，舒服得她到了家门口都舍不得离开他的怀抱。

谢舒下意识伸手按了指纹锁，等打开门，看到里面的布置不是自己家，她才反应过来傅明遇是直接带她到了楼上。

"要不要再睡会儿？"

听到他问，谢舒回过神摇了摇头，说："不困了。"

刚从医院回来，傅明遇拉着她先去洗手消毒。

谢舒出去后到客厅坐了一会儿，傅明遇洗了水果端过来。

他刚坐下，谢舒忽然就转过去抱住他。

这一下让傅明遇猝不及防，但身体的反应比思维快，他已经伸手自然地把人搂进怀里，柔声问："怎么了？"

谢舒不说话，他就这么拥着她，手搭在她背上轻轻安抚着。

好一会儿，怀里才传出她的声音："想我爸妈了。"

宋嘉真的话其实没怎么影响到她，她也不会放在心上。

但是思念不受控制，谢舒还是想起了父母。这次她的情绪没有再失控，好像很平静，只是思念总是萦绕在心头，带着淡淡的忧伤。

谢舒从傅明遇怀里抬起头，对上他温柔的目光，轻声说："我们找个时间，一起去西山吧。"

傅明遇低头看着她，有些心疼地说："好，我们一起去。"

他的声音总是这么温柔，给予她被坚定选择与支持的感觉。

谢舒忽然又想起，年初的时候，他们曾在西山遇到过。她的眉眼微微弯了一下，说："你陪我去看我爸爸妈妈，我陪你去看你外公。"

傅明遇声音低沉地应下："好。"

去西山不是随口一说，两个人都把这件事放在了心上。没有拖很久，他们在第二个周末就开车去了西山。

谢舒静静地站在墓碑前，看着父母年轻时的照片。时间似乎真的能抚平伤痛，此刻她好像没了钻心的疼痛，更多的是酸涩。

这一天的阳光很温柔，是七月里少有的晴朗却又不那么炎热的天气。

谢舒和父母说了最近发生的很多事，一件件生活中可能并不重要的小事，在她口中好像都变得很有意义。

离开前，她压下心里的不好意思，向父母介绍了自己的男朋友。

然后，傅明遇带着她去了另一边。

柏树在微风中轻晃枝丫，墓碑前，他紧紧牵着谢舒的手，说话的声音放轻了些，表情认真，十分郑重地向外公介绍谢舒。

回去的路上，谢舒不经意又想到了什么。

她和陆嘉言在一起三年，却从来没有单独一起来过西山，这就好像是注定了一样。

察觉到她在走神，傅明遇握着谢舒的手紧了紧，轻声提醒："小心脚下。"

谢舒应了一声，却不担心自己会被绊倒。她笑着说："有你在呀！"

傅明遇低头笑着看她，忽然伸手过去。

谢舒以为他是要捏自己的脸，下意识往后躲了一下，笑着问："你想干吗？"

"别动。"他说。

傅明遇却只是把她脸颊边的碎发别到耳后，指腹轻轻地蹭了一下她的耳朵。

"被风吹乱了。"他很快就收回手，继续牵着她的手往山下走。

"哦。"是她意会错了他的意思。

但谢舒心里没有半点儿不好意思，反而很愉悦。

她没忍住，低下头，嘴角不自觉地勾了勾。

谢舒的生日在八月初，往年都是在陆家过的，但是今年不一样了。

沈娴还是和以前一样打了电话过来，询问她今年是否回陆家过生日，她这次婉言拒绝了这个提议。

这也在沈娴的意料之中。她笑着说："好，那阿姨提前祝你生日快乐，那天就不打扰你们了。"

谢舒和沈娴两个人之间的感情，并没有因为谢舒和陆嘉言的关系而变淡。

谢舒也永远不会忘记沈娴这么多年来对自己的照顾和关怀，她给予自己的温暖是不一样的。

在短暂的沉默过后，谢舒回了神，嗓音压低，轻声跟她说："谢谢沈姨。"

沈娴又与她聊了一会儿，提到下周台风入境，让她上下班路上都要小心。

"好。"谢舒应下来，感受到沈娴的关怀，她心里暖暖的，也不忘提醒沈娴注意安全。

挂断电话后，谢舒搂着抱枕在沙发上左右摇晃，心情很愉悦。

电视里综艺节目正放到一半，但是她没在看。

谢舒忽然想喝水了，倾身去拿杯子，眼神顺带扫过旁边的日历本。

她慢悠悠地喝着水，又看了一眼立在那儿的日历本，伸手拿过来翻了翻。

八月份那一页，唯独一个日期被圈了起来。

八月七日，傅明遇圈起来的这个日子，很巧，就是她的生日。

傅明遇从卧室出来的时候，注意到谢舒正看着日历出神。他走过去，伸手摸了摸她的脸，问："想什么呢？"

谢舒立即回了神，抬头和他对视，眼里的笑意更为明显。她扬了扬手里的日历本，笑着反问他："你说呢？"

傅明遇接过她手里的日历本，放回茶几上，然后说："今年你生日正好和七夕节同一天。"

"是吗？"谢舒有些惊讶。但下一秒，她又轻轻叹了一口气，遗憾地说，"可惜周末台风要来了，不能出去玩了。"

生日和七夕节都在周日，但是天气预报已经提前通知，台风就在那两天过来清城。

"那等台风走了我们再去。"

"我想去射击馆，玲姐说广场那边新开了一家俱乐部，听起来还挺好玩的。"

"好啊。"

傅明遇没有说周日要怎么过，像是藏着秘密似的。谢舒越发好奇，问："那周日……"

傅明遇轻轻捏了捏她的手心，只是笑道："说了就没惊喜了，走吧，下楼散步。"

谢舒盯着他的脸看了两秒，什么也没问，点头道："好吧。"

台风如期在清城北岸登陆。

那天狂风暴雨，小区里的树都被吹折了。楼上的谢舒在落地窗前正好看到了这一幕。

这不是她第一次直面台风的威力，但还是被惊到了。正好傅明遇走过来，她下意识伸手抱住他，感叹道："这风好大呀……树都被吹倒了！"

傅明遇拥住她，又顺着她指的大致方向看了一眼。

楼层有些高，远远望下去，风吹雨打，底下树叶、枝丫一地，不甚清晰。

谢舒问他："你在江城有见过这样的台风吗？"

"江城很少有这样的台风天。"他想了想，又说，"每年台风过境时，最多就是下两场大雨。"

"那你们岂不是少了很多台风假？"

"台风假？"

听到他疑惑的语气，谢舒仰起脸看着他，笑着说："就是因为台风放假呀！我记得小学的时候，好像有一年刮台风，连下了几天暴雨，城市里好多地方都积水了，我们一连放了三天的假，那会儿可开心了！"

傅明遇轻轻地挠了一下她的下巴，眼底忍不住划过笑意，问她："那这三天的课，后面没有补回来吗？"

谢舒眨了眨眼，忽地低头往他怀里撞，闷声道："后来都用周六补回来了。"

傅明遇被她的动作可爱到，忍不住笑了一声。

"这样一想，放台风假也没什么好的，又不能出去玩，还要用周末补回来。"谢舒还在碎碎念，半天都没听到回应。她抬头，就看到某人正看着她笑。

"你笑什么？"她狐疑地问。

"叮——"厨房里响起烤箱计时结束的提醒声。

傅明遇没回答，而是牵着她的手往厨房走过去，说："蛋糕好了，我们去看看。"

谢舒的注意力瞬间就被转移了，自告奋勇道："我来打奶油吧，你切水果！"

"好。"傅明遇把冷藏的奶油拿出来，加了白糖，都准备好了才给她，又说，"大概十分钟不到，如果累了……"

"不会累的！"

谢舒最喜欢的就是打奶油这一步了，闻着淡淡的奶香味，看着手里的淡奶油被一点点打发出花纹，心情也不自觉地变好了。

打完奶油，水果也都切好了，傅明遇拿来转盘，往蛋糕上抹奶油。

谢舒在旁边看了一会儿，惊叹他手法之娴熟，忍不住将前两天从网上看到的"彩虹屁"都给男朋友吹了一遍。

傅明遇被她夸得不好意思，转头从柜子里拿出压花模具给她，说："用这个压切片的水果，喜欢什么形状就选哪个。"

他已经把草莓切片摆在盘子里，谢舒有点儿想玩，却又怕自己把草莓都给毁了，有些忐忑地问："啊，要是压坏了怎么办？"

"家里还有草莓，等会儿我再切。"傅明遇也看出她眼神里的跃跃欲试，轻声哄着，"去玩吧。"

谢舒也不是厨房小白，虽然一开始上手压坏了几片草莓，但后面出来的各种造型的草莓片都很完美。

其中，她最中意的就是爱心形状的草莓片了。

草莓本身就是红色的，压成心形后格外漂亮。

最后点缀水果时，尽管谢舒没说想要哪些水果，但傅明遇一眼就挑中了这几片心形草莓。

"我压的，好看吧！"她弯眸笑着，像极了等待表扬的小朋友。

"好看。"傅明遇一边把心形草莓片放到蛋糕上，一边又轻声夸了一句，"心灵手巧。"

谢舒听出他语气里的笑意，眨了眨眼，歪头看向他，戏谑道："这个词明明就应该是夸你的。"

傅明遇笑着说："你之前不是就夸过我了？"

谢舒转了转眼珠子，嘴角上扬，开心地说："好像是哦。"

她想起来了，是那次他送自己香包的时候，她发了一条微信消息感叹。

想到香包，谢舒又想到一个问题，缓缓开口："我之前一直忘了问你，高中的那个香包，你为什么会想到要留给我？"

其实疑问的种子早就在她心里种下，只是她那时候不好意思问。

"就是很简单地想要送给你。"傅明遇已经做好了蛋糕，放下手里的工具，转身对上她的视线，说，"只是那个时候我知道，如果送给你，你肯定不会收的。"

谢舒慢吞吞地点了点头，肯定了他的话。

她高中那会儿和傅明遇其实不熟，他又是异性，她不可能贸然收下他的礼物。

"没想到刚好遇到这个机会，就想着，还是要送到你手里。"

谢舒听着他的解释，还是抓住了重点，问："为什么想要送给我？"

问完，她又觉得答案好像已经呼之欲出。

傅明遇不说话，像是在静静等待她猜似的。

"你那时候就喜欢我了？"可说完，谢舒自己都觉得不可信，疑惑道，"可是不对啊，我们那个时候也就见过几次面吧。"

"喜欢都是从好感而来。"他的声音伴着风吹到耳边。

那一年，傅明遇过得并不开心。

在他以为自己的人生将永远那么灰暗下去的时候，他遇到了谢舒。

她是他人生中的意外惊喜。

　　最开始只是淡淡的好感，后来这些情愫在心中不知不觉发生了变化，慢慢地就变成了喜欢。

　　"可是，我们第一次见面也不太美好吧？你怎么会……"谢舒还有些疑惑，潜意识里仍是不敢相信。

　　傅明遇感觉到她的情绪有些慌乱，也隐约能猜到是为什么。她不断质疑，不断找着理由，这又何尝不是在寻找安全感呢？

　　他们的第一次见面，好像是不太美好。

　　可那也是他后来无比怀念的记忆。

　　"谢舒同学。"

　　"啊？"

　　看着表情蒙蒙的她，傅明遇伸手把人搂进怀里，抱了好一会儿，在她耳边低语："很抱歉，第一次见面的时候叫错了你的名字。"

　　"但是，这又好像是我们两个人才知道的秘密。"他说着话，又轻轻笑了一下，低下头，蹭她的鼻尖，说，"我很感谢李老师，那天他将你的试卷给了我，选择让我转交给你。"

　　这是独属于他们两个人的秘密。

　　谢舒目不转睛地看着他，嘴角却忍不住勾了勾，说："所以，这就是你给我的备注是'谢舍予'的理由？"

　　谢舒没有翻看别人手机的习惯，即使这个人是自己的男朋友。

　　之前傅明遇让她帮忙回消息，手机递过来的时候屏幕上正好是微信界面，唯一的聊天置顶就是明晃晃的"谢舍予"三个字。

　　不过傅明遇显然没想到她会提到这个，微微愣了一下，很快又笑开，说："那是之前，现在已经改成了……"

　　偏偏说到了最重要的地方，他又开始卖关子，不说了。

　　谢舒踩了他一脚，轻飘飘地"嗯"了一声，问："改成了什么？"

　　她这下没用什么力气，像是给他挠痒痒。

　　傅明遇看着她，温柔地低语："小予。"

取了"谢舍予"三个字里的最后一个字。

"小予。"他搂着谢舒不放，在她耳边念了一声又一声。

这是专属于他的独一无二的称呼。

谢舒被他念得不好意思，心里一阵酥麻，脸颊也烫起来，渐渐泛红。她又是羞涩又是生气地说："哎呀，听到了，听到了！"

她抬手，作势要去捂他的嘴。

他们在厨房里腻歪了半天，才想起还有个蛋糕在。把蛋糕端出去，二人又发现他们现在都不想吃蛋糕，就放了冰袋在旁边。

傅明遇买了好多好看的蛋糕蜡烛，摆在客厅的茶几上，谢舒的注意力被吸引，又问了他一句："怎么买这么多？"

"都可以用啊。"他说着话走到她旁边，坐下，又凑近一点，"不会浪费。"

"可生日一年就一次，我们两个人也就过两次吧，这得多久才用得完？"

傅明遇抬手刮了刮她的脸，说："那不是还有其他纪念日和节日吗？"

"对哦。"谢舒笑笑。

她挑蜡烛的时候，杨子默刚好打了视频电话过来。

刚接通，屏幕里就跳出来他的脸和他的祝福："谢舒姐，生日快乐！礼物等我下次过来找哥哥的时候再给你！"

傅明遇把手机拿远些，让二人能一起入镜。

"谢谢你呀！"谢舒抬起头，笑着和他挥挥手，说，"礼物就不用啦。"

"是我自己画的一幅画，嗯……下次给你看！"杨子默还知道要保持神秘感。

谢舒偏过头和傅明遇对视一眼，见他只是看着自己笑，也就没再拒绝，说："好，我很期待。"

双方又聊了一会儿才挂断。

谢舒转头看向傅明遇，盯着他，眼珠子一转，像是思索着什么。她忽然想起，之前跟杨子默在学校门口第一次见面的时候，他在车上说过的一句话。

傅明遇见她目不转睛地盯着自己，开口问："怎么了？"

"我忽然想到，杨子默之前说他在一张纸上看见过我的名字。"谢舒把心里的疑惑说出来，"你不会是以前在纸上写过我的名字吧？"

"纸上？"

"嗯，他说是在纸上看到的。我这个名字也不算大众吧，总不会那么巧和别人撞名了？"

思索几秒，傅明遇立刻明白过来。

他低头笑了笑，温柔又灼灼的目光落在她的脸上。半晌后，他问："你还记得运动会那天吗？"

话题转移得太快，谢舒脸上流露出迷茫的神色，大脑一片空白。

什么运动会？

谢舒下意识就顺着他的话想下去。

高二运动会，那天她——

眼前的迷雾仿佛被一点点拨开，脑海里那个模糊的身影好似在这一秒变得清晰起来。

谢舒愣怔地抬头，看着他，呢喃："运动会那天，在校门口……"

那天，谢舒发烧请假去医院，走到校门口的时候，保安刚开门放出去一个学生。

谢舒径直把请假条给了在门边的保安。

"怎么今天都去医院？"保安嘀咕了一句，检查完她的请假条后刷卡开门，又顺嘴问她，"小姑娘一个人去医院吗？爸妈没有来接吗？"

爸妈没有来接吗？

谢舒下意识攥紧了书包带子。她拼命地想忽视，可短短几秒钟内脑海里就循环了好几遍这个问题。

"我就去附近卫生院，一个人就可以了。"她轻声说。

她也没有把生病的事告诉沈娴。

保安倒也不惊讶，毕竟这个年龄段的学生都已经快要成年了，去医院检查也不是非要家长陪同。

谢舒慢吞吞地走出校门，又转头从包里拿出手机想打车。只是可能动作幅度大了些，她感觉头又晕了起来。

缓了好一会儿，可眩晕感迟迟未消退。她不知道那是晕倒的前兆。

在失去意识之前，她还紧紧握着手机。

她只记得在自己晕倒前，除了身后保安的一声惊呼，好像旁边还有一个人叫了自己的名字。

"同学！"

"谢舒！"

可昏迷来得太突然，她很快就听不见了，那道声音在她脑海里变得很轻很轻，然后，被忘记了。

谢舒再次醒来的时候，人已无恙。保安在走之前跟她说："刚刚还有一个你的同学，帮着我一起送你过来，还帮你跑前跑后去挂号。"

"我同学？"谢舒茫然地望了望四周。

"哎，那个男生什么时候走的？"保安也觉得奇怪，说道，"不知道是不是你同班同学，反正是咱们学校的。不过那个学生还挺热心的，做好事不留名啊。"

记忆归位，谢舒呆呆地看了他几秒，嗫嚅着问："那个送我去医院的同学，是你？"

"是。"傅明遇点头，又牵起她的手握在掌心。

那天他也刚好出校，在校门口发现后面出来的人是谢舒，他想过去打声招呼。

"结果，我刚转身要叫你，就看到你晕倒了。"

谢舒愣了很久，终于缓过神来，呆呆地问："那你怎么没和我说呀？"

她后来其实也问过保安那个送她去医院的同学的信息，可惜一直没有找到人。

傅明遇沉默瞬息，无奈地笑了笑，说："不好意思。"

"啊？"

"你就当我那个时候只想做个默默无闻的热心同学吧。"

傅明遇其实也想过说，但是谢舒没有和他说过这件事，他主动提起来，像在邀功，又像在求她的感激。所以他没说。

"那天，谢谢你。"谢舒回握住他的手，和他对视的双眸浮现点点笑意。

此刻她的心仿佛在晃动，如春风掠过一般，那丝丝情意在心中散开。

有点儿意外，又有点儿惊喜，这种感觉很奇妙。

不过待平复了萌动的春心后，谢舒清醒了些，问他："但是，这件事和我刚刚的问题有什么联系吗？"

他还是没有解释，她的名字为何会在他的纸上。

"是那张挂号单。"傅明遇解释道，"那天是我去挂的号，挂号单就一直在我手里。医生大概是太忙了，没有问我要，后来等回到家，我才发现那张单子还放在我口袋里。"

谢舒缓缓点了点头，终于明白了事情的始末。她又傻傻地问："你怎么没有扔掉呀？"

"嗯。"傅明遇把她搂进怀里，轻声说，"就是觉得不应该随便扔掉。"

谢舒轻轻地靠在他的肩上，似乎是想到了什么有趣的事，笑着说："可是四年多过去了，那张单子还没有褪色吗？"

"没有。"傅明遇稍微停顿了一下，语气柔和下来，"那张纸被我留在江城的老房子里了。等小长假，我们一起去江城看看，好不好？"

"好。"谢舒抬起头对他笑着说，"我们一起去。"

"还有明岛。"傅明遇忽然说。

谢舒没反应过来，问："明岛？"

"那个终极大奖，明岛两天两夜家庭游。"傅明遇提醒她。

哦，对，谢舒想起来了。

傅明遇抬手轻轻地搭在她的肩上，稍稍低头，眼神认真地看着她，温柔低语："去江城，去明岛，去更多的地方……谢舒同学，愿意和我一起吗？"

明明只是一句邀请同去旅游的问话，他却正式得让她有一瞬间失神。

谢舒弯眸笑起来，认真地说："嗯，我愿意。"

　　谢家二叔打算在月底回趟国，电话打过来的时候，谢舒正忙着毕业设计的事。

　　傅明遇也在旁边，安静地听着两个人对话。

　　挂断电话，谢舒收回视线继续看自己的论文，又过了一会儿，忽然听到他开口："二叔三十号过来吗？"

　　"嗯。"谢舒点点头，"周五下午到，我就提前请半天假。"

　　"打算怎么过去？"

　　谢舒原本在认真看自己的论文，听到他的问题，仿佛忽然间明白了什么，于是也不说话，就这么偏头看着他。

　　被她看穿了心思，傅明遇倒是没有半点不好意思，只温柔地看着她。

　　"我开车送你过去，好不好？"

　　谢舒静默了两秒，脸上的笑意越发明显，却又故意慢吞吞地回答他："这个嘛……"

　　傅明遇眸光闪了闪，启唇，低声道："求你。"

　　"好吧。"谢舒看起来是在犹豫，看他的眼神却宠得很，调皮地往他身侧撞了一下，动作轻轻的，又笑得眉眼弯弯凑近道，"辛苦傅司机了哦。"谢舒是盘腿坐在沙发上的，此时像不倒翁似的来回晃了晃。

　　"不辛苦。"傅明遇怕她摔着，不忘伸手护住人，另一只手还扶着她膝盖上的笔记本电脑，说道，"是我的荣幸。"

两个人之间的距离一下子拉近，甚至能感受到对方呼出的温热气息。

见气氛变化，谢舒笑着伸手推了推男朋友："好了不玩了，我还要继续写论文呢！"

"嗯。"傅明遇听话地放开了手，不过人没动，还紧紧挨着她，"一起写。"

"嗯？"谢舒微微挑眉，疑惑地问，"你不是上周说已经定稿了吗？"

"还差个致谢。"

傅明遇把笔记本电脑挪过来，谢舒瞥了一眼，没想看他在写什么。

只不过——

"怎么有我的名字？"谢舒一愣，以为眼花了。她微微倾身凑近看，页面上，"谢舒"那二字是真真切切存在的。

"感谢清城一中，感谢我的女朋友谢舒，因为遇见了你，才会有今天的傅明遇。"冰冷的文字，也可以化为温暖的语言，被他深情读出。

谢舒明显愣住了，眨了眨眼睛，缓缓回过神来。

这和那天第一次听到他说"我喜欢你"的时候一样，周围静谧得呼吸可闻，心仿佛快要跳出来一样。

"毕业论文，可是很认真、严肃的事情。"

傅明遇点头："喜欢你，对我来说也是这辈子很认真、很严肃的事情。"

谢舒看着他，抑制住心里的感动，呢喃道："那论文，是要跟一辈子的。"一旦写了，以后可不能改。

傅明遇轻轻"嗯"了一声，眼神专注地凝视她。他放下笔记本，转身拥住她："我相信时间会见证一切。"包括——我爱你，永远。

谢家二叔回来那天，和之前说好的一样，由傅明遇开车。两个人一起请的假，先回了趟小区，然后才出的门。路上，傅明遇专心开着车，却也感觉到谢舒一直看着自己。女朋友的目光过于灼热，难以忽视。

他趁着红灯停下车，转头问："怎么了？"

谢舒眨了眨眼，忍不住笑了笑："你怎么还去换了身衣服？"她又点点头评价道，"这身西装倒是好看。"

被她看出心思，傅明遇有些不好意思，清咳一声，实话实说："第一次见你的家人，应该正式点。"

谢舒心里早就明白了，偏偏又拖长尾音"哦"了一声，弯了弯眸子，"可之前视频聊天的时候不是已经见过了吗？"

中秋节时，谢舒与二叔一家视频通话，那会儿傅明遇也在，她便拉了他入镜。

傅明遇也记起那次，却摇摇头："那不一样。"

谢舒见他坐得笔直，端端正正地目视前方，忍不住笑起来："你不会已经开始紧张了吧？"

"嗯。"他倒是没半点掩饰，直接应道。

谢舒笑着伸手拍了拍他的肩，又像是安抚，顺带捏捏他的胳膊："放松放松，二叔是很好的长辈，不会为难你。"

傅明遇默了片刻，无奈道："听你的语气，怎么像是在说反话呢？倒是让我更紧张了。"

"没有啊。"谢舒一本正经，眼里的笑却掩藏不住，"我可没有吓你，我是这么坏的人吗？"

"不是。"傅明遇答得很快，微勾起唇，又握住她的手，"你是最好的。"

谢舒呼吸一轻，低头看着被他握住的手，情不自禁地勾起了唇，手上稍稍用力，给他无声的回应："嗯，你也是最好的。"

清城的九月初秋，太阳虽被云层遮住，但夏日的余热仿佛还在无限地延续。大课间跑圈结束有一会儿了，走廊上也只剩下三两个人拎着水杯走回教室。谢舒匆匆抱着卷子走出办公室，只不过才走了几步，身后忽然传来一道声音。"前面那位同学！"

走廊上人不多，她也不确定对方是否在叫自己，只是下意识地停下，回头往那边看了一眼。是个男生。

原本离她七八米的人，在这几秒间已经走到了她面前："谢舒同学，你的试卷。"

谢舒已经看到了卷子，只奇怪的是，她的第一反应却不是接过那张试卷，而是抬起头，重新看向递给她试卷的男生："是你的吧？"

大概是见她第一下没接过试卷，他微微迟疑了一下，却又轻声道，"我应该没有认错吧。"

"是我的。"谢舒反应过来，随即不好意思地笑了笑，"谢谢你。"她接过那张试卷，又抬头看了他一眼。

他也正望着她，眼里带着浅浅的笑："我还以为我喊错名字了。"

"嗯？"

他看向她怀里的卷子，声音里带着浅笑："我在思考，是应该念谢舒，还是谢舍予？"

谢舒愣了一下，顺着他的目光看向自己试卷上的姓名处，转瞬就明白了他的意思。她又抬头，跟他对视了几秒，两个人不约而同地都笑了。

"我还是第一次听到别人叫我谢舍予。"

的确是第一次。可是这一瞬间，时空仿佛重叠，谢舒觉得自己出现了幻觉。怎么感觉她好像以前听过"谢舍予"这三个字？但是，这怎么可能呢？她微微偏头，没有在意脑海里忽然冒出来的这个奇怪想法，而是看向对面的男生，问："你是刚转来一中的吗？"

他点头微笑："你好，我叫傅明遇。"

谢舒心里下意识跟着默念了一遍他的名字，双眸微弯："你好啊，欢迎来到清城一中。"

"叮——"震耳欲聋的上课铃声忽然响起。

谢舒觉得十分刺耳，她想到，高中课堂的上课铃不是这样的。这好像，是清大课堂的上课铃。

谢舒惺忪着双眼悠悠转醒，教室里无人，她还趴在课桌上，转过头，静静看着身边的男人。

傅明遇放下笔记本电脑，见她目不转睛地盯着自己："怎么了？"

谢舒没回答。

傅明遇俯身凑近了些，笑着伸手轻捏了捏她的脸，压低声音问："睡了个午觉，不认识我了？"

谢舒轻"嗯"一声，摇头："我好像做了个梦。"

见她这般模样，傅明遇肯定道："梦到我了？"

"嗯。"谢舒又回想了一遍刚刚的梦境，浅浅勾了勾唇，"梦到了我们高中第一次见面，梦里你没有叫错我的名字。"

"第一次，那时候帮老师送还试卷给你。"傅明遇当然记得，"那个时候我是没有叫错你的名字啊。"

傅明遇以为她是睡蒙了，揉了揉她的脑袋："醒醒吧，马上要走了。今天说好了的，回去跟叔叔阿姨一起过节。"

"什么叔叔阿姨？"谢舒听得一愣一愣的。

"你爸爸妈妈啊。"

"我爸妈？"谢舒愣怔着，眼神也变得迷茫起来。

"明天中秋放假，今天就可以回家了呀。"傅明遇已经背起两个人的包，起身拉着她走出校园。

谢舒全程呆滞状态，任由男朋友拉着自己回了家。她环视一圈，屋里的布局还是原样。

父母的对话声隐约从厨房传来，陌生而熟悉。谢舒紧紧攥着手，直愣愣地看向声音传来的方向。隔着一扇玻璃门，还夹杂着其他的声音。这一切，都变得那么不真实。

"小予，回家了。"耳边，是傅明遇的声音。

小予，谢舍予的予。

那一瞬间，眼前的画面突然变得模糊，她仿佛是在时空隧道，看着周身的影像，记忆终是渐渐清晰。

原来，是一场梦中梦。

谢舒慢悠悠地睁开眼睛，傅明遇递来水，她没有喝，而是看着他。

夜幕落下，整个世界仿佛只剩下他们两个人。

"怎么了？"傅明遇凑过来，温柔地捧起她的脸，问了和梦里一样的话。

"做了一个梦。"谢舒安静了好一会儿，她摸到手上的戒指，双眸浮现点点笑意。

"什么梦？"

"一个好梦。"

往事

谢舒和陆嘉言从小就认识。只不过长辈的关系再好，他们俩之间的交流却不多，没有青梅竹马那般的好感情。

而谢舒也以为他们的关系会一直这样保持下去。冷冷淡淡，甚少交流。

但改变发生在她十五岁那年。

高一前的暑假，父母因车祸离世。经长辈协商之后，不愿出国的她被送到陆家借住，完成剩下的学业。

彼时，本就性子安静的谢舒变得更加沉默寡言。

即使是到相熟的陆家，但面对陌生环境，心里的不安与抵触是平日的百倍。

沈娴带她回到陆家，进屋后，谢舒听到二楼传来很轻的开门声，下意识抬头，一眼就看到了楼梯口的那道身影。

陆嘉言就站在那里，和她遥遥对视。

不知怎么的，谢舒忽然想起小时候第一次见陆嘉言的场景。

那个时候妈妈带她到陆家做客，陆嘉言也是像今天这样站在二楼，高高俯视着她。

明明就在眼前，但有些人就是遥不可及。

谢舒以为他会不欢迎自己。

但那天，陆嘉言从楼上慢慢走下来，然后停在她面前。

他只是静静地看着她，不再是高高在上地俯视。

要在陆家借住的这三年，对她来说是未知的未来，她一直被不安的情绪包围着。

但是此时此刻，他什么也没有说，她心里的不安已经散了些许。

即使陆嘉言眼底不易察觉的怜惜和同情让她有些难受。

沈娴和陆叔叔待她很好。生活好像如常。

谢舒有时候喜欢坐在窗前，看着外面，发一下午呆。

陆嘉言没有表达出热烈欢迎她的意思，一切照常。

但是在七月末，他的生日宴上，他带着谢舒去见了他朋友，一一将人介绍给她认识。

那个晚上，陆嘉言介绍她时，说的是："这是我妹妹，谢舒。"

九月，开学典礼。老式礼堂没有空调，头顶电风扇"咔咔"刮着风。谢舒坐在班级最后面，全程低着头，默不作声，沉浸在自己的小世界里。

"尊敬的各位老师，亲爱的各位同学……"

清朗的少年音席卷了耳朵，队伍最后那个出神的女生神色一愣，微微抬起头，看向台上正在发言的新生代表。

谢舒是中考状元，本应是她作为新生代表发言的。但是她对自己如今的状态心知肚明，让沈娴帮忙婉拒了。后来也不知道老师是怎么决定的，最终选择了陆嘉言。

谢舒远远注视着他，明亮的灯光洒在少年身上，越发耀眼。有一瞬间，他的眼睛似乎望过来，似乎是在寻找她。

开学后，两个人搬到学校附近的小区。陆嘉言上学一直都是自己骑车，每天争分夺秒卡着铃声进校门，高中也想着是这样的。

但谢舒不会骑自行车。

这天周一，刚过完周末，大部分人都没缓过神来进入工作和学习状态。

谢舒坐在旁边看单词书，大概比平时多等了五分钟，才听到"砰"的一声。

她的视线从单词上挪开，抬头看向前面，陆嘉言单肩背着包匆匆走过来。

她收起单词书，起身，少年也已经走到她旁边。谢舒把阿姨准备的早餐递给他，陆嘉言伸手接住，另一只手已经打开门。先后走出，陆嘉言头也没回地顺手把门带上。两个人都没有说话。

正是上学时间，街道两旁脚步声、车声嘈杂，陆嘉言低头咬着饭团，默不作声地走到她外边。

经过小区门口的垃圾桶，他扔了手里的袋子，刚转身，就听到谢舒说："要不你还是骑车吧。"

"骑车？"陆嘉言一时间没反应过来。

"嗯，学校也没有多远，这点路我可以自己走的。"谢舒看着路，但手指不自觉地抠着背包带子，"你还是和以前一样骑车好了，就不用这么早起来了。"

陆嘉言没回答，正好遇到等红灯，站在路口偏过头，明目张胆地盯着她看。

"看什么？"谢舒受不了他这样。

陆嘉言对上她的视线，笑："我骑车，然后你继续走着去？"

"嗯。"谢舒将视线收回来。

陆嘉言也看向前面，他随口扯了一句："今天早自习是什么？"

"英语。早上要听写，你单词背了吗？"说完，谢舒又觉得自己问多了，她还不如多担心担心自己。

少年懒散的声音传来："没。"

果然。

听写前还有十分钟的时间复习。谢舒并不是只看单词，听写听的也并不只有单词，中间还会混杂着词组和短句。

听写本在英语课前发下来，谢舒先拿到，剩下的再传给后桌的同学。

她翻开自己的本子，二十个单词、十个句子，她又错了五个。

前桌女生也在叹气："昨天我背了半个小时，怎么还是错了这么多！"

她回头看到谢舒本子上的红叉，和自己差不多，顿时就放心了。

谢舒没有察觉到女生的心思，也不在意，拿了笔准备订正，错的要中英文都抄十遍。

但架不住对方想和她分享，兴致勃勃地又小声说："我刚刚看了陆嘉言的，他又全对，看他在学校也没怎么学习啊……看来学霸都是晚上回家偷偷学习的了。"

谢舒的笔尖在纸上稍稍停顿，想到他早上的回答，视线飘忽，随口应了一句："可能吧。"

这一周不知不觉又过去了。

周五下午放学，陆嘉言没和朋友约着打球，反而早早收拾了书包。但他还是等班上同学差不多都走光了，才走到谢舒桌前："走吧，先坐车去恒星，然后再回家。"

他是约了朋友去恒星广场吗？谢舒跟上他的步伐，快速地说道："那你去吧，我自己回去就好。"

陆嘉言正拿着手机发消息，听到她的话，偏头看过去。

谢舒猝不及防跟他对视，脚步一顿，又见男生认真地摇头："不行。"

"啊？"谢舒不明白，还是被他带着上了车。

中途有想过问他去商场要做什么，但她动了动唇，看着车窗外疾速倒退的风景，还是什么都没问。

十分钟后，谢舒看着眼前这一排排自行车，有些迷茫，又不确定地重新看向陆嘉言。

他刚才是在问她："喜欢哪一辆？"

"我不会骑车。"谢舒以为他是忘了。

旁边店员笑道："自行车学起来很快的，特别容易，让你朋友教教你，一个下午肯定就学会了。"

谢舒摇了摇头。

其实她以前也学过，但摔了一次，就怕了。

"又不是让你骑车。"陆嘉言笑出声，迈开步子走向后面一排，指了指一辆通体黑色的自行车，"这辆怎么样？"

谢舒看过去，不是他平时骑的山地车，只是一辆带后座的自行车。

"挺好的。"她点头，又下意识多问了一句，"你要送人吗？"

她记得陆家车库里已经有好几辆山地车了。

"那就这辆。"得到她的答案，陆嘉言笑了笑，却没回答她后面一个问题。

付完钱办完手续，他直接推着车出商铺。

谢舒跟在他身后，不明白他想做什么。

陆嘉言停下，朝着后座的方向指了指，"上车吧。"

谢舒怔了怔，低头看看新车，又抬头看他。他要带自己？

又听到他说："这里不能骑车带人，你坐上来，我推着车走。"

"我也走路好了。"谢舒还是没坐，主要是觉得他推车，她坐在后座上，这画面一想就很奇怪。

她把背包放到前面车篮里，然后走到他旁边："反正这里离小区也不远，就当散步啊。"

陆嘉言却没动，谢舒转头看向他。

他身后，夕阳的光线有些刺眼。

她看不真切，只觉得他眉眼间好像含着笑。

"随你。"少年的嗓音随风而散。

又是一个周一。

谢舒前一晚就在楼下看到了上周五两个人一起去广场买的自行车。

他还没送人呢，看来是准备自己骑的。

谢舒搞不懂他怎么忽然想要买一辆带后座的自行车，明明男生大多都喜欢酷帅的山地车。

不过既然他决定骑车上学了，那她也不用再等他一起上下学了。

谢舒用完早餐，和以前一样的时间打算出门。

"等我一下。"

她被叫住，手握着门把，转头看向拎着包跑出来的男生，有些惊讶。

谢舒好心提醒："你不用那么急，骑车过去应该只要五分钟，时间还很早。"她指了指餐桌，"你可以先吃早饭。"

陆嘉言却是和以前一样拎起早餐，一边低头咬了一口包子，一边走向她，说："走吧。"

谢舒只以为是顺路一道下去，不过到了楼下，陆嘉言再次叫住了她。

她在门口站着没动，心里隐隐约约感觉到，却又不敢相信。

直到陆嘉言推着那辆自行车出来。

少年站在清晨的光里，对她说："上车吧。"

清城一中允许学生骑自行车上学，只不过进校园后必须下车步行。

所以在校园外，时常能看到穿着校服的少男少女骑着自行车在街道穿梭。特别是在学校打铃之前。

骑车上学的一般都是卡点进校门。

陆嘉言载着谢舒一路畅行，两个人提前半个多小时到达校门口。最后一段路，陆嘉言放缓了速度，让自行车自行慢下来，然后停稳。

谢舒松开扯着他衣摆的手，跳下车走到旁边，和他并肩进校。

检查着装的学生会干部才刚上岗，其中的高一生远远就看到了两个人，睁大了眼，惊讶于自己看到的这一幕。

谢舒刚刚一路沉默，这个时候却保持不住了，问他："你怎么想到要带我？"其实，他一个人骑车或许更自在。

"顺路。"陆嘉言锁了车，又拿起车篮里的书包，一只手拎起两个往前走，没要递给她的意思。

谢舒的脚步不自觉地慢下来，听到他的回答，错愕地看着前面少年的背影。真的只是因为顺路吗？

陆嘉言走远了几米才发现她没跟上，终于回头，举起手朝她挥了挥："走了啊，想什么呢？"

谢舒将视线收回来，低头应了声，很快就跟上了他。

两个人到学校的时间虽然不在人员进出的高峰期，但还是有好几个人看到了陆嘉言骑车带谢舒上学。

不过一个早自习时间，这个消息就像长了翅膀似的在高一楼栋传遍了。

谢舒去交作业时，还能在走廊里听到其他班同学的谈论。

更多人关注的是陆嘉言，那个在开学典礼上大放光彩的少年。

班级里的讨论也有，但是没有人会当面询问这件事的真假。

谢舒看了一眼后排，陆嘉言正和周围的男生说到什么好笑的事，几个人笑得很开心。

他抱起篮球，大步往外走，下一节是体育课。

不知是不是错觉，他从后门出去时，一边和人说笑，一边偏了一下头，谢舒觉得他好像和自己对视了一眼。

只是一瞬，很快，好像刚刚的对视只是她臆想出来的。

下午放学，高一通校生可以不上晚自习，教室里的人三三两两走得差不多了，谢舒也飞快地收拾好书包。

"你真和陆嘉言一起上下学？早上他们说的是真的？他骑车带你？"

谢舒抬头，发现是已经离开的前桌又背着书包回来了，此时一脸好奇地看着她问。

谢舒犹豫两秒，点点头。她手里放书的动作慢了些，轻声解释："我们住得近，他顺路带我。"

谢舒另一只攥着包带的手用力了些，其实她心里有点小紧张。这种感觉很奇怪。怕同学误会，但是，她又不可能否认。

前桌女生倒没察觉到她的异样，反而绽开一个灿烂的笑容，感叹道："这么巧啊！"

与此同时，"顺路带人"的陆同学已经拎了包走向前门，经过她座位时，伸手在她桌上敲了敲。

"快点，走了。"他留下一句话，继续往前走，但他刚刚极其自然的动作令两个女生都愣住。

谢舒先反应过来，快速地拉上书包拉链，站起身，匆匆对前桌道："那我先走了，再见。"

放学路上都是学生，早上听到传闻还半信半疑的同学此刻都亲眼看到了陆嘉言载人放学回家的画面。

刚开始一周，路上遇到陆嘉言和谢舒，还是有很多人会惊讶，但看到的次数多了，也逐渐习以为常了。

年级里也有过两人越过了男女生正常的交往关系的传言，但被陆嘉言遇到过一次然后当面澄清了以后，所有人都知道了两个人是从小认识，并没有其他越线关系。

其实谢舒也有想过小区离学校就这么点路，自己根本不必麻烦陆嘉言。

于是那天早上，她特意比平时早起了一刻钟出门。

陆嘉言到校仍旧按着往常的时间进教室，在前门停了两秒，目光投到她的身上。谢舒莫名紧张起来，特别是他经过她座位的时候。

那天一整天下来，陆嘉言都没有过来和她说什么。

但这和以前也没什么大不同，其实谢舒在学校并不多与人交谈，旁边女生聊昨晚看的剧，聊喜欢的偶像的时候，她宁愿发呆也不会加入其中，而和男生说话更少。

那天放学她也自己走了，快速收拾好书包，没等陆嘉言。谢舒以为这次之后双方就都心知肚明了。

但是第二天早上，当她和前一天一样的时间早起时，却发现陆嘉言已经坐在餐厅吃早饭了。

他早早吃完，但没动，然后坐在对面等她。

"走吧。"

谢舒听到这句话，闻言抬头看向他。

陆嘉言见她不动，也重新坐下，不知从哪儿拿出一本书来，说："也可以再坐会儿，反正现在还早，背背单词吧。"

到校时，谢舒还在犹豫，但到底还是说出了口："谢谢。"

"要真想谢谢我啊，就别再这么早起了。现在这个点，连检查员都还没到岗呢。"

这一句似玩笑似真话，谢舒觉得诧异，抬头看他。

清晨的光似乎带着滤镜。

少年走在阳光下，笑得肆意明朗，又仿佛察觉到她的目光，视线转了过来。

"好。"谢舒和他对视了两三秒，收回目光，笑了。

陆嘉言的生日在七月，谢舒比他晚十来天。

八月初，在外面出差的沈娴和丈夫也特地赶回来给她过生日。

谢舒性子安静，过生日并没有办什么party，四个人吃了一顿丰盛的晚餐，还有生日蛋糕。

陆嘉言送了她一套英语必刷题。

沈娴对儿子送的礼物很无语，转头假装小声跟丈夫吐槽，其实在场四个人都能听到。

"你看看你儿子，直男还是书呆子哦，哪个高中生会送这样的礼物，挑礼物一点也不用心！"

谢舒倒觉得这份礼物挺好。

她明显感觉到自己英语提升困难，而这份礼物一看便是陆嘉言认真挑选过的。

她抱着这套书，很认真地跟他道谢。

陆嘉言自动屏蔽了母亲的吐槽，听到谢舒的话，挑眉笑了笑："不用客气，生日快乐。"

第二天还要上课，谢舒并没有因为今天过生日而放松自己，回到卧室后，又继续看单词书。

但今晚，她的注意力却是怎么也集中不了。或许是因为日子有些特殊。

谢舒还记得，以前每年的这一天父母无论多忙都会回家陪她过生日。

那样的日子平淡而温馨，过去没有多少感觉，因为幸福唾手可得。

而现在，光是回想一下某个瞬间，便心酸得难以自已。

"咚咚。"

思绪忽然被打断，她处于半回神的状态，默了两秒，门外的敲门声又响起。又是同样节奏的两下。

很有耐心的敲门声。

谢舒起身去开门，她以为是沈娴，收拾好情绪打开门，看到来人，却是一愣。

陆嘉言把手里的礼盒袋递给她，笑了笑："给，这才是真正的生日礼物，刚刚那个算是赠品。"

谢舒没反应过来，但视线已经随着声音低头看去，里面还有一个黑色小盒子，看起来有点眼熟，却看不出来是什么。

反正，肯定不可能再是一套试卷了。

她手指抠着门，不自觉地用力，说："其实那套题我觉得还挺好，挺适合我的。"

陆嘉言笑声明显："行啊，那我明年、后年继续送。"像是在开玩笑。

但此时此刻，谢舒却忽然贪心地希望真的还有明年、后年，以及以后。

她也知道自己这样的想法不好，却忍不住去想。

陆嘉言看着她，又听到一声"谢谢"，然后才见她接过袋子。

他发现谢舒总是很客气，有时候只是一件小事，她也不离"谢谢"二字，就会给他一种疏离的感觉。

陆嘉言想说点什么，可对上她的目光，他忽然想到谢舒以前也不是这样安静沉闷的性格，很多事都是从那件事后发生了变化。

谢舒以为他还有事要说，但陆嘉言此时什么都说不出来了。

他低垂着眉眼，转过身，神色忽然变得有些复杂，却只是背对着她扬了扬手。

"我回去了，你也早点睡，别看太晚。"

陆嘉言的身影很快就消失在走廊上，但谢舒站在原地看了好一会儿，然后才关门回房。

她取出袋子里的礼物盒，看到上面的商标，才明白过来自己刚刚的那几分熟悉感是从何而来。

去年生日，爸妈送她的礼物其中一样就是这个牌子的发夹。

谢舒也没想到这么巧，陆嘉言会在今年送了她这个牌子的手链。

有些时候，有些事情，总是巧合得不可思议。

又像是冥冥之中注定的。

少女系的银白手链，在灯光下泛着晶莹的碎光。

谢舒很喜欢这份礼物。

可她终究还是没有将它取出，而是轻轻地将礼盒重新合上。

图书在版编目（CIP）数据

温柔难匿 / 挖坑埋糖著 . -- 北京：台海出版社，
2024.6

ISBN 978-7-5168-3873-0

Ⅰ . ①温… Ⅱ . ①挖… Ⅲ . ①长篇小说—中国—当代
Ⅳ . ① I247.5

中国国家版本馆 CIP 数据核字 (2024) 第 105591 号

温柔难匿

著　　者：挖坑埋糖

出 版 人：薛　原　　　　　　　策划编辑：阿　迟

责任编辑：赵旭雯　李　媚　　　封面设计：梦幻鱼

出版发行：台海出版社

地　　址：北京市东城区景山东街 20 号　　邮政编码：100009

电　　话：010-64041652（发行，邮购）

传　　真：010-84045799（总编室）

网　　址：www.taimeng.org.cn/thcbs/default.htm

E - m a i l：thcbs@126.com

经　　销：全国各地新华书店

印　　刷：长沙鸿发印务实业有限公司

本书如有破损、缺页、装订错误，请与本社联系调换

开　　本：880 毫米 ×1230 毫米　　　　1/32

字　　数：290 千字　　　　　　　　　印　张：9.5

版　　次：2024 年 6 月第 1 版　　　　印　次：2024 年 6 月第 1 次印刷

书　　号：ISBN 978-7-5168-3873-0

定　　价：46.80 元